秘密

東野圭吾——著
許尹露——譯

前言

西元一九八五年，以推理小說「放課後」榮獲第31屆江戶川亂步賞的作家東野圭吾，在文壇上的作品相當豐富，最擅長的題材還是以推理神祕小說為主。一九九八年所推出的近作「秘密」，從一對母女互換靈魂的神祕現象，探討親子之間的互動模式、夫妻之間的情愛糾葛、單親家庭的角色扮演……等心理方面的問題；故事採用開放式結局，提供讀者一個思考空間，猜猜看女兒的肉體裡住著誰的靈魂，而亡母最後到底魂歸何處。

這部作品一推出，引起廣大讀者羣的熱烈回響，其中又以描述亂倫的情節受到多方的爭議。果然，小說推出不久隨即改拍成電影，由日本超人氣國民美少女廣末涼子擔任女主角，飾演這個亦母亦女的重要角色；而實力派演員小林薰，則是將劇中那位迷惘、苦悶的父親詮釋得恰如其分。雖然電影情節與小說多少有些出入，不過原著的精髓仍然掌握在其中，也算是一部挺成功的電影。

「秘密」的電影版已經在台上映，相信看過的人不在少數。原著的中文版由台灣東販發行，精采可期。不管您有沒有看過電影，您可千萬不能錯過這本小說。

（註：電影劇本與原著的情節略有差異，女兒藻奈美在原著裡的年齡爲十一歲左右，電影劇本裡的年齡改爲十七歲。）

1

没什麼特別的預感，一切一如往常。

這一天值完夜班，回到家剛好是早上八點。平介走進四疊半的和室中，打開了電視。純粹只是想知道昨天的相撲比賽結果而已。今年即將四十歲的他，三十九年來的生活平凡得一成不變，他相信今天也是平凡、寧靜的一天。不，對他來說與其是相信，倒不如說是個既定的事實。一個比金字塔還難移動的事實。

所以，就算是拿著遙控器轉台的時候，他也從未想過畫面上會出現什麼驚人的新聞，就算是發生了駭人聽聞的事件，他也認為這些都與自己毫無關連。

平介將頻道轉到每次值完夜班必看的節目。這個節目大致都在介紹娛樂圈的八卦新聞、前一天所發生的事件，或是揭曉運動比賽的結果。主持人是一位頗受主婦歡迎的播報員，看起來一副老好人的模樣，平介並不討厭他。

但是，最先出現在畫面中的，並不是那位主持人的笑臉，而是一座不知名的雪山。畫面看起來像是從直升機上拍攝的，除了一名男性播報員的聲音，還夾雜著直升機的螺旋槳聲。

發生了什麼事？平介只是這麼想著，根本無意了解詳細情況。現在他最關心的，只不過是最喜愛的相撲選手到底贏了沒有。對那名選手來說，今年的比賽關乎他是否可以晉級到大關。

平介用衣架把那件胸口繡有公司名稱的外套掛在牆上，然後搓摩著雙手，走進廚房。雖然時序已進入三月中旬了，但由於一整天都缺少人氣，屋內的木質地板冰冷得讓人受不了。他趕緊穿上拖鞋，那是一雙有鬱金香圖案的拖鞋。

他打開冰箱，中間那一層有一盤炸雞和馬鈴薯沙拉。他把這兩種食物拿出來，再把炸雞放進微波爐，設定好時間，便按下啟動鍵。然後，點火燒一壺熱開水。在等水燒開的這段時間，他從碗籃中拿出一只碗，再從櫥櫃裡取出一袋速食味噌湯包。撕開袋口，將湯料通通倒進碗裡。冰箱裡面還有漢堡和燉牛肉，明天早上就吃漢堡吧！他決定就這麼辦。

平介在一家汽車零件製造廠工作。去年才晉升為領班。工廠裡的員工分成好幾班，每班的工作時間是兩週日班和一週夜班。而他這個星期便是輪值夜班。

生活作息大亂的夜班，對於一個年近四十歲的人來說，在身體上是不太能吃得消的，不過也並非完全沒有好處。好處之一是有加班費，另外則是可以和妻子一起吃飯。

這一年，也就是一九八五年，平介的公司裡的經營狀況，也和其他公司一樣都處於良好狀態；生產量不但穩定成長，公司的設備投資也相當活絡。因此，像平介這種在第一線工作的員工，必然也會非常忙碌。雖然正常的下班時間是五點半，但是加班

一、兩個小時是很稀鬆平常的事，有時甚至會加班三個小時以上。如此一來，加班費的金額也變得相當可觀。加班費比本薪還高的情形，早已見怪不怪了。

但是，待在公司裡的時間一長，也正意味著與家人相處的時間減少了。平介經常回到家已經是晚上九點、十點，根本無法與妻子直子和女兒藻奈美一起共進晚餐。

如果值夜班的話，就可以在早上八點回到家。而這時候剛好是藻奈美吃早飯的時間；一邊與馬上就要升上六年級的獨生女閒話家常，一邊吃著妻子親手做的菜，對平介來說，這種幸福快樂的感覺無可取代。只要看見女兒的笑容，那些值夜班的疲憊，馬上拋到九霄雲外。

也因此，值完夜班後，一個人吃早餐的感覺，讓平介感到很不是滋味。而且這麼寂寞的早餐，從今天起會持續三天，因為直子帶著藻奈美回長野的娘家。由於直子的堂兄病逝了，所以直子得回鄉參加堂兄的葬禮。直子的堂兄之前已是癌症末期，大家早就知道他活不久了，所以即使死訊傳來，也不會特別感到驚訝。直子甚至為了這場喪禮，早就準備了一套新喪服呢！

本來，是直子自己要回長野，誰知道在臨行前一刻，藻奈美突然說要一起去，想去那裡滑雪。直子的娘家旁邊有幾處小型滑雪場，今年冬天，藻奈美在首度體驗滑雪的樂趣之後，就深深地被它的魅力吸引。

難得的春假，平介卻因工作繁忙無法好好陪伴家人，覺得很對不起她們，所以也沒再多說什麼，就讓藻奈美跟著媽媽一起去。此外，他還考慮到，要是藻奈美沒跟著去，當他值夜班時，女兒就必須獨自待在家裡，他也於心不忍。

水壺裡的水開了之後，平介泡好一碗速食味噌湯，再把熱好的炸雞從微波爐中拿出來，通通放在托盤上，端到隔壁和室的摺疊桌上。炸雞、馬鈴薯沙拉，還有預定明天要吃的漢堡和後天的燉牛肉，全部都是直子事先做好的。平介對於下廚幾乎可以說是一竅不通，甚至連白飯也是直子在出門前先煮好一大鍋，再裝進保鮮盒裡，每天分配固定的份量。到了第三天，想必盒中的白飯都變黃了，但是，平介實在沒有資格抱怨。

他把食物擺好，便盤腿坐了下來。先喝一口味噌湯，稍稍猶豫了一下，才將筷子伸向炸雞。炸雞是直子的拿手料理，也是平介最愛吃的一道菜。

一邊享受那股熟悉的味道，平介將電視機的音量調大。畫面上那位熟面孔的主持人正在說話，然而臉上卻看不到平日的笑容。他的表情看起來很僵硬、很緊張。即使如此，平介並不在意這些事，他只是發著呆，心想怎麼還不快點播出昨天比賽的結果？平介總會在夜班的中場休息時間，打開電視機觀看相撲比賽的結果，但是他昨天剛好沒看到。

「現在我們再把鏡頭轉到現場，看看目前的情形。山本先生，聽得到嗎？」

主持人說完之後，畫面便被切換到外景，看起來似乎是剛才出現過的雪山。穿著雪衣的年輕播報員，表情嚴肅地面對著鏡頭。他身後有幾名穿著黑色雪衣的男子匆忙地走來走去。

「是的，這裡是事故現場。目前搜救人員仍然持續搜尋生還者。截至目前為止，所發現的人數是乘客四十七名，駕駛二名。客運公司提供的消息指出，這輛巴士載有五十三名乘客，因此，到目前為止還有六名乘客尚未被發現。」

這時候，平介才開始認真地看著電視畫面。是「巴士」這兩個字引起了他的注意。但即使如此，他依然沒有特別關心，只是不斷地把馬鈴薯沙拉往嘴裡送罷了。

「山本先生，可否描述一下目前的情況？根據剛才的報導，死亡人數好像不少？」棚內的主持人問道。

「是的，根據目前得知的情況，確定已有二十六名乘客罹難。其餘的生還者都已送往當地的醫院急救。」記者一邊看著手上的紙條，一邊播報。「不過，即使獲救的生還者，也都身受重傷，情況相當危急。目前正在醫院極力搶救中。」

「情況相當令人擔憂呢！」主持人以感性的口吻說道。

這時，畫面下方出現一排手寫字：『長野縣發生一起滑雪巴士翻落山谷事件』。

這時候，平介才放下筷子，拿起遙控器轉換頻道。可是，無論轉到哪一台，出現的都是相同的畫面，最後他把頻道停留在NHK，剛好有一位女記者正要開口說話。

「接著為您播報一起巴士翻覆的交通事故。今天清晨6點左右，一輛來自東京的滑雪巴士，在開往志賀高原的途中，行經長野縣長野市的國道，不幸翻落山谷。這輛巴士的總公司是位於東京的大黑交通公司……」

才聽到這裡，平介的腦子開始一陣混亂。因為有好幾個重要字眼接二連三地傳進了他的耳朵。志賀高原、滑雪巴士，還有大黑交通。

直子為了這次回娘家，到底要搭哪種交通工具，著實傷透了腦筋。她的娘家位於電車無法直達的地方，過去十年來，她都是和平介一起回去，平介的車就是唯一的交通工具。然而直子並不會開車。

就算不方便，也只能搭電車了。這是他們後來的結論。但是，直子卻突發奇想，她想到不妨搭乘年輕人常坐的滑雪巴士。在雪季，這些滑雪巴士從國鐵東京站發車，每天最多有二百多個班次。

湊巧的是，直子剛好有個朋友在旅行社工作，因此就請她安排。剛好某個滑雪團在出發前臨時取消行程，所以，直子她們就遞補了空位。

「真是太幸運了。這麼一來，只要請他們到志賀高原來接我們就好了，我們也不用提著笨重的行李走來走去啦！」一得知有候補的位子，直子顯得非常高興，拍拍胸口說道。

沒錯！平介回想當時的情景，感覺就好像在黑暗中走下樓梯一般，步步都充滿了恐懼。

記得好像是大黑交通，十一點從東京車站開往志賀高原的滑雪巴士。
平介想到這裡，頓時感到全身灼熱，接著開始冒汗，心跳越來越快，血管裡的血液不斷地奔竄著。
同一家客運公司不可能在一個晚上，發出許多班次前往同一個地方。
平介湊近了電視機。現在，他絕不能錯過半點關於這則新聞的小細節。
「罹難者當中，已經確認身分的名單如下……」
畫面中出現一排排的名字，並由一名女性播報員念出死者名單。對於平介而言，這些都是非常陌生的名字。
他已經沒有食慾了。此時覺得口乾舌燥，卻無法完全體會，這個悲劇也許與自己有莫大的關係。他雖然擔心會聽到杉田直子和杉田藻奈美的名字，但是心裡仍覺得這種事情應該不會發生在自家人身上……。
女性播報員停頓下來，經確認身分的罹難者名單已經念完了，並沒有直子和藻奈美的名字。平介長長地吐了一口氣，但也不能完全放心，因為尚未確認身分的罹難者仍有十人左右。平介努力回想母女倆身上是否有什麼東西能夠驗明正身，但是他無法立刻想出來。
平介拿起茶几上的電話。打電話去問直子的娘家不就得了！說不定她們早就到了呢！也許平介只是白白擔心了一場！不，他祈禱情況確實是如此。

但是，當他拿起話筒，正想按下按鍵時，卻停了下來。電話號碼是幾號，他怎麼也想不起來，從來不會這樣子的。直子娘家的電話號碼只要用一種諧音去記，很容易就能記住，他明明記得，現在卻怎麼也想不起來。

沒辦法！只好在櫃子裡翻找電話簿了。在一堆厚重的雜誌下，總算找到了。他急急忙忙翻到『か』那一頁。因為直子的舊姓是笠原。

終於找到了，號碼的最後四碼是7053。現在就算看到這組數字，他仍然想不起來當初是用哪種諧音記住的。

平介再度將話筒拿起來，就在按下號碼的同時，電視畫面又出現剛才那位播報員。

「現在又有最新消息，剛才被送往長野中央醫院的一名女性乘客和一名女童，應該是一對母女，搜救人員在那名女童隨身攜帶的手帕上，發現繡有『杉田』二字。再重複一次，剛才被送往長野中央醫院……」

平介將話筒放了回去，直挺挺地端坐在那裡。

播報員接下來說了什麼，平介根本聽不見。他開始耳鳴，過了一會兒，才發現那是自己喃喃自語的聲音。

啊，對了！他想起來了。7053，就是直子小姐（日語發音）的諧音……。

過了二秒鐘，他才回過神，猛然站了起來。

2

平介開車奔馳在雪地上，抵達長野市的醫院已經是傍晚六點多了。一下子跟公司聯絡，一下子忙著確認醫院的位置，所以延誤了出發的時間。

都已經是三月天了，停車場旁仍然殘留著積雪。平介急忙把車停好，車子的保險桿還撞入雪堆。

「平介！」

一進入醫院大廳，就馬上聽到有人叫他。直子的姊姊容子走了過來，她身穿毛衣牛仔褲，臉上也沒有化妝。

容子的丈夫是入贅的女婿，他們留在娘家繼承蕎麥麵店。

「她們在哪裡？」平介連招呼都來不及打，便急忙地問道。

平介在出門前就已經和容子聯絡過了，其實容子早就得知車禍的消息，並且打了好幾次電話到平介家裡，但由於那時平介還沒下班，所以沒聯絡上。

「聽說還在昏迷當中，現在醫生正在全力搶救中。」

平時看起來總是雙頰紅潤的容子，現在的臉色卻是一片慘白。平介從未看過她像這樣緊皺眉頭。

「哦……」

等候室裡，這時有個人站了起來；是岳父三郎。在他身邊的是容子的丈夫富雄。

三郎表情難過地走到平介面前，一見到他就不斷地點頭，這可不是在對他打招呼。

「平介，對不起！真的很對不起！」三郎向他賠罪道：「要不是我叫她回來參加葬禮，事情就不會變成這樣子了，都是我的錯！」

三郎的體型原本就不算高大，現在看起來更瘦小，似乎在一夜之間老了許多，此刻，在他身上已經看不到平日擀麵時的那股豪邁神采了。

「別這麼說，是我讓她們母女倆回來的，我也有責任啊！再說，現在也不見得沒希望啊！」

「是啊！爸，現在最重要的，就是祈禱她們倆平安無事才對呀！」就在容子這麼說時，平介瞥見一道白色的身影，一名看似醫生的中年男子，出現在走廊的另一端。

「啊，醫生！」容子趕緊趨前詢問。「她們倆現在的情況怎麼樣？」

這位醫生好像是直子和藻奈美的主治醫生吧！

「啊，這個……」醫生才開口，就將視線移至平介身上，接著問道：「你是她先生嗎？」

是的！平介回答。由於他太過緊張，聲音顯得顫抖。

「麻煩你跟我來一下。」醫生說道。平介全身僵硬地跟著他離開。

平介被帶到一間小小的診療室，房間裡的燈牆上掛著幾張X光片，半數以上都是腦部的片子。這些是直子的？還是藻奈美的？或者是兩人的？甚或是不相干的人的？平介根本搞不清楚。

「我有話就直說了。」醫生說道。但是他的語氣聽起來有種難以啟齒的感覺。「現在的情況非常危急。」

「你指的是哪一個？」平介問道：「我老婆還是女兒？哪一個？」

對於這個問題，醫生並沒有立刻回答。他避開平介的視線，嘴唇微張，卻又不知如何開口。

平介因而了解到事態的嚴重。「你的意思是……兩人都很危險？」

醫生輕輕地點點頭。

「你太太的外傷非常嚴重，許多玻璃碎片刺進她的背部，其中一片還深達心臟。她被救出來時，已經失血過多了。一般來說，大量失血很容易導至死亡，這也不足為奇。現在就只能看她那奇蹟般的體力能否撐下去了，只要她撐得過去，情況就有可能好轉。」

「那我女兒呢？」

「你女兒啊……」說著，醫生抿了一下嘴唇。「她身上幾乎沒有外傷，但是全身受過強力壓迫，導致呼吸困難，因而影響腦部……」

「腦……」平介將視線移至燈牆上的X光片。

「那以後會變成什麼樣子？」他接著問道。

「我們現在是用呼吸器來維持她的生命，你必須要有心理準備，她很有可能像這樣一直昏迷下去。」醫生壓抑著情緒說道。

「也就是說，她會變成植物人？」

是的！醫生平靜地回答。

平介感覺全身的血液倒流，他試圖想開口說話，但是臉部彷彿麻痺了一般，僅能從喉嚨深處發出聲音。這一瞬間，他渾身無力地跌坐在地上，四肢陡地發冷，連站起來的力氣都沒有。

「杉田先生……」醫生將手放在平介的肩上。

「醫生！」平介跪在地上叫道：「求求你，救救她們！無論如何，救救她們！要是能把她們救活，要我做什麼都可以，花多少錢我也願意。只要能救回她們，我什麼都願意……求求你！」他跪在地上，拼命地磕頭。

「杉田先生，請起來！」

此時，傳來一名護士的叫喚聲。「醫生，安宅醫生！」

於是，醫生趕緊走到門邊。「什麼事？」

「成年女病患的脈搏突然減弱了。」
平介抬起頭來。她說的是不是直子？
「知道了，馬上過去。」醫生說完之後，又轉身看著平介。「請你先回到家人身邊吧！」
「一切拜託您了！」望著醫生的背影，平介再度低下了頭。
他一回到等候室，容子馬上跑了過來。
「平介，醫生怎麼說……」
平介想要強顏歡笑，但是臉上仍然充滿了難過的表情。
「情況好像不太樂觀……」
啊！容子用雙手蒙住了臉孔；坐在一旁的三郎和富雄也低下了頭。
「杉田先生，杉田先生！」護士從走廊另一端跑了過來。
「怎麼樣了？」平介急著問道。
「你太太在找你，請你趕快過去！」「直子嗎？」
護士點點頭又轉身跑回去，平介也緊跟在後。
護士跑進一間集中治療室，對裡面的人說：「病人的先生來了！」
這時，隱約傳來一個聲音：「請他進來。」護士向平介示意，於是平介踏進了房間。

首先映入眼簾的是兩張病床，一眼望過去，躺在右側的正是藻奈美。她那張熟睡的臉龐，與不久前在家裡看到的並沒有兩樣。直到現在，平介仍然覺得藻奈美隨時會醒過來，但是她身上的許多插管，又將平介拉回了現實。

直子躺在左側的病床上，重傷的情況令人一目了然。她的頭部與上半身都裹滿了厚厚的白色繃帶。

直子的床邊站著三名醫生，他們看到了平介，便自動退開了。

平介緩緩地靠近床邊。直子的雙眼緊閉，臉上竟然沒有外傷。平介認為這是她唯一得救的地方。

直子！正當他想要叫喚時，直子睜開了眼睛，從她的舉動可以感覺到她是如此虛弱。

直子的嘴唇微微地動了一下，聽不見在說什麼，但是平介馬上就知道。「藻奈美呢？」這正是直子想問的。

「没事！藻奈美没事。」他湊近直子的耳邊說道。

然後，平介看見她臉上出現放心的表情。接著她的嘴唇又動了。我想見她！她是這麼說的。

「好，讓妳看看她喔！」

平介蹲下來確認床腳的輪子，然後再把輪子上的止滑器鬆開，輕輕推動直子的病床。「杉田先生！」護士想制止他。「没關係！」其中一名醫生表示同意。

平介把直子推到藻奈美的床邊。然後拿起直子的右手，讓她握住藻奈美的手。

「這是藻奈美的手喔！」他對妻子說道，並用雙手緊緊包覆著母女倆的手。

直子緩緩地笑了。在平介看來，她的微笑就像聖母般地慈祥。

突然間，直子握著女兒的那隻手變得好溫暖，但是緊接著就變得軟弱無力。平介驚訝地望著她的臉龐，一道淚水從她的眼角流下，直子彷彿是了卻最後一樁心願似地，緩緩地閉上了眼睛。

「啊，直子，直子！」平介大聲叫喚。

醫生趕緊趨前確認脈搏、檢查瞳孔。然後再看看時鐘說道：「病人過世了，下午六點四十五分。」

「啊……啊啊……」平介痛苦地張大了嘴，感到渾身無力，連喊叫的力氣都没有。此刻的氣氛變得可怕又凝重，他的雙腿再也承受不住體重，手裡還握著直子那驟失體溫的手，跌坐在地板上。他覺得自己就好像跌進一口深井。

這種情況持續多久，他自己也不知道。當他回過神來時，醫生和護士早就離開了。

他撐起沈重的身體，勉強站了起來，又看看雙眼緊閉的直子。

光是在這裡嘆息也没用……他對自己說道。死者已矣，現在最重要的，應該是考慮生者的事才對。

平介轉身探視藻奈美，剛才直子握過藻奈美的手，現在換成他來握。

他下定決心，即使用自己的生命交換，也要全力保護這個天使。就算藻奈美無法恢復意識，起碼她還活著。

我一定會保護她，直子。我一定會好好守護著藻奈美。像是在念咒似地，平介不斷地在心裡重複這句話。正因為如此，才能使他從痛失一切的悲傷中站起來。

他用雙手握住藻奈美的手，他很想緊緊地握住她，但是年僅十一歲的女兒，手是那麼細小，平介深怕自己太用力，就會把它捏碎了。

他閉上眼睛。此時，許多影像在他腦海裡一一浮現，都是美好快樂的回憶。記憶中的直子和藻奈美，笑得多麼燦爛。

平介不知不覺地留下了眼淚，有幾滴淚水滴在他和藻奈美的手上。

這時候……。

平介感覺手裡有些異樣，並不是淚水滴在手上的感覺。他發現手中的確有東西在動。

他驚訝地望著藻奈美的臉龐，原本像個洋娃娃般沈睡的女兒，竟然緩緩地張開了眼睛。

3

杉田平介的家，距離三鷹車站只有幾分鐘的車程，位於巷道狹窄的住宅區東北角。他在六年前買下這棟三十坪左右的中古住宅。當時，要不是直子熱切期望，他根本沒想過會買房子，而且還是一棟獨棟住宅。直子認為與其每個月繳房租，還不如拿去繳房貸呢！

「從現在開始，就算繳三十年的貸款也比較安心啊！三十年以後你應該還在工作吧！」對於必須支付龐大貸款而面有難色的平介，直子這麼說道。

「我們公司規定六十歲就必須退休了耶！」

「沒關係！現在的社會已經趨向高齡化了。到時候退休年齡可能已經提高到六十五或七十歲了呢！」

「真的嗎？」

「是啊！再說，難道你打算到了六十歲就不再工作了嗎？哪有那麼便宜的事！」

聽她這麼一說，平介也沒有回嘴了。

「不管怎樣，現在買下來就對了，要是現在不買，恐怕你一輩子就不會買房子了，咱們永遠都得寄人籬下。你也不喜歡這樣吧！一定也想有個自己的家吧！既然想就趁現在嘛！」

經不起她的鼓吹，平介終於點頭了。才一答應，直子的行動竟出乎意料地迅速。當週週六，房屋仲介公司才帶著他們四處物色房子，隔週他們就付了訂金。從如何支付貸款到搬家前的準備，全都由直子一個人親手包辦。對於平介來說，這感覺就好像一回過神來，已經住進新家了。他的貢獻僅止於收集直子需要的資料罷了。

但是現在回想起來，他深深感覺，當時買下這棟房子是一個正確的抉擇。那時候如果沒有買房子，錢不見得就能省下來，存款也不會增加。而且最重要的是，不動產的價值不斷在飆漲，尤其最近的情勢更是讓人傻眼，專家認為房地產還有上漲的空間。在距離杉田家約兩百公尺處，有一棟坪數差不多的中古屋要賣，賣方出的價是平介目前絕對買不起的價格。

「你看，我說的沒錯吧！要是什麼事都讓你做主的話，我們也不會有今天呢！」直子總是以一副很自豪的模樣說道。

雖說這棟房子是自己挑選的，不過直子真的很喜歡。她最喜歡這個庭院，這裡放了好幾個盆栽，種著她喜歡的花草。她在照顧這些花草的同時，還會哼哼唱唱。她哼的曲子有時候是『狗兒警察』，有時是『拳頭山的貍貓先生』。可能是常常和藻奈美一起收看兒童節目吧！每次從庭院繞到玄關去取郵件的時候，她便會哼唱『山羊郵差先生之歌』。

出車禍以後的第四天，平介將佛龕設在一處可以看到小庭院的位置，並將直子的骨灰罈放在上面。在車禍發生的第二天，雖然已經在當地舉行過公祭，但是昨天才算是真正的守靈，並且今天就在附近的齋場舉行喪禮。其實，本來應該在直子喜愛的這個家裡舉行的，但由於房子前面的巷道太窄，再加上前來弔唁的賓客太多，才打消了這個念頭。

事實顯示這個決定是對的。前來弔唁的客人相當多，竟然還有許多電視台的記者聞風而至，將場內擠得水泄不通。如此吵雜混亂的場面，要是發生在這個寧靜的住宅區，平介就得在事後向鄰居們致歉了。

喪禮已經結束了，但是媒體仍然不肯放過平介，無論他走到哪裡、做什麼，總是有鎂光燈如影隨形。原本就極力排斥這些狗仔隊，這兩天卻完全使不上勁。

在許多罹難者家屬中，平介之所以會如此引起媒體的注意，其實是有原因的。他同時體驗到幸與不幸的滋味。不幸的是，失去了愛妻；而幸運的是，女兒竟然奇蹟似地醒過來。

「夫人的喪禮結束之後，請描述一下您現在的心情！」

「關於大黑交通公司所做出的結論，您的看法如何？」

「聽說全國各地的慰問信，如雪片般飛來。對於這些人，您有什麼話要說嗎？」

事實上，他們的問題並沒有什麼變化。對平介來說，根本不需要花太多腦筋思考，只要重複相同的答案就夠了。所以他覺得這些人太膚淺了，或許這就是這些人僅能想到的問題吧！

但是，每當問到以下的問題，平介就啞口無言了。

「請問您該如何告知藻奈美，她母親已經去世的事實呢？」

關於這個問題，我還希望你們來告訴我呢！平介差點脫口說出這句話。他很困擾，就是想不出一個好答案。於是他只好這麼回答：「這是我今後要思考的問題。」

到底應該怎麼說才好呢？……他對著妻子的牌位，喃喃自語。最近不曾和女兒好好說話的父親，該怎麼做，才不會傷害一個脆弱幼小的心靈呢？幼小的心靈，脆弱又容易受傷的說法，其實也不是他能夠感受得到，只不過大家都這麼說，他才覺得應該是這樣子吧！但是如何脆弱，又如何容易受傷？這是他從未想過的問題。

要是死去的是我，而直子必須將這個事實告訴藻奈美，她一定能把這個棘手的問題處理得很好。平介到現在還在想這種毫無意義的事。

佛龕擺好之後，平介脫下喪服、換上家居服。牆上的時鐘，指著下午五點三十五分，應該是醫院的晚餐時間了。平介邊想邊把錢包和車鑰匙放入口袋。他在心裡默念，希望藻奈美今天能夠好好地吃頓飯。

藻奈美雖然奇蹟似地恢復了意識，但是並不代表她已經完全康復。她身上似乎還有許多垂死掙扎的反應，那就是她的表情和語言。另外，還有一般少女的反應。她雖然可以點頭或搖頭來示意，但是平介卻聽不到充滿朝氣的聲音，就算對她說些鼓勵的話，她也只是用一雙無神的眼睛，呆呆地凝望著天空。

在醫學上而言，沒有任何異常症狀，這是醫生診斷的結果。雖然她曾經一度被診斷為植物人，但是現在她的腦部功能已經完全恢復了。

醫生認為她現在的情況，也許是精神受創太深所造成的。不斷地付出耐心與愛心來照顧她，是目前唯一、也是最有效的治療方法。

昨天中午，藻奈美轉診到小金井的腦外科醫院，那裡的檢查結果也是一樣。主治醫生對於藻奈美經歷了這麼嚴重的意外，卻能毫髮未損，感到相當驚訝。

下午六點左右，平介抵達醫院。在停車場停好了車，先確認一下附近是否有媒體駐足。由於媒體希望能搶先報導死裡逃生的藻奈美，因此相當積極。但是，平介總是推託藻奈美目前的狀況還無法接受採訪，請大家見諒等等理由，拒絕過很多次了，看來今晚他們也會遵守諾言才是。

走進藻奈美的病房，剛好值班的醫護人員送來晚餐。今晚的菜單有烤魚和燉青菜，還有味噌湯。平介把餐盤放在床邊的桌上，然後看看女兒的情況。藻奈美正熟睡著。

平介拿起一張椅子，在床邊坐了下來。這幾天的疲憊，就像沈重的污泥般堆積在身上，讓他累得不得了。

藻奈美熟睡時幾乎沒有發出鼾聲，胸部和腹部也沒有上下起伏。有時候平介會以為她已經停止呼吸了。不過看到她的雙頰紅潤，就安心了不少。肌膚的血色，也是從昨天才開始慢慢好轉的。

能夠救回藻奈美的命，對平介來說，無疑是最大的解脱，要是連心愛的女兒也失去了，自己鐵定會發狂。

但是，即使陪在奇蹟似生還的女兒身邊，那種獲救的感覺，仍然比不上直子死亡的悲痛強烈。接著，平介心中會充滿了忿怒：為什麼咱們就得受這種折磨？咱們根本就不算幸運，而是不幸，非常的不幸……。

平介很愛妻子。

雖然她最近稍微發福，眼角的細紋也越來越明顯，但是平介還是最喜歡她那張討喜的小圓臉。雖然她多嘴、有點霸道、相當獨立自主，但是她不拘小節、表裡一致的個性，讓人感覺和她在一起很舒服，也很快樂。她是一個聰慧的女人。對藻奈美而言，更是一位好母親。

平介望著藻奈美熟睡的臉龐，腦海中不斷地浮現與直子交往的一切；第一次見到她的情景、與她約會的情景、前往她的單身公寓的情景。

當時，直子與他在同一家公司上班，只是比他晚三年入社。兩人交往了兩年，平介向她求婚時，只是很簡單地說了一句「嫁給我吧！」直子聽了，不知為何竟笑彎了腰，然後才收斂起笑容，應了一聲「好！」

新婚生活、藻奈美的誕生、接著……。

回憶不經意地跳到了數天前的守靈夜。平介獨自坐在椅子上，有一個男人走過來跟他說話。這名年約三十歲、體格健壯的男子是當地的消防隊員。據他描述，是他們那組隊員把直子和藻奈美從懸崖下抬上來的。

平介不斷地向他點頭道謝。老實說，要是沒有他們，藻奈美連命也保不住了。

但是男子卻搖搖頭。「不，保住您女兒性命的並不是我們喔。」

咦？平介感到很疑惑。男子接著說：「當我們抵達現場時，在車體殘骸下發現一名成年女性。仔細一看，才發現那位女士壓著一個小女孩。她用身體護住小女孩，雖然有很多玻璃碎片插進她的身體，但是小女孩卻毫髮未傷。」

那對母女便是您的夫人和千金。他繼續說：「我覺得這件事無論如何都必須讓您知道，所以才會向您提起。」

聽了他的話，平介幾乎要崩潰，索性嚎啕大哭了起來。

再度想起消防隊員的話，平介又是一陣鼻酸。其實，他最近幾乎每天晚上都會哭，只不過今天哭得比較早。他從口袋裡掏出一條皺巴巴的手帕擦眼睛，由於鼻水也流出來了，他又擦擦鼻子，手帕立刻濕了。

「直子，直子，直子……」他坐著彎下腰，用手抱著頭，喉嚨裡發出沙啞的聲音。

這時候，他聽見了一個聲音。

「老公……」

平介立刻抬起頭，往門的方向看去。他以為是誰走進來了！但是門緊閉著，走廊上連個人影也沒有。

正當他懷疑自己是否聽錯的同時，又聽到了那個聲音。

「老公，這裡……我在這裡。」

4

平介驚訝地從椅子上彈跳起來。呼喚他的是藻奈美；剛才還像個洋娃娃般熟睡的女兒，現在卻睜大了雙眼望著他，那種毫無情感的眼神已經消失了。在她黑色的雙眸中，閃爍著急欲訴說的光芒。

「藻奈美……啊，藻奈美，妳終於說話了。啊，太好了，太好了！」

平介站起來，想仔細看看女兒的臉，沒想到淚水卻模糊了視線。還是先去叫醫生過來吧！於是慌慌張張地走到門口。

「等一下……」藻奈美發出虛弱的聲音。

平介握著門把，回過頭來問道：「怎麼了？哪裡不舒服？」

藻奈美輕輕搖搖頭。「你先……過來，聽我……把話說完。」她拼命發出聲音，說起話來斷斷續續的。

「我會聽妳說，但是現在還是先找醫生過來吧！」

她聽了又搖搖頭。

「不要叫別人過來。反正，你先過來……求求你！」

平介很困惑，但還是照著她的話做，他以為她只是想撒嬌。

「好了，我來了。怎麼了？有什麼話就說吧！」他溫柔地說道。

但是，藻奈美卻沒有馬上開口說話，只是一直凝視著他。平介看到她看著自己的眼神，心中產生了一種奇妙的感覺。他覺得她的眼神好奇怪，一點也不像藻奈美，不！應該說是根本就不像小孩子該有的眼神。但是，這個眼神卻讓他有一種很懷念的感覺。是誰曾經有過這樣的眼神呢？

「老公……你會相信我說的話嗎？」藻奈美問道。

「會啊，我相信。妳說的每句話我都相信。」平介對女兒笑著說道。但是，隨後他產生了一個疑問。老公？

藻奈美仍然凝視著他，並說道：「我，不是藻奈美。」

「咦？」平介仍然保持著微笑，但是卻笑僵了。

「我不是藻奈美喔！你知道嗎？」

現在，他的臉部肌肉開始痙攣。即使如此，仍然維持著笑容。

「妳在胡說什麼啊？哈哈哈！這麼快就開老爸的玩笑！哈哈哈，哈哈……」

「我可不是在開玩笑喔！我真的不是藻奈美！你應該看得出來呀！是我，我是直子啊！」

「直子？」

「是啊，就是我呀！」藻奈美露出哭笑不得的表情。

平介看著女兒的臉，然後把她剛才所說的再回想一遍。字面上的意思是懂了，但是話中的含意，卻讓他亂了頭緒，並產生了抗拒的反應。最後，他只好強顏歡笑。
「妳又來了！」他這麼說道：「開什麼玩笑，我才不會上妳的當呢！」
但是，才短短幾秒，他的笑容就消失了。因為他看見藻奈美露出真誠又哀傷的表情。
平介再度站起來，搖搖晃晃地走到門邊。他打算把醫生找來，因為他覺得女兒瘋了。如果不是女兒瘋了，那就是自己瘋了。
「別去！」藻奈美說道：「別找人過來，你先聽我說……」
平介回頭。她繼續說道：「我真的是直子。你不相信，我也能理解，因為連我自己都不太相信，但這是事實。」
藻奈美哭了。不，是外表像藻奈美的少女哭了。
怎麼可能會有這種事？平介心想，根本不可能會發生這種事……。
他很激動，但不是因為他不相信她所說的話，事實正好相反。她說話的口氣真的就像妻子。一想到這裡，平介又看看藻奈美，從她身上所散發出來的氣息，並不像小學生，而是一種成熟女性的感覺，而且是平介很熟悉的感覺。這一點他很明白。
「不，可是……這……怎麼會有這種事……這……」
平介搔搔頭，他開始害怕看到藻奈美的模樣。
她一直哭，哽咽的聲音，傳進了平介的耳朵裡。他用眼角瞥了一眼病床。

她用左手摀著雙眼不停地哭著，接著用右手輕輕蓋著左手，右手中指像是在撫摸左手無名指似地。

平介相當吃驚，因為這正是直子的習慣，每次只要夫妻吵架，她就會邊哭邊出現這種舉動。她總是用右手撫摸左手的婚戒。

「妳還記得我們第一次約會的事嗎？」平介問道。

「我怎麼可能忘記！」她含著淚回答：「我們去看了一部潛水艇災難片啊！」

「不是潛水艇，是豪華客輪。」平介說道。

從那以後，雖然「POSEIDON ADVANTURE」這部片子已經看過很多次了，但是直子老是以為POSEIDON號是一艘潛水艇。

「看完電影之後，我們還去山下公園。」

她說的沒錯。兩人坐在長椅上，欣賞海面上的船隻。

「那我第一次去妳家的事呢？」

「我也記得，那天好冷喔！」

「嗯，真的好冷。」

「你脫掉長褲，裡面竟然還穿著睡褲。」

「那是因為我早上來不及脫嘛！」

「騙人，你明明把它當成衛生褲來穿！」說著，她就呵呵地笑了起來。

「真的嘛！現在哪有人在外褲裡面穿衛生褲的？」

「那時候，你也是死不承認。」

「妳別只記得這些奇怪的事好不好？」平介走近病床，跪在地板上。具有藻奈美身軀的少女凝視著他。平介接受了她的眼神，也凝視著她。接著，他用雙手捧住她的臉頰。

「那天晚上……」她說道：「你也是這樣對我的！」

「是啊！」那時候，他吻了她。但是，他現在並沒有這麼做，因為在他眼前的不是直子，他用問題取代了親吻。

「妳真的是直子？」他的語氣微微顫抖。

她深深地點點頭。

5

直子是在被送進病房不久，才真正了解自己身上發生的事。在那之前，她只覺得昏昏沈沈，對於遭遇車禍，在生死邊緣掙扎，完全沒有印象。

後來，她恢復了意識，卻一直搞不懂為什麼每個人都叫她藻奈美？這點讓她很困惑。

她很想告訴大家，不是，我不是藻奈美，我是直子啊！但是，好像有什麼制止了她。她直覺要是真的這麼做了，也許後果會不堪設想，所以她才一直保持緘默。

雖然她早就發現自己的身體和藻奈美對調了，但還以為這只是一場惡夢，不然就是自己的腦袋撞壞了，所以才急著想恢復正常。

但是，今天看到平介流下了眼淚，才真正了解這不是惡夢，而是事實，所以就接受了。

「這麼說……」平介在聽完她的話之後，問道：「那麼，死的是藻奈美囉？」

直子躺著，默默地點點頭，眼眶頓時紅了起來。

「這樣啊！」平介低下了頭。「原來是這樣啊！死的原來是藻奈美啊！」

她——擁有藻奈美軀體的直子將毯子往上拉，遮住了臉孔，隱約傳來了啜泣聲。

「對不起，真的很對不起！要是活著的不是我，是藻奈美就好了！我活著也沒有用……」

「妳在胡說什麼啊？怎麼可以這麼說！很多人在這場意外死了，妳能活著我就很滿足了。就算只有妳……」平介哽咽得說不出話來，看到藻奈美活生生的軀體，實際上卻已經死了。他雖然接受了這個事實，但心中又有另一種不同的悲哀。

兩人都不語，只是哭著。

「不過，這實在令人難以相信，怎麼可能會發生這種事？」平介的情緒逐漸緩和，他仔細端詳女兒的臉。不，應該是妻子的臉吧！

「連我也不敢相信呢！」她用手背拭去臉上的淚水。

「這種結果不會再改變了吧！」

「什麼意思？」

「沒有，我只是想，這種症狀可能治不好吧！」

「治療……這是一種病嗎？」

「嗯，我也不知道……」

「如果這是一種怪病，吃吃藥或動手術就可以讓藻奈美恢復意識的話，我一定毫不猶豫地接受治療。」她斬釘截鐵地說道。

「但是，果真如此，那妳自己的意識呢？」平介問道：「妳的意識會不會就這樣消失了呢？」

「要是這樣也無所謂。」她說道：「只要藻奈美能復活，我很樂意消失。」

她凝視著平介，一雙大眼睛閃爍著真摯的光芒。平介想起藻奈美曾經為了不想去補習，就向他保證一定會讓成績進步的那種神情。現在的情況就和當時一樣。

「直子！」平介看著女兒的臉，呼喚著妻子的名字。「別再說這些傻話了。」

「但這很正常啊！本來死的應該是我呀！」

「現在說這些又有什麼意義呢？而且無論我們怎麼做，藻奈美也不會回來了。」平介說著，便低下了頭。沈默的氣氛持續了幾秒鐘。

呃，她先開了口。「你覺得我們今後該怎麼辦？」

「該怎麼辦？就算把這件事告訴別人，也不會有人相信。就算告訴醫生，他們也是束手無策吧！」

「說不定還會把我送進精神病院呢！」

「是啊！」平介雙手交抱，低聲附和。

她一直凝視著沈思中的平介，忽然好像想到了什麼似地問道：「今天是出殯的日子嗎？」

「咦？啊，是啊！妳怎麼知道？」

「要不是舉行喪禮，你也不會穿上白襯衫。」

「啊，對喔！」平介摸摸自己的衣領。他本來想換掉喪服，結果也只是在白襯衫外加了一件毛衣罷了。

「是我的嗎？」她問道。

「咦？」

「是我的喪禮嗎？」

「嗯，嗯！是妳的。」他點點頭，接著又說：「但是，妳還活著，還活著呀！」

「所以應該是藻奈美的喪禮囉？」她說到這裡，便熱淚盈眶。「我搶了那孩子的身體，把她的靈魂趕出去……」

「妳是救了藻奈美的身體啊！」平介緊緊握住了妻子纖細的手。

6

這棟建築物比想像中還雄偉，而且非常嶄新。原來市井小民繳的稅金就是這種用途啊？平介有了新的體認，不過也認為似乎沒有必要將這種建築物弄得如此金碧輝煌吧！至少那個不起眼的中庭和毫無價值感的藝術裝飾品都是多餘的。

圖書館是一個只有在求學時代才會光顧的地方。而且，當時並不是為了找書，只是想在有冷氣的閱覽室裡和朋友一同準備升學考試罷了。換言之，這是平介第一次為了找書才進入圖書館。

他一進門，立刻走向諮詢台。那裡有兩名工作人員；一名中年男子和一名年輕女孩。那名男子正在講電話。

「請問……」平介問那名女職員：「腦部的相關書籍放在什麼地方？」

「腦部？」

「腦，頭部。」他指指自己的頭。

「喔！」那名女職員聽懂了之後，便從櫃台走出來。「在這邊，請跟我來。」

她好像要帶路啊！沒想到這麼親切，平介很放心地跟著她。

藏書室相當寬敞，有許多書架並列，每座書架上整齊排列著許多厚重書籍。令人訝異的是，站在書架前看書的人很少。平介心想，現在喜歡看書的人越來越少了。

女職員停下了腳步，對他說：「這一區就是了。」

「啊……」

這一區好像都是醫學叢書。分類牌上註明消化器官、皮膚、泌尿器官等，以器官類別來區分這些書籍。女職員所指的「這一區」，就是陳列著許多腦部醫學書籍的書架。

在其他區域看書的人不多。奇怪的是，在這一區找書的人倒是不少，而且都是男性。雖然風格不盡相同，不過每張臉孔看起來都一副很聰明的樣子。

平介站在書架前，仔細閱讀每本書的書背。『關於大腦邊緣系與學習』、『腦部荷爾蒙』、『腦與行動學』……對平介來說，光是看這些書名就搞不懂內容在說什麼了。即使如此，他還是從書架上抽出一本書。這本書的書名是『從腦部所見的精神與行動』。

『人腦未具有特異機能的廣大皮質部分，稱之爲連合性皮質。根據傳統的腦類科學指出，具有特異機能的皮質部分卻在這裡形成連結，並且在這裡統合所接收到的訊息。人類利用腦部的連合性皮質，把接收到的情報統合成情動或是記憶，所以懂得思考、下決定、做計畫。例如頂葉的連合部分，是主宰體性感覺皮質所傳送的情報，也就是與身體的位置或是動作有關的皮膚、肌肉、膝、關節等傳送的訊息……』

平介將書闔上，光是讀到這裡，他的頭就開始痛了。

他又走回櫃台，剛才那名女職員訝異地看著他。

「不好意思！」他搔著頭問道：「請問有沒有關於靈異方面的書？」

「咦？」

「呃……很常見啊！像是不可思議的靈異事件之類的，不知道有沒有那種書？」

「你不是要找腦科醫學的書嗎？」

「是啊，不過我已經看完了，現在想找一些關於靈異方面的書。」

「咦……」那名女職員一臉狐疑地望著他。「這種書應該歸類在休閒娛樂區吧！」

「休閒娛樂區？」

「那一區就是。」女職員指指遠處說道：「後面有一區是超異常現象叢書，像是UFO這種書也應該擺在那裡。」

看來，這次她不會再帶路了。「這樣啊，謝謝妳！」平介說完，便獨自往那個方向走去。果真看到了很多相關書籍；神秘集團、奇異現象、靈異學……許多經常在電視上耳熟能詳的字眼都出現在書架上。

平介隨手拿起了一本書。這本書的書名是『超異常現象事典』。作者是林・皮克奈特，一個連聽都沒聽過的名字。

他先翻到目錄，想找「人格移轉」或是「靈魂交換」等字眼，但是這本書並沒有提到。不過，他卻找到了「附身」這個字眼。翻開那一頁，文章中的前言如下：

『在人類演化的最初階段，部落社會剛剛形成的時期，有極少數人能夠進入一種忘我的境界，進而取得一些頗具價值的訊息。處於這種狀態的人，會用一種異於平常的聲調說話，周遭人可以感覺到當事者的靈魂一時之間出竅了。這也就是「附身」的起源。』

寫得太籠統了，平介這麼想。但是文中所提到的與藻奈美的情況非常相似，根據之前的對話，他覺得直子的靈魂的確進入了藻奈美的身體。

但是「一時之間」這個字眼卻與事實不符。藻奈美，不，在直子的衝擊性告白之後，已經過了兩天，她卻沒有發生任何奇妙的變化，仍然堅持自己是直子。

平介又繼續讀下去。「附身」會因地域或文化出現不同的情況，並被賦予不同的意義。在文明初期，「附身」被認為是「神的介入」；但是到了紀元前五世紀，希波克拉提斯卻提出了『與肉體上的其他疾病相同，與神的行爲無關』這種論調。

但是，在古代的以色列有一種頗具權威性的說法。『那是一種被惡靈附身的狀態』。雖然早期的基督徒也主張『聖靈附身現象是每個人極爲期盼的神蹟』，但是大部分的人都認為，附身其實是惡靈搞的鬼，所以必須舉行驅逐惡靈的法事。

平介想起以前曾經看過一部電影「大法師」。啊，對了，應該就像那樣吧！但是，平介難以想像那個停留在藻奈美的身體裡，一直聲稱是直子的靈魂會是惡靈。那明明是平介最親近的妻子，絕對不會錯。

歷史上記載最有名的附身實例便是一六三〇年代，發生在法國的「尼僧集體附身事件」。被附身的尼僧，曾說出以下的話，『口中說出粗話或是褻瀆神的言語，另一個自己正在一旁側耳傾聽，卻無法阻止自己口出穢言。這是一個奇妙的體驗。』從此以後，「附身」便被一般人認為是一種雙重人格或是多重人格的表現了。

平介抬起了頭沈思。雙重人格嗎……？

果真如此，科學上的觀點是成立的。他開始審視藻奈美的狀態；也就是說，其實那不是直子在說話，而是藻奈美的另一種人格。

但是，平介馬上又有疑問。就算知道原因，也沒有解決方法啊！繼續讀下去，這本書也寫出了平介所質疑的事。

『但是，更深一層的附身是一種非常深奧的現象，所以無法解釋或說明清楚。這是一種靈媒行爲。（中間省略）當靈媒處於一種出神狀態時，就可以提供一般人一些鮮爲人知的情報……』

原來是這樣啊！從藻奈美口中說出許多連她自己都不可能知道的事，像是平介與直子的第一次約會……。

與其說藻奈美的性格變得與「直子完全相同」，還不如說是直子的人格附在藻奈美身上，比較能讓人接受呢！

平介快速地瀏覽了這本書。結果，他發現在「附身」這個單元之後，便是「多重人格」了。他仔細閱讀了一下，其中提到幾個實例，都是説明當這種現象無法用心理學的角度來解釋時，就稱為附身。

『從這個角度來看，有一個極爲戲劇化的例子，稱爲「不可思議的瓦西卡」。一八七七年，在美國伊利諾州一個名爲瓦西卡的地方，有一個十三歲的小女孩名叫露蘭西・威納姆。有一天，她的癲癇症發作，使她進入一種無意識狀態。她的靈魂出竅，並且被其他靈魂附身。這個頗具「控制力」的靈魂名叫瑪麗亞・蘿弗。她是一個死於十二年前的少女。在往後大約一年內，瑪麗亞便取代了露蘭西。她（據瑪麗亞家人的描述）的言行舉止像極了生前的瑪麗亞，一切關於蘿弗家族的生活習慣等，她都瞭若指掌。過了一年，「瑪麗亞」表示必須回到天國，才一説完，露蘭西就恢復了意識。』

平介睜大眼睛，重複閱讀這個部分。這個故事簡直就和藻奈美的情況如出一轍呢！

這本書還提到另一個故事，也引起了他的注意。那是在一九五四年，一個名叫比爾・萊魯・嘉多的少年所發生的事。比爾罹患了天花，所有人都認為他没救了，但是他卻奇蹟似地生還了。只是劫後餘生的他，個性完全變了。事實上，他是被一個幾乎在同一時間死亡的印度少年神官附身。比爾對於這名死去的少年瞭若指掌，這種狀態持續了兩年左右，他自己的人格才又恢復正常。

平介逐字念著，看來直子和藻奈美的情況和這個例子幾乎完全一樣。雖然很不可思議，但是這個世界上仍然有許多前例發生。

這麼說來……。

目前的情況持續了一陣子，搞不好直子的人格突然消失，藻奈美便會甦醒。若真是如此，直子就會真的死去了，而藻奈美便會復活。

平介闔上書本，心中有一種很複雜的感覺。藻奈美若醒了，恢復原狀，這當然是他最期盼的事，但是到時候他就會失去直子，與直子永遠地分離……。

他搔著頭，很想大叫一聲。一開始愛妻身亡，接著還要承受痛失愛女的痛苦。現在，情勢有可能大逆轉，他真的很想說，讓我選擇一個明確的結果吧！因為現在這種曖昧不明的狀態，只會讓他繼續深陷在悲痛與空虛的泥沼中，而且永遠侵蝕著他。

平介將書放回原位，用拳頭狠狠敲了一下書架。這時，他感覺旁邊有人嘆了一口氣，轉頭一看，一名女子怯生生地站在那裡看他。

「橋本老師……」平介認得她，趕緊趨前問道：「呃……您什麼時候來的？」

「我總覺得你很面熟，所以才走過來確認。你好像很專心在查什麼資料。」

「啊，沒有，其實算不上查資料啦！」他露出親切的笑容，並且揮揮手說道：「只是剛好看到這邊有一些奇怪的書，就順手翻翻罷了。」

「這樣啊！」她瞄了一眼架上的書，看到『超異常現象事典』這一類令人毛骨悚然的書名，一時之間也不知該說什麼。

她——橋本多惠子，是藻奈美的導師，年約二十來歲吧！平介第一次見到這位身材姣好的美女老師，是在直子的喪禮當天。

「老師怎麼會來這裡？」平介問道。

「我是……來找資料的。」

「啊，是啊！學校老師來圖書館是理所當然的嘛！」哈哈哈！平介發出了笑聲。這時，四周有幾個人紛紛轉頭過來瞪他。

「啊……這個，我們去那邊聊好了，那邊有椅子可以坐。」平介指著入口處說道。

「那裡的椅子是專為閱讀者設的。」橋本多惠子苦笑了一下，小聲地說道：「我看我們還是到外面去好了。」

「啊，是啊，是啊！」

才走出圖書館，平介就大大地伸了一個懶腰。

「來到這種地方，不知不覺就會變得很緊張，連肩膀都好酸痛呢！」平介一邊扭扭脖子說道：「不過也有人在裡面打瞌睡喔！」

「嗯！平常白天還可以看到一些上班族來這裡打瞌睡呢！」橋本多惠子說道。

「咦？真的嗎？業務員就有這種好處。」

「杉田先生在工廠裡上班吧！」

「是啊！」平介應道，還看了她一眼。「奇怪，老師怎麼知道？」

「藻奈美在作文裡提過，爸爸在工廠裡工作，每三個星期之中，就有一個星期必須上夜班，當大家都在睡覺的時候，他還要工作，好可憐喔！我記得她是這麼寫的。」

「喔，這樣啊！原來她是這麼想的啊！」

即將邁入青春期的藻奈美，這一陣子已經很少主動跟父親說話了，對於父親的工作也不是那麼感興趣。只要好好工作，按時給她零用錢就好了，在不在家都無所謂。從她的言行中，他一直以為她是這麼想的。當然，這不可能是她裝出來的吧！不過，她也不是完全不在意父親。一想到這裡，平介的心中便感到一股暖流。但是，藻奈美現在已經不在了。

圖書館的前面有一座小公園，裡面有一處小噴水池，在噴水池邊有幾張長椅。平介與多惠子並肩坐了下來，在坐下之前，平介的腦子裡突然閃過一個念頭，要不要在椅子上鋪條手帕比較好。但最後他並沒有這麼做。

「藻奈美的情況怎麼樣了？」多惠子一坐下來便問道。

「嗯，託您的福，她現在慢慢康復了。讓您費心了，真是不好意思。」平介低著頭說道。

藻奈美恢復意識並開口說話的時候，平介也曾打電話通知橋本多惠子。但是，關於性格轉變這一點，他還是保持緘默。

「聽說下個禮拜就可以出院了！」

「是啊！還需要再做一次精密檢查，要是結果都正常，應該就可以出院了。」
「這樣子，她就趕得上開學了。」
「是啊！可以和同學們一起升上六年級，她也很高興呢！」
「那我可以再去看看她嗎？小朋友們也很擔心呢！我會帶幾個小朋友一起去。」
「啊，好啊！隨時都歡迎，我想直子一定也會很高興。」平介此話才一說出口，多惠子的臉上就出現一種困惑的表情。為什麼會有這種表情呢？猛然一想，才驚覺自己說錯了話。
「啊！不是，不是直子，是藻奈美。我想藻奈美一定會很高興。」
多惠子聽了，站起來面對著他，挺直了背。她的表情看起來比剛才更困惑。
「杉田先生，對於府上發生這麼重大的變故，我深深感到抱歉。我想，夫人的去世對您的打擊一定很大。我雖然幫不上什麼忙，但是我願意開導藻奈美，包括您在內，只要我幫得上忙的地方，儘管跟我說，請不要客氣。」
她的語氣誠懇、眼神真摯。平介從她的談話中，感受到年輕老師特有的純真與活力。她一定以為他不小心說出直子的名字，是因為還沒有脫離喪妻之痛。
「好的，那就真的要麻煩您了。」平介雙膝併攏，鞠了一個躬。但是，他同時正想著另一件殘酷的事實，那就是現在的藻奈美，其實比妳大了十幾歲呢！

7

平介在圖書館遇到多惠子之後，過了兩天，她果然帶著五個小朋友來到醫院。三個小女生，兩個小男生，都是藻奈美最要好的同班同學。

「我在電視上聽到藻奈美的名字，嚇了一大跳呢！剛開始還以為是同名同姓，後來想想，藻奈美這個名字很少見，而且年齡又相同，我想一定不會錯的，但是又不知道該怎麼辦？最後只好哇哇大哭。」說話的小女孩，名叫川上國子，一臉好勝的表情。雖然邊說邊笑，眼眶卻開始紅了。這一點平介也看得出來，或許她又感受到得知惡耗的衝擊吧！

然而在一旁傾聽的藻奈美；也就是直子，眼眶也跟著紅了起來。

「是啊……是啊，妳一定嚇一跳吧！藻奈美和妳經常形影不離，連聖誕節也去府上打擾，妳們還讓她帶了一個大蛋糕回來……」她吸吸鼻子，用手按著眼睛，繼續說道：「那時候也是，那孩子在車上一直念著，要替妳和其他同學買哪種土產才好呢？誰知道後來會發生這種事……」

她的口氣完全就像一個喪女的母親。平介聽到這些話的一瞬間，眼眶也不禁濕熱了起來，但是他立刻察覺現在不宜悲傷。而小朋友們和橋本多惠子都以詫異的眼光望著藻奈美。

「這個……對了，藻奈美，妳說要買土產，不是出發前就提過了嗎？嗯，這個我也記得喔！對吧！」

聽了平介的話，她的臉上出現了困惑的表情，但是好像又想起了什麼似的，馬上改口說道：「嗯，是啊！真不好意思，讓大家擔心了。」她轉頭面向同學們，並深深地鞠躬。

「妳的身體應該好多了吧？」橋本多惠子問道。

「是啊！託大家的福，已經沒什麼大礙了。」

「不會出現頭痛的症狀嗎？我聽說出過車禍會出現很多後遺症。」

「嗯，到目前為止都還好。不過，以後的事也無法預知。我也聽說有些病人深受這些後遺症所苦！反正，我再也不敢坐滑雪巴士了。」

她已經盡量在注意自己的言行了，但是所說出的每一句話，卻一點也不像小學生。

橋本多惠子皺皺眉，隨即又恢復了笑容。

「聽說妳趕得上開學，我真的很高興耶！但是不要太勉強喔！要是身體不舒服，就別勉強自己上學。」

「嗯，謝謝妳。妳這麼說，給我的幫助很大。」

就在藻奈美再次低頭致意的同時，一旁的一個小男生，捧著一束花，向前跨出一步。「這個……送給妳。祝妳早日康復！」

「哇！」藻奈美的臉上突然閃現光采。一瞬間，她的視線從花束移向了那名少年。

「咦？你是……今岡吧！」

嗯！他點點頭，卻感到很疑惑。

「咦……」從藻奈美口中發出了驚嘆聲。「你長大了很多耶，記得我上次看到你的時候，你應該才二年級……」

「好大一束花喔！」平介趕緊插嘴，慌忙把花束接過來。因為她差點又要說出奇怪的話了。

「等妳出院以後，還可以把這束花帶回家。嗯，這些花真漂亮！妳說是嗎？藻奈美！」

「咦？是啊！得買支花瓶來裝呢！」

接下來，這種對話仍然持續著，但是藻奈美那種怪異的語氣，卻沒有做太多修正。她也努力嘗試用小孩子的口氣對大家說話，但是這樣反而更不自然。

「很多人寄給我慰問禮物和鼓勵信，呃……這個，實在很想一一回禮，但是我想了好久，又不知道要買什麼禮物才好……這種感激之情，真是言語難以形容……」

哪一個小學生會用「言語難以形容」這句話啊？平介在一旁聽得冷汗直冒。

終於，橋本多惠子和小朋友們都站了起來。平介等他們走出病房，悄悄地尾隨在後。這一行人正在等電梯。

「藻奈美有點奇怪耶！」國子説道。

「嗯，是啊！她説話的口氣好像我媽喔！」另一個女孩也有同感。

「也許很久没見面了，所以會緊張吧！」橋本多惠子説道：「而且她才剛恢復説話能力，所以還不太會表達吧，我想！」

「喔，原來如此。好可憐喔！」

聽了國子的話，其他小朋友也點頭贊同。

看來他們不會起疑心了，於是平介就放心地回去病房。但是，他覺得必須警告藻奈美，不，是直子，説話的語氣要更像個小孩子才行。他走到門口，正準備開門時，卻聽到藻奈美的啜泣聲。他嚇了一跳，靜靜地打開了門。

藻奈美把臉埋在枕頭上，輕輕啜泣著，小小的肩膀不停地抖動。平介走近她，輕柔地撫著她的背。

「直子！」他呼喚妻的名字。

「對不起！」她哽咽地説道：「我看到這些孩子，突然感到一陣心酸，他們到現在都不知道藻奈美已經不在這個世界上了。只要一想到這裡，就覺得他們和藻奈美都好可憐……」

平介不發一語地撫摸著她的背。這時候，他根本不知道該説什麼。

8

平介把行李全部塞進大背包，正要拉上拉鍊，最後放進去的蘋果卻卡住，怎麼塞也塞不進去了。蘋果是探病的親戚送的，平介只好把它拿出來，在袖子上抹兩下，就咬了一口，幾滴汁液噴在他臉上。

「有沒有東西忘了拿？」他問著換好衣服的直子。

「嗯，應該沒有吧！」她環顧病床四周說道。

「再仔細檢查一下比較好吧！去年上森林小學時，妳不是忘了帶運動服嗎？」

「那是藻奈美，又不是我！」

「咦？」平介抬起頭看著女兒，然後再敲敲自己的額頭。「啊！是啊，是啊！」

「你趕快習慣吧！我現在在照鏡子，就算看到藻奈美的臉，也不會感覺很奇怪了。」

「我知道，剛才只是一時忘記了嘛！」

這時，傳來了敲門聲。平介說了一聲，請進。進來的是主治醫生山岸。

「啊，您好！」平介對他點點頭。

「今天出院，是個大晴天，真是太好了！」山岸說道。

「是啊，至少這一點點幸運也該有吧！」

山岸點頭表示同意。他是一個略顯發福的中年人，可能是戴著圓框眼鏡的關係，予人一種無法信賴的感覺。但是，他把藻奈美的出院日期往後延，為的是要重複進行精密檢查，平介相當敬佩他的慎重與責任感。

「醫生，非常感謝您這段時間的照顧。等我們安頓好之後，改日登門拜訪。」直子也披著運動外套，彎腰行了一個禮。

山岸醫生看著平介苦笑。

「令嬡真是太懂事了。說起話來像個成熟的女人。」

「不、不，這……只是看起來還不錯啦，這孩子。」

「哪裡，您一定也很自豪吧！」

「沒有、沒有，快別這麼說。她也老大不小了，有時候卻還像個小孩子一樣，傷腦筋，真是的！」正在哈哈大笑的平介，看到山岸醫生一臉疑惑，才驚覺自己說錯了話。「啊，不是……」他連忙搖搖頭，再補充說道：「她明年就要上中學了，這種孩子氣不改不行啦！」

「您太嚴格了！不，應該是謙虛吧！」醫生邊笑邊看著直子。

「妳要乖乖聽爸爸的話，好好地活下去。要是身體哪裡不舒服，就要趕快請爸爸帶妳來醫院喔！知道嗎？」

「是的，我知道。謝謝您！」直子再次低下頭，聲音有點顫抖。

與護士們一一告別之後，平介提著行李，與直子一起走出醫院大門。幾乎就在同時，停車場附近有一群人蜂擁而上。這些人有男有女，其中有幾個人手持麥克風，還有人架起攝影機。

「杉田先生，恭喜您！令嬡終於出院了。」一名女記者先開了口。

「謝謝！」

「可以形容一下您現在的心情嗎？」

「呃，至少現在比較放心了。」

「藻奈美小妹妹，請妳面向這邊好嗎？」一名攝影師說道。

「請問您什麼時候才去夫人的墳前上香呢？」

「先等我們安頓好再說吧！」

女記者一個示意，就將手上的麥克風遞到直子面前。

「藻奈美小妹妹，妳的住院情況怎麼樣？」

「沒有怎麼樣啊！」直子面無表情地回答。

「有沒有什麼事讓妳覺得最辛苦？」

「沒有什麼特別辛苦。我先生……我爸什麼事都會替我弄好。」

「妳現在最想做什麼事？」

「泡個舒舒服服的熱水澡，好好放鬆一下。」

「不好意思！對於我女兒的問題，請問到這裡為止吧！」平介對那名女記者說道。這時，麥克風又轉向他，記者提出的問題都是與客運公司交涉的事情。平介牽著直子，一邊走向停車場，一邊回答問題。最後，就在大家的目送下，開著愛車離開了醫院。

抵達家門口，才要開門的時候，突然聽到有人叫道：「哎呀，藻奈美啊！」聞聲一看，原來是隔壁鄰居吉本和子，提著購物袋走了過來。

「妳今天出院啦！我都不知道耶！」

平介心想不妙，怎麼一回家就遇到三姑六婆。這個歐巴桑有兩個分別念大學和高中的兒子，她可是社區裡的廣播電台，心地不壞，就是愛管閒事罷了。

「啊，妳好啊！」直子馬上回應：「聽說舉行喪禮時，妳還幫了許多忙，真是不好意思！」

說話的口氣一點都不像小孩子，吉本聽了一臉狐疑，但隨即又恢復了笑容。

「幹嘛那麼見外啊！別跟我客氣啦！對了，妳的身體好一點了嗎？」

「好多了，託您的福！」

「真的啊！那就太好了，妳不知道我有多擔心呢！」

「謝謝您的關心！呃，家裡還有很多東西要整理，改天再去登門拜訪吧！」

「啊，好啊、好啊！妳要多保重喔！」

直子打開大門，迅速溜進屋內。平介想起她曾經對吉本和子的形容：「她只要一打開話匣子，不聊上一個小時是不會罷休的，有時候還主動跑進屋子裡呢！」

「那，我們先進去了。」平介說完，正打算進屋。

這時，吉本和子湊近他耳邊低聲說道：「我也不知道怎麼搞的，不過幾天不見，藻奈美變得好成熟喔！可能是母親的死讓她想振作起來吧！」

「哈哈哈，我也不太清楚。」平介勉強擠出親切的笑容，然後趕快躲進屋裡。

直子正在屋裡的佛龕前雙手合十，佛龕上擺著她自己的照片。從旁人的角度來看，其實是女兒藻奈美正在母親的靈前祭拜。

過了一會兒，直子抬起頭看著平介，臉上浮現一抹寂寞的笑容。

「好奇怪的感覺，看著自己的靈位。」

「又不能把藻奈美的照片放上去。」

「說的也是，有時候會有客人來訪。」

「不過，這麼做也不是毫無意義啊！」

平介拿起那個裝著直子照片的相框，打開蓋子，取出裡面的照片。原來有兩張照片，在直子照片後面，還藏著藻奈美的照片。那是去年遠足拍的，她面向鏡頭，做了一個勝利的手勢。

「妳看！」他拿給妻子看。

直子眨眨眼睛，用哭笑不得的表情望著平介。

「感覺好像好久沒看到真的藻奈美。」

「這不代表妳是假的喔！」平介說道。

接著，他做了一頓簡單的午餐：泡麵。還把豆芽菜和叉燒肉鋪在上面，對於做菜一竅不通的他，能夠做到這種程度，直子非常感動。

「偶爾讓老公一個人在家也不錯嘛！」直子邊吃邊說道。

「什麼話呀！要是認真做，法國料理也難不倒我呢！」

「喔！開始說大話囉！那你試試看啊！」

「我只是不想而已。」

以前，只要藻奈美和他們一起吃飯，絕對不可以看電視，這是直子定的家規。所以，現在吃麵的時候，一向喜歡看電視的平介，也沒想到要去開電視。等到直子吃完，他從地上撿起遙控器才想到，啊，對了，藻奈美根本不在。

平介打開電視，畫面上出現一棟他們曾經見過的建築物，那是直子住院的醫院。

「啊，你上電視了耶！」直子指著畫面說道。

電視上播出剛才平介與直子被記者包圍的情況。一兩個小時以前才發生的事，現在就出現在電視上，那種感覺真奇怪。

畫面上，平介拉著藻奈美，也就是直子，快步走向停車場，後面還跟著一群記者。

「關於賠償問題，請問您今後有什麼打算？」一名女記者問道。

「關於這一點，我們完全委託律師處理。」

「您是否請律師提出什麼樣子的要求呢？比如說像賠償金額之類。」

「這不是錢的問題，我只希望對方能夠拿出誠意。因為這場車禍不但奪走了藻奈美的生命，連直子也身受重傷。」平介迅速回答記者的問題之後，便與直子鑽進車子裡。

鏡頭帶到他們駕車急駛而去，隨後又轉回那名女記者身上。

「杉田先生對於藻奈美小妹妹平安出院，感到很欣慰。但是問到關於客運公司的責任歸屬問題時，他卻將妻子和女兒的名字弄錯了。雖然表面上看起來很平靜，其實內心還是隱藏著痛苦。以上是記者在現場為您所作的報導。」

「啊，原來我說錯啦！」平介現在才發現自己的錯誤，吐了吐舌頭。

接著，電視上出現最近緋聞曝光的男星訪談畫面。平介拿起遙控器轉台，卻找不到任何有關自己的新聞，於是他把電視關掉。

「喂……」直子開口問道：「以後該怎麼辦？」

「什麼怎麼辦？」

「你覺得我該用什麼方式生活？」

「嗯……」平介雙手交抱著沈思。

這是一個大問題。其實，平介對於目前的異常狀況漸漸地適應了。表面上看來，直子也能接受。但是，若要其他人接受這種事實，根本不可能。別人會以為她的精神異常，搞不好連平介也得承受這種異樣的眼光。就算能證明這個事實，到時候一定又會引來大批好奇的媒體和看熱鬧的群衆。

平介叨念著。他雖然想到一個方法，卻又在猶豫該不該說出來。

這時，直子說話了。「你要不要聽聽看我的想法？我倒想出一個法子。」

「啊，好啊！」平介調整坐姿，坐正了身子。

「我啊！」她凝視著丈夫的雙眼。「今後就以藻奈美的身分生活吧！」

「是啊……」平介似乎想說什麼，卻又嚥了回去。

「我的身分不再是杉田直子，原來的生活也要改變。雖然會覺得寂寞，但這是最好的方法。不管怎麼說，我不可能再以杉田直子的身分生活下去了。不論怎麼解釋，也不會有人接受這個事實。」

「說的也是……」

「你覺得呢？」

「我也覺得這樣比較好啊！其實我才想問妳願不願意這麼做。但是，實在說不出口。」

「是因為直子將從世界上消失嗎？」

「嗯，可以這麼說。」

「但是……」直子低著頭，舔舔嘴唇，又抬起頭說道：「對你而言，我不是還活著嗎？」

「當然啦！對我來說，直子就是直子。」平介說完才想到，與其說直子就是直子，應該說藻奈美就是直子才對。但是若修正這句話，恐怕會破壞此刻的氣氛。

直子吐了一口氣，舉起雙手，舒服地伸伸懶腰。

「把心裡的話說出來，真痛快。我想了很久，最後才下定決心。」

「這也沒辦法啊！」

「我覺得生活應該要向前看，就當作是重新做人的機會吧！雖然身體不是自己的。」

「但也不是陌生人的喔！」

「嗯！很多人都說藻奈美跟我小時候很像。」

「也有人說，咱們的女兒是個美人胚子喔！」

「是啊！不過鼻子比較像你，有點朝天鼻。」

「什麼話啊！就因為這個鼻子才迷人啊！」

「咦……真的嗎？」直子一副不以為然的表情，但是卻笑了。平介也笑了。自從發生車禍以來，這是他們第一次真心地笑了。

直子說：「我去泡茶！」然後就起身去廚房。她從碗櫃中拿出茶壺，放進茶葉，一舉一動跟直子沒什麼兩樣。

她用托盤端著茶及兩只茶杯，回到了客廳。

「藻奈美已經六年級了，不好好念書不行。我可不想讓成績退步，害她丟臉呢！」

「藻奈美很用功喔！不過好像常常被妳罵。」

「那孩子，明明是個女孩子，國語和社會還算普通，偏偏數理科最拿手，一定是出自你的遺傳。」

「妳的數理科還好吧！」平介笑著問道。

「不太好，不過還是得努力啊！」直子無精打采地把熱茶放在平介面前。「唉，你知道那孩子未來的夢想嗎？」

「夢想啊……」平介坐在座墊上，雙手交抱。

「要是可以的話，我希望替她實現夢想。如果有目標，就可以支持我繼續努力下去了。」

「我記得……」平介啜了一口茶。「我記得她好像說過，要當個普通的家庭主婦。」

「普通的家庭主婦？」

「嗯！她說將來想像媽媽一樣做個家庭主婦。」

「什麼嘛！那不就是現在這個樣子嗎？」

「不！」平介捧著茶，望著直子說道：「這樣太奇怪了！」

「怎麼了？」她才這麼問，望著自己的手，馬上就恍然大悟，臉上露出不自然的笑容說道：「別說傻話了，我會永遠待在你身邊。」

平介並沒有答腔，只是繼續喝茶。

「啊，對了。你知道我的戒指放在哪裡？」

「戒指？」

「婚戒啊！當時我在車上還戴著呀！」

「啊，去看看是不是放在佛龕的小抽屜裡。」

直子打開抽屜，找到一個小塑膠袋。袋子裡果然放著她的婚戒。那只婚戒看起來像是用一條白金細線繞成的圓圈。而平介的無名指上也戴著相同的款式。

直子把戒指套在無名指上，但是太大了，就算套在中指上，仍然嫌大。最後，她將戒指戴在拇指上，總算剛剛好。

「怎麼可以把戒指戴在拇指上呢？」直子看著自己的手，嘆了一口氣。

「再說，小學生戴戒指不是很奇怪嗎？」平介說道：「而且還是這種很樸素的戒指。」

「可是，我想把戒指帶在身邊啊！」

「妳會這麼想，我是很高興啦！但是……」

「對了！」直子雙手一拍，然後起身走出房間，上了二樓。

沒多久，她又回來了。右手拿著一隻泰迪熊，左手提著針線盒。

「妳想幹嘛？」平介問道。

「等一下就知道。」直子拿出一把剪刀，將泰迪熊頸部的縫線拆開，露出一條裂縫。

這隻泰迪熊是直子親手做給藻奈美的玩具，直子的手藝相當巧。

她把戒指塞進布偶頸部的裂縫裡，再用針線仔細縫合。她的動作非常熟練。

「好了！」她說道。

「怎麼樣？這個布偶！」

「藻奈美生前最愛這隻小熊，睡覺的時候一定要抱著它。所以我也要把它放在身邊。這麼一來，就可以時時提醒自己，我是你的妻子。」

平介對於她的這番話，一時之間不知該如何回應。他突然覺得，這些話是否另有含意？

「這隻泰迪熊的秘密，只有我倆知道喔！」直子說著，就將小熊緊緊地抱在懷裡。

9

直子第一天上學，就不巧遇到毛毛雨的天氣。在玄關前，她正猶豫要不要穿雨鞋上學。

「穿運動鞋就可以了！反正雨也不大。」平介在背後說道。

「但是氣象報告說，從下午開始雨勢就會變大囉！這樣子，運動鞋就會被泥巴弄髒了。這雙鞋是上個月新買的，藻奈美一直捨不得穿，還說要等到升上六年級再穿。」

直子拿起這雙嶄新的球鞋說道。

平介打開大門，抬頭望望天空。

「但是，這種天氣又不需要穿雨鞋。」

「等到雨越下越大就來不及了。嗯，我決定了，還是穿雨鞋好了。」語畢，就從鞋櫃中拿出一雙塑膠材質、滾白邊的紅雨鞋。那是直子不知何時在超市抽中的贈品。

「妳說的雨鞋，就是這雙啊？」

「是啊！」

「穿這雙鞋去，不太好吧！」

「為什麼？」

「因為藻奈美老是嫌這雙鞋子土，一直不肯穿啊！」

「我知道呀！但是有鞋子不穿，豈不是太可惜了？」

「所以說啊！」平介將玄關的大門關上，繼續說道：「這是妳自己的想法吧！但是，直子已經不存在了，而藻奈美要穿的衣服或鞋子，必須由她自己來決定呀！所以啊，藻奈美主動穿這雙鞋子上學，不是很奇怪嗎？」

身為藻奈美的直子，呆呆地望著丈夫的臉，然後「啊……」地說道：「說的也是！」

「妳明白我的意思嗎？」

「我明白了！」直子點點頭，將右腳的雨鞋脫下來。「那，我穿運動鞋好了，這樣總可以了吧！」

「這樣比較好！」

「但是運動鞋一下子就弄髒了，怎麼辦？」直子一邊叨念著，一邊穿上鞋子。

平介實在不放心讓她一個人去學校，所以決定陪她一起去，順便向師生打聲招呼。

藻奈美念的小學，每隔兩學年才會更換班級。因此，她的導師——橋本多惠子將繼續帶領同一班。

「你根本就不用跟我去，我一個人沒問題啦！」直子穿好鞋後說道。

「可是，在這種情況下，還是一起去跟大家打聲招呼比較好吧！」

「真是這樣嗎？」直子傾著頭、睨著丈夫問道：「你沒有其他目的吧！」

「目的？什麼目的？」

「年輕漂亮的橋本老師啊！身材又苗條，剛好是你喜歡的那一型。」

「傻瓜，胡說什麼啊？趕快走啦！拖拖拉拉的，開學第一天就要遲到了！」平介推推直子的背說道。雖然妻子的外型不一樣，但還是有令人懾服的敏銳觀察力。其實在他心裡，多少也有點期待能與橋本老師見面。

他們打著傘，正走出大門時，又遇到鄰居吉本和子出來倒垃圾。

「哎呀，藻奈美！今天開學啦？」

「早啊！託您的福，趕得上新學期。」

「這樣啊！今天爸爸也一起去嗎？」

是啊，平介答道。

「我都叫他別去了，這個人偏偏不聽，硬要跟去。」

「咦？喔，這樣啊……」吉本和子雖然笑著應道，卻用訝異的眼神打量他們。等到走得比較遠，平介才對直子說：「妳剛才說『這個人』，有點奇怪耶！」

直子用手摀著嘴叫道：「咦？我剛才有這麼說嗎？」

「妳說啦！所以鄰居太太才會覺得很奇怪。拜託妳小心一點好不好！真是的！」

「對不起，我還沒適應嘛！」

「嗯，其實我也一樣。還在想今天千萬不能露出馬腳，真的有點緊張。」

「啊，對了。今天你不是要去參加自救會嗎？」

「嗯，在新宿。不知道幾點才結束，不過應該不會弄到太晚。」

「知道了，為了藻奈美，你要加油喔！」

「為了藻奈美還有直子喔！」平介說道。

這個自救會就是受害者家屬的聚會。他們已經舉辦過幾次，以決定今後的訴訟方向。基本上，這些聚會都選在假日舉行，但是這次為了配合律師，才改在今天舉行。平介向公司說明原由，獲准特休。正因如此，今天才能陪直子上學。

在前往學校的途中，會經過一個大十字路口。當他們等紅綠燈時，對面的人行道上有一名少年正朝著他們揮手。起初他們並沒有留意，後來平介才發現，那名少年似乎正在向直子打招呼，他的五官清秀、髮型清爽自然、身材高瘦。

「喂，那個小男生好像是藻奈美的朋友喔！」平介小聲地說道。

「好像是耶！」直子也低聲回答。

「是誰啊？」

「不知道！」

直子轉身，從口袋裡拿出一張照片。那是藻奈美五年級時，全班遠足所拍的團體照。直子用這張照片來記住全班同學的長相和名字，因為藻奈美曾經在照片背面依每個人的位置寫上名字。

「喂，怎麼辦？綠燈了，要是不過馬路，人家會起疑心啦！」

「嗯……」就在過馬路的同時，直子將照片遞給平介。「阿平，這個你先拿著。」

「咦？我拿這個幹嘛？」

「你趕快找找看他的名字啊！找到以後再告訴我。」

「咦……」

那名少年滿臉笑容地盯著他們過馬路。平介心想，這種親切可人的臉孔很適合出現在教科書的封面上。

「杉田，從今天起妳就可以上課了嗎？」少年問道。很成熟的語氣。

「是啊，託大家的福！」直子答道。接著，她抬頭看了平介一眼，並介紹說：「這是我父親。」

「您好！」少年行了一個禮。

「啊，你好！」平介也慌忙地回禮。

少年開始往前走，直子趕緊跟上。平介就跟在他們後面，為了避免被少年發現，小心翼翼地偷看照片。遠足的地點是高尾山；照片中的人物背景是藥王院；季節在初夏。所以大概是十個月以前的事吧。

「我本來也想去看妳，但是不知道妳的病情到底嚴不嚴重，實在不好意思去打擾。

不過後來聽川上她們説，妳的氣色看起來很好，我就放心多了。」
「啊，謝謝你……」
「不過，妳現在看起來沒什麼精神耶。怎麼了？」
「沒有啊，沒事！」直子回頭瞥了平介一眼，示意他趕快找出這男孩的名字。
這時候，平介在照片中找到了一名神似的少年，雖然感覺不太像，不過他想或許是髮型的關係吧！照片背面寫的是田島剛，應該就是田島剛吧！
「呃，藻奈美，妳過來一下。」平介叫住了她。直子回頭應道：「什麼事？」平介用傘遮住少年的視線，並將照片遞給直子。「應該是他！」他低聲説道，並指著田島剛這個名字。
「田島，剛……還是崗？」直子傾著頭沈思。
「怎麼念？我也不知道。」
「好吧，算了。嗯，爸！我知道了。」直子故意用很有活力的聲音説道，並且跑回少年身邊。「讓你久等了！」
小學生哪會説出「讓你久等了！」這種話呀！平介心想。
「怎麼了？」
「嗯，沒什麼。」直子説著，又往後瞥了平介一眼。「呃，我爸説，他想多知道一點……田島君的事耶。」

「咦？」平介在一旁聽了，瞪大了眼睛，接著才了解直子的用意。其實是她想知道更多關於這個少年的事。

「為什麼？」少年問平介。

「哎呀，我只是想多了解一下藻奈美的朋友罷了。」平介還裝出親切的笑容。

「咦……」少年看起來很困惑。平介覺得他會有這種反應很正常。

「家裡是做什麼的？一般上班族嗎？」平介問道。

「誰家？」

「當然是田島君家囉！」

「賣魚的。」

「嗯，海產店啊。真好耶！」平介的話毫無意義。海產店哪裡好？連他自己都不知道。

「放春假時，有沒有去哪裡玩？」直子問道。

「我去了三浦半島！」少年高興地回答。「親戚家有一艘大汽艇，我們就開著船到海上釣魚喔！我釣到好多大魚，有鯛魚、火魚，冰桶裝得滿滿的。」

「這樣啊！」直子邊聽邊點頭。

家裡不是一整天都看得到魚嗎？幹嘛還要去釣魚。平介也覺得很奇怪，或許平常習慣了與魚為伍，所以才會喜歡釣魚吧！

「尤其是火魚，釣到好多條。後來就把它們送給附近鄰居，每條魚都好大，大家看了都嚇一跳呢！」
「咦……通通送給人家啊？」直子問道。
「是啊！」
「為什麼不賣呢？」
「我才不是那種唯利是圖的人呢！」少年反駁了直子。
拿來賣錢多好呀！平介聽了，心裡也這麼想。肥美又新鮮的火魚一定能賣到好價錢呢！
「我說田島君……」平介開口說話了。「成績怎麼樣？最拿手的科目是哪一科？」
「嗯，怎麼說呢？」少年傾著頭。「應該是……數學吧！」
「咦，好厲害喔！那成績一定很好。」
「其他科也不錯喔！國語、物理，還有社會。」
自己誇自己，旁人聽起來有點反感。
「喔，那麼是資優生囉！」
「是啊！」說得好像理所當然似地。「啊，不過，一遇到體育課就不行了。」
「喔，是嗎？」少年那雙修長的腿，平介心想，實在看不出來呢！
一走到學校附近，來自四面八方的孩子們也漸漸地多了起來，充滿了嘻鬧聲，果然是個小孩子的世界。

「藻奈美！」不知何處傳來了叫喚聲。直子仔細一看，川上國子正揮手朝她跑了過來，身上的花格裙隨風搖擺著。

川上跑到直子身邊說道：「什麼嘛！原來你們等不及一起上學啦！真討厭！」她看看少年又看看直子，接著回頭向平介行了一個禮。「早安，伯父！」

早啊，平介正要回答時，她早已轉頭向直子滔滔不絕地述說昨天的電視節目。直子只能靜靜地聆聽著。

平介不斷地回想國子剛才所說的第一句話。什麼嘛！原來你們等不及一起上學啦！是什麼意思？聽她的口氣好像在消遣他們倆似的。果真如此，難道他們倆在學校是公開的一對？笨蛋！這些小學生，怎麼可能？

眼前就是學校，校園裡共有三棟斑駁的水泥校舍。藻奈美的教室在哪裡，平介也不知道，他想，也許直子知道吧！後來又想起直子曾經參加過好幾次教學觀摩。

有一名體形略胖的男孩子走過來。現在的天氣算是有點寒冷，但是他的鬢角卻流著汗，想必是個很怕熱的孩子。

嗨！這個小胖子向直子打招呼。「妳好嗎？」

「阿剛，你怎麼好像又胖了。」直子身旁的那名少年說道。

「才沒有呢，和你一樣啊！」小胖子嘟著嘴說道。接著又瞄了平介一眼，顯得有點畏縮。

走到大門口，平介便與直子分道揚鑣。直子回頭看了他一眼，還對他眨眨眼睛。像是在說，放心，我絕對不會有問題。

平介環顧了一下學校四周，仔細一想，才發覺自己連教職員辦公室在哪裡都不知道呢！

這時候，剛才那個小胖子又走了過來，他望著平介問道：「請問……」

「什麼事？」平介問道。

「我做錯了什麼事？」

「咦？」平介低頭看著這個小胖子。「……什麼意思？」

「因為……」小胖子不時地回頭望，說道：「聽說您問了很多關於我的事……」

「什麼？」平介感到很疑惑，後來才會意過來。他指著小胖子問道：「你，是田島君嗎？」

小胖子一股勁兒地猛點頭。

「啊……這樣啊！原來你就是田島君啊！那個賣魚的？」

「是的！」

「這樣啊！哈哈哈，原來如此。不是的，我並不是只想知道你的事喔！直子……不，藻奈美班上的同學我都想認識喔！」

「那，我可以走了吧！」

「可以啊，啊，等一下！剛才那個男生叫什麼名字？就是跟藻奈美走在一起的那個男生。」

「你是說遠藤嗎？」

「啊，原來他叫遠藤啊？謝謝你！再見，要好好念書喔！」

田島聽了平介的話，臉上帶著訝異的表情，然後用那雙小胖腿跑開了。平介望著他的背影，才知道體育不太行的人原來就是他呀！

平介再度拿出那張照片，對照名字與人，這時才發現，照片上的少年與現在這個小胖子的確是同一人，但是身材實在差太多了。田島在這十個月，體重似乎增加了一倍以上。

他把照片反過來，在名單中找到了遠藤直人這個名字，經詳細確認位置之後，再看看照片上的人。

遠藤就站在導師旁邊。但是當時他的臉孔看起來很稚氣，體型也很瘦小，與橋本多惠子站在一起，看起來像是母子，與剛才那個田島剛好成對比，這十個月來，他長高了不少，也變得比較成熟。

平介抬起頭望著直子走進的校舍。

直子，那是一個我們不了解的世界，妳要小心一點才好……他在心裡為妻子祈禱。

10

下午真的開始下起大雨，氣溫也下降了許多。平介穿著運動外套，罩上一件雨衣就出門了。今天早上跟直子一起走過的路，現在已經有很多積水了。他開始想像，直子一定很後悔今天早上沒有穿雨鞋出門的模樣，就在傘下吃吃地笑。

距新宿車站西口約十分鐘腳程，有一家市區飯店；裡面的會議室目前已經成為受害者家屬集會的場地。門口擺著桌椅，一名年輕女孩坐在那裡充當招待。平介簽了名就走進會場。

會場內擺著許多桌椅，約有近百人已經就座，幾乎填滿了一半以上的座位。在那場車禍中喪生的共有二十九人；身受重傷、目前還在醫院治療的有十人以上，理當需要準備一間這麼大的會議室。而且這場會議的出席率，並沒有因天氣，或是非假日的關係而降低。

由於出車禍的是滑雪巴士，所以受害者幾乎都是年輕人，其中大部分是大學生。因此出席這場會議的家屬，幾乎都是這些年輕人的父母，平介在裡面算是比較年輕。原本以為出席者以女性居多，結果實際上男性人數占了一半以上。平時不參加社區集會的人，也為了今天的會議特地請假。

平介的斜前方坐著一對看起來像夫婦的男女。男人有一頭梳得很整齊的白髮，年紀應該超過五十歲了，女的看起來比他稍微年輕一點；男人不時小聲地對女伴說話，女人則輕輕地點頭，並不時用手裡那條乳白色手帕擦拭眼睛。

他們痛失了愛子還是愛女？無論是誰，都是正值青春年華的年輕人啊！父母一定對他們寄予很大的期望。平介想起自己失去藻奈美的痛苦，再試著想像這些人的感受，沒想到卻無法感同身受。他認為每個人心中的痛，不管是誰都無法體會。

「你是……杉田先生吧！」隔壁有人向他打招呼。平介看到一名位年約五十歲、皮膚黝黑的男子，臉上浮現著不太自然的笑容。

是的，平介回答。

男子放心地吐了一口氣。「果然沒錯，我在電視上看過你。」

這樣啊，平介點點頭。曾經有不少人因為他上過電視而主動找他攀談，所以也習慣了。「新聞記者什麼都播啊！」

「是啊！令嫒的身體還好吧！」

「是啊，託您的福。」

「那太好了，至少令嫒被救出來，也算是不幸中的大幸了。」男人點頭說道。

「不好意思，請問您是……」

「啊，不好意思！」男子從口袋裡掏出一張名片。「這是我的名片。」

男子經營一家印刷廠。名片上印著某某有限公司，他的名字是藤崎和郎，公司住址在江東區。

平介也禮貌性地遞了一張名片給他。

「尊夫人在這場車禍中不幸去世了吧！」藤崎一邊將名片收好，一邊問道。是的，平介應道。藤崎點點頭繼續說：「我老婆三年前因病去世了，女兒現在又死於這場車禍，我現在孤家寡人，做什麼都提不起勁來。」

我想也是吧！平介接口說：「那麼在車禍發生之前，你的處境就跟我現在一樣，也是父女倆……」

這時，藤崎苦笑著搖搖頭。

「不，是父女三個人。」

「咦，但是……」

「我有兩個女兒。」藤崎豎起兩根手指頭說道：「是雙胞胎，兩人穿著一樣的雪衣，一起死去，連臉上的表情都一樣。」

說到連死去的表情都一樣時，藤崎的語氣開始哽咽了。平介感覺胃裡有種壓著鉛塊般的沈重感。

「要是她們其中一個生還，會感覺到另一個隨時在身邊。但是她們卻一起走了，老天為什麼要對我這麼殘忍？」藤崎一臉哭喪的表情。

命運就是如此作弄人，平介也這麼想。直子和藻奈美之間的改變，如果發生在這對雙胞胎身上，說不定任何人或連生還者本身都不會發現呢！大家會認為僅救活了其中一個罷了。

平介回過神來，頓時聽到會議室裡此起彼落的啜泣聲。唉，不幸尚未結束呢！

這個自救會共有四名幹事，都是在第一次集會選出來的。一位看起來好像是某大企業的高級主管、一位店家老闆、一位已經離群索居的長者，另一位是家庭主婦。這些人表面上看起來並沒有交集，其實他們的共同點是具有影響力，只要交給他們應該沒問題吧！這是平介首次見到他們的直覺。

首先，由名叫林田的高級主管（是否真是如此？）向大家說明目前為止的事情經過。這場車禍的起因經判定是人為過失，客運公司同意盡可能地付起賠償責任。此外，也懷疑是否因司機操勞過度才會造成這起意外，這一點也必須向客運公司追究責任。平介在電視上得知長野縣警方以違反道路交通法的規定，搜索大黑交通的消息。

接下來輪到律師向井發言了。他的體格健壯、留著五分頭，看起來像個柔道選手。他盡量用大家都聽得到的音量解說賠償金的部分。基本上並沒有年齡或性別的差異，一律平等，若還是有人對於賠償金額有所不滿的話，就必須自行與客運公司交涉。現在出現了一個問題；到底該要求多少賠償金？向井律師毫不遲疑地答道：「八千萬左右的底限。」照他的說法，或許這就是上限金額了吧！

八千萬……是一個看不出高低的數字。並不是金額越大，悲傷就會減少啊！

但是受害家屬當中，有些人並不這麼想，他們會考慮到許多現實問題。有人問，能不能爭取到一億圓？鄰座的藤崎聽了也點點頭，想不到很多人早已想好了賠償金額。

「當然，我們會盡量提高金額。但畢竟還是要經過交涉，必須雙方都能接受才行。相信大家也不願意讓這件事情拖太久吧！」

在場有不少人同意律師的話，平介也是其中之一。他希望這件事能夠盡早解決。

但是，必須加上一項但書；就是不能忘了這場意外，每個人都必須記取這個慘痛的教訓。

林田再度起身發言，向大家說明今後的方針。他還特別強調，絕對不可以將今天所討論的結果洩露出去，尤其對媒體更要格外小心。

「媒體對於賠償金的問題最感興趣，他們一定會扭曲事情的真相。」林田皺皺眉說道。平介心想，這個人一定受過媒體的傷害吧！

「呃，還有一件事必須向大家報告。」林田的語氣突然變了，表情也顯得僵硬。

「其實，今天有一位女士堅持要與大家見面。」他覺得一口氣把這段有點難以啟齒的話說完比較好。

「她就是梶川女士。」

在一陣沈默之後，又引起一陣嘩然。

「請問，這位梶川是不是……」有人開口了，是一名中年婦女。

「是的。」林田點點頭繼續說道：「她是客運司機的妻子，已經來到現場，就等我們的討論告一段落之後，她再親自向各位道歉。」

原本鬧烘烘的氣氛，頓時靜默了下來。這時候，在場的每個人都感到熱血沸騰，平介也是。他發覺自己的臉孔發燙，手腳卻變得冰冷而麻木。

突然間，坐在平介前面的那對夫妻，其中那個丈夫站了起來。他小聲地對妻子說了一聲：「我們回去吧！」這句話似乎充滿了無力感。

那位女士點點頭表示同意，隨後起身，在衆目睽睽下，跟著丈夫慢慢地走向後門。林田並沒有叫住他們，現場也沒有人出面阻止。

接著，陸續又有幾個人退席，他們都是一副面無表情的樣子。

林田看看在場的其他人，問道：「現在可以請梶川女士進來了嗎？」

毫無反應，這使得林田很困惑。平介開始同情他，覺得他很可憐。相信他自己也不喜歡迎接這位肇事者的妻子啊！

「那麼，山本女士……」林田向另一位女幹事示意。她點點頭，然後走出前門。凝重的氣氛持續了幾分鐘，然後門開了。山本由加利再度出現。「她來了。」

「請她進來吧！」林田說道。

一名身材瘦小的女子跟在山本由加利身後，在強烈日光燈的照射下，顯得可憐兮兮，臉色也很難看，身上的白色針織外套濕透了。她可能是淋雨過來的吧！

「我是梶川的太太。」她低著頭，開口說道。音量與其體型一樣細弱。「由於丈夫的過失，奪走了在座親人的生命，真的非常抱歉。」說完，便深深地向大家鞠了躬。

平介看到她那單薄的肩膀不停地顫抖著。

場內的氣氛頓時變得沈重了起來，而所有的壓力似乎重重地壓在她那瘦小的身軀上。但是，她卻抬起頭說道：「雖然我丈夫已經死了，但是我願意替他付起這個責任。無論如何，我一定要向大家解釋清楚，所以才請求幹事讓我出席這場會議。」她才說到一半，聲音就開始顫抖，最後還用手帕遮著眼睛。

「林田先生！」這時候，一位西裝筆挺的男士起身說話了。「為什麼叫這種人過來？」

「因為……」當林田正要解釋時，梶川的妻子說道：「是我執意要來的，是我拜託他讓我過來的。」

「請妳閉嘴！」西裝男士打斷了她的話。「我現在問的是林田先生。」

他的語氣冰冷，梶川太太趕緊閉上了嘴。

「呃，關於這件事有兩個原因。」林田說道：「一是梶川女士希望親自向大家道歉；另一個原因就是剛才我們提到的，駕駛員疲勞過度的問題。為了證實這一點，梶川女士的證詞就相當重要了，所以才想讓她早點跟大家見面。」

他果然言之有理。那位西裝男士似乎不再有異議了，但是在坐下時，嘴裡卻喃喃念道：「有這個必要嗎？」

「妳啊，根本不需要特地來道歉。」不知從哪裡傳來一個女人的聲音。平介循聲看到一名坐在最前排的四十多歲婦女，她對梶川女士說：「反正闖禍的又不是妳，妳心裡會這麼想吧！但是基於輿論，如果不出面做點什麼，一定會飽受批評，所以妳只好出來向大家道歉，對吧？這種形式上的道歉，說再多也沒有用啦！所以妳還是別說了。」

「沒有，我並不是這樣……」梶川太太想要反駁。

「好了，好了！不用再說了，妳這個樣子讓外人看起來，好像是我們在欺負妳一樣。」語畢，那名中年婦女，還嘆了一口氣。這時，場內靜得連她的嘆息聲都可以聽得一清二楚。

她這番話或許正是在場者的心聲。是嘛！是嘛！接著便傳來眾人鼓譟的聲音。事實上，平介也是其中之一。雖然明知道梶川太太也飽受喪夫之痛，但是自己絕不會與她站在同一陣線。

「那麼，梶川太太，我看這樣就可以了吧！」林田的語氣輕蔑，對著垂頭喪氣的她說道。

梶川太太點點頭。林田向山本使了一個眼色，山本便扶著梶川正要從前門離開。

這時，坐在平介旁邊的藤崎，站起來說道：「妳丈夫是殺人凶手。」這句話鏗鏘有力。

一瞬間，現場宛如靜止畫面，過了一會兒才開始動作。山本扶著欲哭的梶川太太走了出去，有些人抬起頭來望著藤崎，有些人則彼此交頭接耳。

大家是怎麼想的，平介並不知道，但是他唯一確定的是，這裡沒有人會因藤崎的那句話而得到解脫。藤崎說了不該說的話，現場的氣氛變得沈悶而冰冷，就連剛才最前排那名發言的婦人，也露出了不悅的表情。

但是，在場的每個人都無法開口責備藤崎，只能充耳不聞。

「呃，那麼……」林田看看每個人並說道：「還有什麼問題？」

11

走出飯店時，雨下得更大了。平介撐著傘，獨自往新宿車站走去。買蛋糕回去給直子吃吧……於是平介就在新宿車站附近徘徊。真奇怪，當直子還是以妻子身分活著時，他不曾想過替她買什麼東西。

由於找不到糕餅店，平介決定去小田急百貨公司逛逛。這時，他看到一個女人蹲在車站旁一根柱子附近，是梶川太太。平介以為她身體不舒服，仔細一看，好像又不是那麼一回事。她蹲在那裡抽菸，還不時把菸灰彈到旁邊的菸灰缸。雖然她的蹲姿不難看，雙腿併攏，但是一個女人蹲在公共場所抽菸，實在不雅觀。或許她太累了吧！雖然年紀約在四十歲上下，但是駝著背的身影看起來像個老太婆。

平介決定視而不見，但是太遲了，那女人似乎已經瞄到他了。女人的眼神空洞，嘴巴微張，好像還輕輕地叫了一聲。啊！

平介只好低著頭。她一定是在電視上看過他。

女人立刻站起來，並對他點頭致意，然後快步走開，似乎想逃離現場。

但是才一跨步，她就一個站不穩，雙手在空中舞動著，然後跌倒在地，接著便發出微弱的呻吟。

平介趕緊衝上前去。路上的行人不斷地投以好奇的眼光，但是，願意出手相助的只有平介而已。
「妳還好吧？」平介攙著她問道。
「啊……是啊，我沒事。」
「妳剛才差點暈倒。」
「是啊，突然站起來，有點頭暈。」可能是蹲久了又突然站起來的緣故吧！而且她看起來沒什麼體力。
「請抓著！」他伸出了右手說道。
真不好意思，她說完便抓著他的手準備站起來。一瞬間，她的臉色變得很難看，而且立刻跌坐在地上，撫摸著右腳。
「腳扭到了嗎？」
「沒有，沒關係！真的……」她試著自己站起來，但是好像很痛的樣子。平介好不容易將她扶起來，但是她好像不太能走路了。
「妳家住哪裡？」平介問道。
「啊……沒關係，你不用擔心。我自己可以回去！」
「呃，還是我來幫妳吧！」
梶川太太似乎很堅持，不想讓平介來照顧自己。她的心情他能體會，因為他也很想撒手不管，但是以她現在的情況，又怎能放任不管呢？

「妳住哪裡？如果妳不說，我就真的沒輒了。」他試著用一種較嚴肅的語氣說道。

她稍稍遲疑了一下。

「呃……在調布。」

「調布。那跟我同方向，我們坐計程車好了。」

「啊，不用了，我沒問題，可以走路回去。」

「不可能啦！很多人在看了，妳還是照我的話做吧！」

她的隨身物品是一只黑色手提包、百貨公司紙袋和一把摺傘。平介的右手拿著這些東西，左手攙扶著她，兩人慢慢往前走。

在車上，他們幾乎沒有交談。她能說的就只有「真的很抱歉！」這句話，而平介每次都回答「哪裡！」

車子停在一棟二樓公寓前。那是一棟木板組合而成的建築物。

平介原本打算付車錢的，但是梶川太太堅持要付，結果兩人平均分攤。

她說：「我在這裡下車，你可以直接坐回去。」但是平介還是陪她下車。她住在二樓，兩人費盡力氣才爬上二樓。此時，她又說：「不能就這樣讓你回去，請進來喝杯茶吧！」

「啊，不用客氣了，我把東西放好就走。」

「怎麼可以，讓你特地送我回來……我馬上叫人泡茶。」

這句話讓平介很好奇。馬上叫人泡茶？

門旁掛著一個名牌，寫著梶川幸廣，旁邊寫著征子、逸美。征子應該是這位女士的名字，逸美應該是他們的女兒吧！門一開，梶川征子就大喊：「逸美、逸美！」裡面馬上傳來一陣腳步聲，一名短髮、中學生模樣的女孩子跑了出來。她穿著牛仔褲與運動上衣，一見到平介，便露出了驚訝的表情。

梶川征子向女兒說明事情的始末，逸美卻一臉不耐煩。

「反正妳先替杉田先生泡杯茶，再把座墊準備好。」梶川征子命令道。平介覺得此刻的氣氛很尷尬。

梶川征子低著頭對他說：「請進來喝杯茶，拜託！」

她一臉憔悴地懇求他，平介覺得如果再推辭下去就太不近人情了，於是脫掉鞋子說道：「那就打擾一下囉！」

梶川家的隔局屬於二房一廳。一進門便是略為寬敞的飯廳兼廚房，裡面有兩個並連的房間；一間洋室、一間和室。平介心想，他們家的佛龕應該放在和室吧！因為裡面飄出線香的味道。

突然間，梶川征子蹲了下來。平介以為她又頭暈，其實她是跪在他面前。

「杉田先生……這次實在太對不起您了。關於尊夫人，我不知道該如何向您道歉才是。」她還邊說邊磕頭。

「梶川太太，別這樣子，快起來，拜託！」平介抓住她的手，將她扶起來。難道她是為了向我下跪才要求我進屋嗎？

扭傷的腳好像很痛的樣子，她叫了一聲：「好痛！」便皺起眉頭。

「啊，妳還好吧！」平介慢慢地扶著她，讓她坐在椅子上。

梶川征子嘆了一口氣。

「對不起，無法好好向您致歉。」

「真是的，請妳以後別再做這種事了！」平介說道。

沈悶的氣氛瀰漫著屋內。水壺發出了水滾的聲音，逸美將瓦斯關掉，拿出茶壺開始泡茶。

她把一杯茶端到平介面前。那只杯子看起來像贈品。

「謝謝！還在念中學啊？」

「二年級！」

「是嗎？妳比我女兒大兩歲。」

平介說這句話其實別無他意，但是梶川征子似乎不這麼想。

「害令嬡遭遇不幸……其實我也應該親自向她道歉。」

平介其實很想說，我女兒已經死了。妳看到的只是她的軀殼罷了，而我太太卻失去了自己的軀體，這一切都是因為妳先生……

「我爸……」逸美站在那裡，不經意地說道：「當時真的很累。」

「真的嗎？」經平介這麼一問，她輕輕地點頭。

「從去年年底起，他幾乎沒有休息，連過年也一樣，每次回家就是睡覺，總是累得半死。自從接下客運公司的工作，幾乎連打盹的時間都沒有。」

「這樣看來，真的是超時工作造成的！」平介對征子說道。征子也點點頭。

「尤其是一、二月的時候。公司本來替他們在滑雪場的飯店裡準備了休息室，但是一遇到連假，遊客太多，連休息室也變成了客房，他們只能在飯店的餐廳裡休息了。雖然每輛車由兩名司機輪流駕駛，但是在車內根本無法入眠。一旦停靠在休息站，還得替車子拆裝雪鍊，根本沒時間休息啊！」

「真是辛苦啊！」平介附和著，但是並沒有因此而同情他們。在他聽來，這些說法只是推託的藉口。他用一種略帶諷刺的口吻說道：「但是，員工的身體健康不也是職責所在嗎？」

梶川征子的表情就好像挨了一記耳光似的。她眨眨眼睛，低下了頭。

「因為，我們很窮。」逸美說道：「爸爸為了多賺一點錢，似乎一直在勉強自己。」

「如果很窮，不可能住得起這種房子呀！」

「所以我說，這些都是他辛辛苦苦掙來的……」逸美一說完，便立刻轉身走進房間。

「真對不起，女兒不懂事，亂說話。」梶川征子低頭道歉。

沒關係，平介說著便喝了一口茶。淡淡的玄米茶。

「那麼我告辭了。」正當他起身時，電話響了。話機就放在牆角一個小型的組合棚架上。

當征子正要接電話時，房門開了，逸美高聲叫道：「不要接！」

征子猶豫了一下，最後還是接起來。「喂，請問找哪位？」

一瞬間，她皺著眉，把話筒拿開。過了幾秒鐘，靜靜地掛上電話。

「是騷擾電話嗎？」平介問道。

她點點頭。「其實最近次數比較少了。但是這些人有時又好像想起似的，突然打電話來。」

也許今天已經打來好幾通這種電話了，都是逸美接的。

這種感覺令人厭惡。為了消除這種不愉快的感覺，平介立刻起身。

「那，我先走了。」

「啊，今天真是太謝謝您了。」

正當他要穿鞋時，電話又響了。征子抬頭看著他，一臉悲悽，然後準備去接電話。

此時，平介輕輕地壓住她的手，征子一臉驚訝。平介對她點點頭，並接起了電話。

「殺人凶手！」一個彷彿來自深井的聲音，低沈得令人無法分辨其性別。

「妳還想苟活到什麼時候，快去死吧！除了死，妳還能做什麼補償？明天下午兩點以前，上吊自殺吧！要不然……」

「夠了沒有！」平介氣得叫道。對方沒料到接電話的是男人，就趕緊掛斷，留下嘟嘟嘟的聲音。

他把聽筒放好，問道：「妳們有沒有報警？」

「沒有，聽說警察不太管電話騷擾。」

或許吧！平介也這麼想，因此便不再多說什麼。這種騷擾電話的動機這麼明顯，她可能也不好意思報警吧！

平介留意到話機旁邊有一張小卡片。他拿起來一看，是某家公司的員工證，上面有征子的照片，還蓋著一個『準』字，這表示她並非正式員工，而是約聘社員。

「田端製作所……是金屬加工廠吧！」

「是啊，您怎麼知道？」

「這家公司是我們的下游工廠，我去過很多次！」

「啊，這樣啊！那您是在必克多上班囉？」

「是的。」平介點點頭。必克多股份有限公司是平介工作的地方，由於創辦人名叫大木，英文可以念成BIG WOOD，所以必克多便是取其諧音。「什麼時候開始在那裡工作？」他問道。

「去年夏天。」梶川征子答道。

頗意外的答案！平介原本以為她是喪夫之後，為了生計才出去工作的。

「現在跟您說這種話也許很奇怪，但是我們真的很需要錢。」征子彷彿察覺他的疑慮，接著說：「我先生不停地工作，連休息的時間也沒有，但是不知道為什麼，錢總是不夠用。」

「花了錢當然就沒錢囉。」

「我們可不敢亂花錢喔！」

「既然妳先生超時工作的情形這麼嚴重，想必賺的錢也不少吧！」

「但是他的薪水真的很少，每個月必須省吃儉用，才不會入不敷出。」

「他們公司的給薪制度到底是怎麼訂的？」平介感到很疑惑。

「我也不清楚，我先生從來不讓我看薪資明細單，家裡的生活費都是他從銀行領給我的，那點錢真的很難生活，所以我才決定打零工貼補家用。」

「也許妳先生很節儉，把錢通通存在銀行裡。」

她聽了平介的話，猛然搖頭。

「他也沒有多少存款，所以我不得不出來工作。」

平介覺得很奇怪，客運司機的薪水如果真的那麼微薄，誰會願意做？但是，梶川征子看起來又不像在說謊。

「我想，關於客運公司的勞工福利，今後將會逐漸明朗化吧！」平介以客觀的感想做結論，穿上鞋子準備離去。他並不是不同情這家人的遭遇，而是無法認同這名女子。如果認同了她，形同背叛了那些受害者家屬。

打擾了，請多保重！平介客套一番便離開了。梶川征子似乎還在說什麼，他並未聽清楚。

12

今天的晚餐是竹筍拌飯、茶碗蒸和照燒鱈魚，都是平介的最愛。

「竹筍拌飯會不會太鹹啊？」雖然直子這麼問，平介卻沒什麼感覺。相當注重鹽分攝取量的直子，總是喜歡叨念著：「會不會太鹹呀？」

「今天早上的事，後來怎麼樣了？」

「什麼事？」

「田島和遠藤啊！我不是把他們搞錯了嗎？」

「啊！」直子笑著說：「是啊，還差點露出馬腳呢！不過，還好沒人發現。」

「那就好，不過小孩子真的長得很快呢！才一年就變了這麼多。」

「我今天一整天也很辛苦耶！小學六年級的孩子，體格和長相都變了好多呢！我只好重新再對照一遍了。」

「背起來了嗎？」

「怎麼可能，只好一邊敷衍一邊背囉！」直子邊吃飯邊說道，她用的並不是藻奈美的碗，而是她自己的，這種感覺有點奇怪。

「對了，那個遠藤到底是何許人啊？為什麼和直子……應該說是和藻奈美這麼好呢？」

「你很在意？」直子神秘兮兮地笑著。
「幹嘛？笑什麼笑！」
「没有啊！我只是覺得你一定會很在意，因為連我都很好奇呢！」
「別賣關子了，妳調查過了吧！」
「嗯！那個遠藤君啊，是藻奈美的第一男朋友喔！」
「第一？什麼意思？」
「就是說，像阿拉伯國王不都會有第一夫人、第二夫人嗎？他們就是這種關係嘛！」
「胡說八道，難不成她還有第二、第三男朋友啊？」
「嗯，不過誰排名第二、誰是第三，目前還看不出來，反正遠藤目前算是排名第一。他們好像是今年冬天才變得比較熟。」
「什麼啊！明明還是個小鬼，就學大人搞這一套。」平介忿忿地說道，然後吃了一口茶碗蒸。湯頭用柴魚熬成的，有一種難以形容的美味，這是直子的味道。
呵呵呵，直子笑了。
「你可能會覺得很無聊，不過藻奈美在學校似乎很受歡迎耶！連經過走廊也會引起其他班男生的注意，還故意開她玩笑呢！」
「那不過是惡作劇罷了。」

「你真笨，這種年紀的小男生，為了想引起喜歡的異性注意，總會故意找對方麻煩。你還記得吧！」

「我哪記得啊？這種事……」

吃完飯，平介幫直子洗碗。她抹洗碗精，他用水沖乾淨。平介以前從來不做家事的，直子因此有感而發。

「明知藻奈美的身體裡面是妳，但是看到這麼小的手，我不能不管啊！怕妳不小心把盤子摔破。」

「沒錯啦！但是我的身高和藻奈美差不多，只是她的手比較細而已。」

「是啊，真的很細小。」平介附和著。他想起直子原來的樣子，身高一百五十八公分，體重約五十公斤。

「還有，你可能不知道，藻奈美最近很會做家事喔！像今天的菜色，她大部分都會做呢！」

「咦？真的嗎？」

「她也很會縫衣服喔！你那件鐵灰色上衣的釦子是她縫上去的！你沒發現吧？」

「我根本沒發現，原來是她啊！」平介盯著直子，也就是藻奈美的身體。心想，我得要好好珍惜那顆釦子。

「只是……」直子扭動著右肩說道：「她沒什麼力氣，碗常常洗到一半，手臂就會酸痛。」平介心裡嘀咕著，她的兩隻手加起來只有妳的一半呢！

「對了，自救會進行得怎麼樣了？」

「嗯，沒什麼進展。」

平介把賠償金的事情告訴她。直子聽到八千萬這個數字也沒什麼反應，只是應了一聲，這樣啊！

「底限是訂在八千萬嘛！那也有可能比八千萬少喔！」

「一定是這樣啦！」直子洗好碗盤，再用熱水把手洗乾淨。

「會議結束後，還發生一件奇怪的事呢！」

「奇怪的事？」

「嗯！」平介把遇到梶川征子的事，一五一十地告訴了直子。她一邊聽著，一雙大眼睛骨碌碌地轉動著。

「很不好受吧！辛苦你了。」

「嗯，算是突發狀況吧！」

兩人洗好碗，回到了客廳。如果是以前，一定會立刻打開電視。這時候，直子說話了：「剛才聽你一說，讓我想起一件事。」

「什麼？」

「巴士裡的事。」

「什麼事？」

「我隱約聽到兩個司機的談話內容，當時車子應該停在休息站吧！其他乘客都下車休息，只有我和藻奈美還留在車上。喔，因為那時候藻奈美睡得很熟，我不想吵醒她，正在猶豫要不要下車時，就聽到司機的談話。我們的座位離司機很近，前面有個位子留給換班司機休息，更前面就是駕駛座。」

「他們說了什麼奇怪的話？」

「也沒有啦！不過，就是讓人有點在意。他們提到喝了提神飲料啦，什麼咖啡因起作用的，我也聽不太清楚。」

這樣啊，平介雙手交抱。光憑這幾句話就可窺見他們的工作的確超時。

「要不要把這些事告訴警方？」他傾著頭沈思。

事實上，車禍發生之後，長野縣警方曾經要求平介讓他們替藻奈美做筆錄，這是他們的蒐證工作。那時候，平介以女兒的精神嚴重受創而無法言語為藉口，拒絕了警方。幾天之後，縣警再次提出同樣的要求，因為他們從媒體得知藻奈美已經開口說話的消息。但是，平介還是拒絕了他們。他的理由是女兒的精神狀況還不穩定，而且車禍發生時她正在睡覺，什麼都不知道。其實，他是不想讓其他人接近藻奈美。其理由不用說也知道囉！
「有什麼關係嘛！如果只是提這些事……」直子說道。
「是嗎？」平介點點頭。但還是不想讓直子出庭作證。
「對了，還有下文呢！」
「什麼？」
「不知道是哪個司機說的？他說：『你這樣子太累啦！至少今天休息一下有什麼關係？賺那麼多錢幹嘛？』」
「喔，他們也發現自己工作超時啦！」
「才不是呢！你不覺得『賺這麼多錢幹嘛？』這句話很奇怪嗎？梶川太太不是也說他們家經濟拮据嗎？丈夫拼命加班也賺不了多少錢啊！」
「她是這麼說過……」
「要是加班也賺不了多少錢，那就不會說出『賺這麼多錢幹嘛？』這種話了。由此可見，加班應該可以拿到不少錢吧！」
「這只是個人的感覺啊！」
「但是，以你今天親眼所見，梶川的家境並不富裕呀！」
「可以這麼說。」
二房一廳的小公寓、廉價家具、看起來像贈品的茶杯。

「到底是怎麼回事?明明賺了不少錢，家裡卻窮得要死?」
「也許是這樣子吧!」
「梶川賺的錢並沒有拿回家，而是另有用途吧!」
「可能喔!」
「賭博嗎?」
「女人?」
「嗯!」這也有可能。應該說可能性比較高吧!「關於這一點，梶川太太倒是什麼都沒說。」
「她是真的不知道呢?還是裝傻?兩者都有可能吧!」
「或許真是如此吧!」平介的腦海中浮現梶川征子憔悴的臉龐。她看起來不像在撒謊，還是她的演技太精湛呢?
突然間，直子笑了。平介嚇了一跳，她不像是因為什麼好笑的事才笑出來。那雙微微上揚的大眼睛，正盯著某一處。怎麼了?平介問道。
「突然覺得很可悲。」直子說道。這時，她的嘴角浮起了曖昧的微笑。
「很可悲?為什麼?」
「因為……」她看著平介說道:「一想到肇事的原因，你不覺得很可悲嗎?雖然不知道司機是不是拿錢去養女人，還是去賭博，但是他勉強自己加班，結果卻發生意外，還死了這麼多不相干的人。我和藻奈美也變成這副德行。」

死得真不值得，她又補上這一句。她的每句話都像冰冷又銳利的碎冰。

「我會調查清楚的。」平介說道：「梶川到底為了什麼，必須賺這麼多錢，我一定會查個水落石出。」

「不用了，你不必這麼做，我只是發發牢騷罷了。」直子笑道。這次她的微笑很自然。

「不行，這樣子我會不甘心。」平介說道，並望著佛龕上直子的照片。

13

平介一時情急所做的承諾，已經過了兩個禮拜，仍然未採取任何行動。

雖然他也知道必須趕快進行，但是一直沒有時間。目前日本的經濟狀況相當活絡，所以平介必須經常加班。

他目前工作的場所是電動燃料噴射裝置製造廠。所謂的電動燃料，就是利用電腦控管引擎所需的燃油，以取代從前的人工加油方式。平介覺得這是一種先進的改變。

星期二的午休，他一如往常與牌友在老地方打牌。老地方指的是工廠門口的休息室；裡面有一張桌子，旁邊擺著幾張鐵椅。而牌友就是同一條生產線上的同事；有三十年資歷的老員工，也有二十歲出頭的小夥子。這群牌搭子最常玩的是橋牌，而且還要下賭注，然後每個月再以月結的方式計算。平介這個月似乎還沒贏過。

「啊，又來了！」差點就贏了，卻被鄰座的小夥子搶先一步，他是入社二年的拓朗。平介敲打桌上的牌說道：「拜託手下留情嘛！我有一陣子不上夜班耶。」

「咦？下禮拜不是輪到我們上夜班嗎？」拓朗問道。他總是把工作帽斜戴，就怕弄亂了吹整過的髮型。

「只有我不用上夜班，你們還是要照常輪值啊。好好加油吧！」

「咦？為什麼只有你例外？」

「不為什麼！我現在就是不能上夜班啦！」

拓朗似乎還是聽不懂，正想開口説話時，旁邊的中尾達夫頂頂他的手肘制止了他。好像覺得他的反應太遲鈍了。

「課長同意了嗎？」中尾順勢問道。他比平介大兩歲，曾經在壽司界拜師學藝。

「嗯，他希望我利用值夜班的工時協助B組。」

「這樣啊！聽説B組的人手不足，你如果調過去，倒是幫了很大的忙呢！」

這時候，拓朗才恍然大悟。

在車禍發生後，平介上班的第一天，便對小阪課長提出調動工作時段的要求。如果他繼續值夜班，那麼直子必須獨自待在家裡。讓一個弱女子單獨在家裡，實在很不安全，更何況直子的外表還是個小學生。

小阪課長答應考慮看看，直到前幾天才有了答案。没有優渥的加班費雖然可惜，但若是家裡又出了什麼事，那就太不值得了。

「喂，我聽説啊……」中尾望著門口説道。這時，小阪剛好走進來。

「還在玩啊，誰贏啦？」小阪一邊看計分表，一邊問道。他長得不高，臉型卻很寬闊，脖子又粗短，所以看起來好像是頭部直接連著身體似的。「喔，是拓朗啊？那平介呢？」

老樣子！大家異口同聲説道，接著都笑了。這表示平介從來没贏過。

「等一下就會贏啦！你們等著瞧吧！」平介把帽子反戴，拿起桌上的牌。
「容我打個岔吧……」小阪望著平介說道：「你可以過來一下嗎？有事想請你幫忙。」
平介吐吐舌頭，放下手中的牌，起身說道：「哎呀，我有預感這一把會贏耶！」
「我才覺得可惜呢！放炮的人要走了。」
平介做勢要敲拓朗的頭，接著便與小阪離開了「賭場」。他們在一張長椅上坐了下來。
「我想拜託你今天下午跑一趟田端。」小阪說道：「公司不是委託他們試作D型注射器嗎？他們說噴油嘴的開口很難調整，出現一些問題。所以技術員要過去看看，我希望你也能一起去。」
「喔，這樣啊！好呀，我也覺得應該要過去看看。」
D型注射器是他們公司預定明年推出的產品。目前委託田端製作所試作，再由大木的技術人員進行產品測試，作最終的確認。等正式生產時，便由平介負責這條生產線。所以在試作階段所出現的問題，他也必須摸得一清二楚。
此時，他又想起了另一件事。梶川征子也在田端製作所工作。
「這樣就好，那我先去知會技術員。」
「好的！」

對了，課長壓低聲音問道：「你女兒的狀況怎麼樣？好一點了嗎？」

「嗯，好多了！」平介答道。只要一提起這個話題，他就低著頭敷衍一番。

「那就好，老是惦記著也不是辦法。」小阪吸了一口氣，繼續說道：「不過啊！一個大男人要養大一個小孩子可是很辛苦哪！尤其是個小女孩。」

「這一點我很清楚。」平介隨口答道。其實，他根本不覺得自己在帶孩子，而是和愛妻共同生活。

「嗯，現在要求你答應是不太可能啦！不過早晚還是要考慮一下吧！到時候你別客氣，可以找我商量。」小阪拍拍他的膝說道。

什麼？平介望著小阪的闊臉問道：「課長說的是什麼呀？」

「我是說你再婚的事啊！替你女兒找個新媽媽。」

「咦……」平介張大了嘴，連忙揮揮手說道：「不，我不會考慮的，我沒想過再婚。」

沒關係、沒關係！小阪說道：「你現在當然會這麼想囉。只要把這件事暫時擱在心裡就好了。等你改變主意時，再來找我吧！」

課長拍拍他的肩。喔，平介應了一聲。

「那就這樣了。」小阪站起來，走出工廠。望著他離去的背影，平介想起了兩個原因；一是小阪愛管閒事，另一個原因就是小阪是他和直子的證婚人。

下午，平介隨同兩名技術員前往田端製作所。這兩人都是他的好友；其中一位叫木島的負責人年紀比平介略小，另一位川邊大約二十來歲。平常在生產線上工作時，他們常常碰面。

田端製作所位於府中。建築物給人一種旱地拔蔥的突兀感覺；鋸齒狀的屋頂很像社會課本裡的某種記號。

這裡與井然有序的大木工廠不同，各種機具隨處可見，雖然凌亂，但是亂中有序。可能是為了應付總公司的各種要求，自成一套系統吧！

平介、木島和川邊一起視察D型注射器的噴油嘴開孔過程，並聽取負責人的簡報。由於他們是從總公司派來的人，所以那位比平介年長的領班顯得很緊張。平介很想告訴他，事實不如你所想像的。

關於噴油嘴的問題，他們花了一個半小時便討論結束。對於那個領班來說，這些結論的確具有參考價值。雖然還有許多問題未解決，但是接下來的工作便交給這些技術員了。木島和川邊喝著即溶咖啡，認真地討論。

平介藉口說要跟一位舊識打招呼，便離開了他們倆，獨自在廠裡走著。場內約有千名以上的作業員，絕大多數都是男性；女性員工以負責事務性工作為主。這家公司的制度應該也和大木一樣，不會有兼職的辦事員吧！

至於廠裡的女作業員，多半都集中在捲線部門。

這個部門的工作是把電線捲入裝有磁石的馬達中，做成導線。據說比較適合女性。捲線部門位於廠裡的某個角落。約有十來名女作業員面向捲線機，正在工作。由於她們都戴著帽子和護目鏡，所以看不清楚臉孔。平介邊走邊找，為了避免她們起疑，他刻意保持距離，並若無其事地審視每個人。

這時候，一名女作業員停下了手邊的工作，靜靜地凝視著他。當平介與她四目相視的時候，她慌忙地低下了頭。由於她的臉龐非常瘦削，所以帽子和護目鏡看起來格外不相襯。

她離開了生產線，走向一名看起來像領班的男人，不知對他說了什麼。這個男人看了平介一眼，便點點頭。

然後，她跑向了平介，並摘下帽子和護目鏡，露出了臉孔，果然是梶川征子。

「上次真的謝謝您，多虧您的幫忙！」她低下頭說道。

「妳的腳怎麼樣？」

「嗯，已經好多了。真的很抱歉，給您添麻煩了！」

「別客氣！妳現在離開生產線沒關係嗎？」

「我已經跟股長報備過了。」

「這樣啊……」她到底跟股長說了什麼？平介有點在意。

為了避免影響到其他同事工作，於是他們就走到一具大型高周波電腦的另一邊。依平介的經驗，這具看起來像衣櫃的機器，可以利用高周波燒入金屬排檔。

「今天是因為工作的關係才過來，順便來找妳。」平介說道。

「這樣啊？」梶川征子似乎很緊張。

「其實是因為妳上次跟我說的那些話，我一直無法認同。」

征子聽他這麼一說，抬起了頭，露出了受傷害的表情。

「我覺得妳先生的收入應該不少吧！這是我從別處聽來的消息。至少妳也不需要這麼辛苦啊！」

「但是……」她又再度低下了頭。「我們真的沒什麼錢。」

「會不會是因為妳先生把錢用在其他地方？」平介明知這句話很殘酷，但還是說了出來。

征子瞪著他，說道：「你是說我丈夫在外面有女人？」

「也有可能是賭博，或是欠人家錢。只是妳不知道。」

她搖搖頭。

「不可能會有這種事。據我所知，他絕對不會做出這種事。」

但是，丈夫背著妻子在外面借錢的情況也不少啊！平介想說卻說不出口。

「記得妳曾經說過，妳從來沒看過他的薪資明細表！」

「是啊！」她點點頭。

「一次也沒有嗎？比如說他的底薪有多少，妳從來不過問嗎？」

「對不起……」梶川征子低下了頭，好像一個挨罵的學生。

「我實在不敢相信！」平介嘆息道，這是他出自內心的感受。就算是直子，如果問她這個月的薪水多少，相信她一定會馬上回答。

「他那個人啊……」征子斷斷續續地說道：「很少跟我提他自己的事。」

「但是，你們在一起不是也好幾年了嗎？」

「六年。」

「咦？」

「我們結婚六年了。」

「啊啊……」不知為什麼，平介想起了逸美。「這麼說，妳女兒是……」

「是我跟前夫生的孩子。」

「這樣啊！那麼，妳是和妳前夫離婚囉？」

「不，逸美的父親在十年前因癌症去世了。」

「這樣啊！」

平介突然開始同情眼前這個女人了。同時，他也覺得逸美很可憐。這六年中，她好不容易才適應了新爸爸。

「妳先生是第一次結婚嗎？」

「不，聽說他很久以前結過婚，不過他從來不告訴我那時候的事，所以我也不清楚。」

「這樣啊！」平介心想，我現在到底在幹什麼？在這種場合，我不應該過問她的隱私。

「總之，他這麼拼命賺錢應該不是有外遇或是賭博的關係吧！」

「不是的……」雖然聲音很小，但是卻回答得很堅決。

不好意思讓她離開工作崗位太久。平介看看手錶說道：「啊，我也得走了，不好意思打擾妳工作。」

這時，她卻說道：「呃……請您等一下好嗎？我馬上回來。」

「什麼事？」

「呃，這個，請等一下……」她迅速跑開，離開捲線部門，不知跑去哪裡。

幾分鐘後，她跑了回來，手裡拿著一個白色包裹。

「這個給令嬡吃吧！這也是別人送我的，真不好意思！」

包裹約有錄影帶的大小，從包裝紙上的印刷便可知道裡面的東西：白色巧克力。可能是北海道帶回來的土產吧！

「不用了，妳還是帶回去給妳女兒吧！我想送禮的人一定也這麼想。」

「没關係，我有兩盒。再說逸美也不太喜歡吃甜食。」

梶川征子非常堅持，執意平介收下。連經過的推車工人都以訝異的眼光看著他們。

「這樣啊。那我就收下囉！」要是狠心拒絕她，就太不近人情了，所以平介便收下了。

「那我先走了。」梶川征子又回到工作崗位。也許是因為這次的探訪有所進展，平介的心情頓時好了許多。

在回公司的路上，平介在車上將包裹打開，請兩位同事吃白色巧克力。要是吃不完的話，他決定分給辦公室裡的其他同事。雖然直子喜歡吃甜食，但要是知道這是梶川征子送的，她一定會不高興。

「杉田先生不吃嗎？」木島拿著糖果盒問道。

「嗯，我吃一個好了。」平介拿起一顆如棋子般的巧克力，放入口中。令人懷念的甜味就在口中慢慢融化。他想，有多少年沒吃到巧克力了？隨後便想起來了。由於吃甜食容易蛀牙，除非在特殊場合，否則直子禁止藻奈美吃巧克力。

14

平介回到家已經是晚上快九點了。他原本打算早點回家，結果又加了兩小時的班。直子在客廳看電視，一看到他便說：「回來啦！我馬上去煮飯。」語畢便站了起來。

平介在二樓的臥室裡換上運動服和毛衣，下樓時，就聞到廚房裡飄來的陣陣香味。

「喔，今天是鷄肉蓋飯嗎？」平介聞一聞味道便問道。

「答對了！」直子說道：「外加蛤蜊味噌湯。」

好棒啊！平介邊說邊在桌前坐了下來。鷄肉蓋飯和蛤蟆味噌湯都是他的最愛。

他正想看報紙時，眼角瞥到了房間裡的書和筆記本。走過去拿起來一看，原來是數學課本和筆記。課本裡還夾著一張數學習題。

「妳剛才在做功課嗎？」平介問道。

「啊，那是家庭作業。」直子大聲喊道，因為抽油煙機的噪音太大了。「明天要交的。」

「喔，真是辛苦妳了。」

「什麼辛苦妳了？你等一下也要幫忙啊！」直子端著一只放著兩碗鷄肉蓋飯的托盤走進來。平介望著那雙纖細的手，真怕她拿不動。

「什麼？要我幫忙？」

「當然囉！不找你找誰啊？」她順利將兩碗飯端到餐桌上，又折回廚房。可能要去拿味噌湯吧！

「記得妳好像說過，不能替孩子寫作業的嘛！」

「我可不是你的孩子喔！」她端著味噌湯說道：「你看嘛！這真的很難耶！」

「這又不難，啊，好懷念喔！是雞兔同籠耶。」平介看看那張習題。

「你會啊？果然是高專畢業的！」

「不管學歷啦！小學六年級的數學，妳應該也會吧！」

「我根本不行。一般的加減乘除還好，但是一遇到問答題或是圖解題，我就不行了。」

「喔！」

開飯了！平介雙手輕輕合十，拿起筷子。不管是雞肉蓋飯或味噌湯，還是一如往常地美味。他確信直子的手藝一直保持水準。

她的廚藝精湛，數學不好又有什麼關係？平介雖然這麼想，但是現實生活並非這麼簡單。

「喂，要是藻奈美的話，她遇到這種問題會怎麼辦？她會哭著向我求救嗎？」

「應該不會吧！那孩子和你很像，數理科很強。老實說，我真的很傷腦筋耶！」直子皺著眉頭。這種表情很不適合出現在小學生臉上。

「發生什麼事了？」

「倒是沒什麼事，只是感覺一種無形的壓力。周遭人都以為我是個數學很強的女孩子，事實上並不是。我反而需要別人來教呢！而且又不能隨口說數學退步了，連老師都露出那種『這個問題絕對難不倒杉田』的表情。我只好強顏歡笑，但總有一天會露出馬腳啊！一想到這裡，我就覺得很可怕。」

這樣啊！平介應了一聲，喝了一口味噌湯。

「只不過是小學生的數學啊！」

「你不要說得這麼簡單好不好？」

「妳都三十六歲了還……」平介說到這裡便住了嘴，他也不知道現在的直子到底是幾歲。

不過她對於三十六這個數字似乎還能接受。

「這跟年紀沒有什麼關係吧！不懂就是不懂啊！念小學時解不開的問題，又不會因為年紀大了就突然會了。」

「說的也是。」平介夾了一些小菜配著吃。電視上正在播映兩小時的推理單元劇，只要一看到是誰演的，就可以猜得出誰是凶手了。

「等一下吃飽了，就給妳來個數學特訓吧！」

「我覺得壓力好大喔！不過，這也沒辦法。」直子也夾了一點小菜。兩人的嘴裡都發出了咀嚼聲。

飯後，關掉電視，餐桌變成書桌，數學特訓開始了。

但是，平介才教了一個小時，就發現一個令人意外的結果。

「什麼嘛！原來這麼簡單啊。」直子把整張習題都寫完了，便說道。

「這可是我有生以來第一次把數學作業一口氣寫完耶！不愧是平介，還是你教得好。」

「不會吧！我不覺得教得特別好啊，還算普通吧！」

「咦，但是我真的一題也不會啊。為什麼現在就全部都懂了呢？真是太神奇了。」

「也許是因為……」平介望著她，然後又將視線往上移。「連頭腦都變聰明了也說不定喔！」

「咦？」她不自覺地摸摸自己的頭。

「也許意識上還是原來的妳，不過腦袋卻屬於藻奈美的呀！像是才藝或拿手學科，都是由腦部掌控，所以說現在的妳和藻奈美具有相同的特質喔！」

「啊，是這樣子？」直子一副恍然大悟的表情。

肉體的確改變了，這種理論當然可以成立囉！要是能早點發現就好了。

「不過，我可沒辦法像藻奈美那麼喜歡數理科喔！」

「真的嗎？在剛剛的特訓前後有沒有什麼差別？應該會有改變吧！難道妳現在還是很討厭數學？」

直子凝視著自己的雙手，垂下了長長的睫毛。

「我也不知道。」她抬起頭說道：「不過，現在一想到明天有數學課，肚子就不痛了。」

「之前會肚子痛嗎？」

「好痛喔！」她說著便笑了起來。「我去泡咖啡！」

「喔，好耶！」

直子想起身，臉上卻浮現一種不適的表情。她皺著眉，傾著頭。

「咦，奇怪！」

「怎麼了？」

「好奇怪喔！」

「到底怎麼了？」

「等一下……」直子慢慢地站起來，看看平介，朝他眨眨眼之後便離開客廳，走進洗手間。

可能又肚子痛了吧！平介這麼想，便打開了電視。新聞已經開始了，正好在播職棒比賽的結果。他的注意力馬上被這則新聞吸引，因為他是巨人隊的球迷。

體育新聞過後，進了一段廣告，直子卻還沒出來。直到下一節新聞開始播報氣象的時候，她終於從洗手間出來了。

直子臉上的表情很複雜，看起來好像在沈思，又好像是發現了什麼奇妙的事情。不過，已經不像剛才那麼嚴肅了，所以平介也以輕鬆的口吻問道：「到底怎麼回事？」

「嗚……」她呻吟著。

「怎麼了？哪裡不舒服？」

「嗯，沒有不舒服。」她又坐回原處。但是平介覺得她似乎坐立難安。這時，她羞澀地盯著他說：「明天要吃紅豆飯囉！」

「咦？」平介一時之間還搞不清楚。不過，他也沒那麼遲鈍，立刻就明瞭她的意思。他驚訝地睜大了眼睛。「啊，是那個嗎？」

「沒錯！」她點點頭。「我現在才想起來，那孩子的月經到現在都還沒來呢！聽說有些比較早熟的女同學，五年級就來了！」

「這樣啊！」對於平介來說，這是一個無法下結論的話題。「那，怎麼辦？」

「什麼怎麼辦？」

「有沒有哪裡不舒服啊？呃，就是那個來了以後嘛！」

「喔……」直子臉上的表情緩和了許多。「不會呀！我早就習慣生理期了，不管怎樣，我和它已經相處了二十多年了！而且第一次也不會來很多。」
「現在怎麼辦？」
「現在？當然用衛生棉囉！用我自己的，不過尺寸大了一點。」
「喔！」
這時候，除了「喔」之外，還能說什麼？平介搔搔頭這麼想。就算是藻奈美發生了這種情形，自己的反應也一定像現在這麼遲鈍吧！
「那真要恭喜妳了！」
「謝謝！」直子低頭致意，便呵呵地笑了起來。「如此一來，藻奈美的身體也漸漸成熟啦！只要別像我一樣，生理期一來就痛得半死。也只有這一點，不是得自平介的遺傳喔！」
「是啊！」對於她的玩笑話，平介卻笑不出來。前面那一句「身體也漸漸成熟啦！」，總是在他腦海裡迴盪著。直子的心智已經是一個成熟的女人了，但是現在的身體又要轉變為成熟的女人。照這樣下去，兩人之間的關係到底該怎麼辦？

15

杉田家的浴室，以整個房子的比例來看，算是相當寬敞。浴缸大得可以讓一個成人泡在裡頭，輕鬆地伸展雙腳，而沖澡的地方也很寬敞。可能是以前住在這裡的房客很喜歡泡澡吧！平介之所以喜歡這個房子的第一理由，也可以算是這間寬敞的浴室。

平介一邊洗澡，一邊環顧四周。牆上的掛鉤掛著一頂浴帽。他想，直子最近應該也用過那頂浴帽吧！在放著洗髮精和香皂的置物架上，有一把粉紅色安全剃刀，那不是平介的。他最不會使用剃刀，每天早上都是用電鬍刀刮鬍子。這把粉紅色剃刀是直子用來刮腋毛的。不過，她現在鐵定用不著吧！平介這麼猜想。

在杉田家，每位成員每天都會泡澡，但是今晚是直子生理期的第一天，所以她不能泡澡。平介獨自洗澡，是從直子住院之後開始的。在出車禍之前，除了值夜班那週以外，都是直子或藻奈美陪他洗澡。這間寬敞的浴室果然發揮了最大的功用。

不過，他覺得現在和直子一起洗澡，實在很奇怪。要是一般的夫妻，一輩子一起洗澡也無所謂。但是現在的她，明明是直子又不是直子，外表卻是女兒藻奈美。

在平介的朋友當中，也有幾個人的女兒年紀與藻奈美相仿，他們最近都在感嘆不能再和女兒一起洗澡了。要是藻奈美還活著，平介也會遇到這種情形吧！雖說這是不為外人所知的私事，但是在家裡做這種事實在不妥吧……。

越想就越摸不著頭緒，腦筋一片空白。他把濕毛巾放在額頭上，從浴缸裡站起來。

直子在客廳裡為明天的課程做準備。她把課表放在桌上，並把需要的課本塞進書包裡。

「我剛才在想，妳為什麼在這裡做這些事？」平介一邊從冰箱裡拿出一瓶啤酒，一邊問道。

「咦？不行嗎？」

「沒有啊，我只是想藻奈美明明有自己的房間，卻放著不用。」

「嗯，話是沒錯啦！」直子吞吞吐吐地答道。

「有什麼問題嗎？」

「沒有，我只是……只是不想用那個房間。」

「為什麼？」

「嗯，你可能會覺得我很無聊。」直子看著平介說道：「房間裡一直維持著藻奈美生前的擺設。」

「呃？」

「桌上的東西，床上的棉被，我盡量保持原狀，除非要拿課本或筆記時，我才會碰它們。至於其他東西，我會很小心地避開。」她凝視著自己的手說道。

平介聽到這裡，停下了開啤酒罐的動作，心裡產生了疑問：為什麼連這種事她都想得到？他氣自己粗心大意，到現在都不曾留意藻奈美的房間是什麼樣子？直子每天以藻奈美的身分去學校，回家還得打掃整理，她一定每天都在煩惱如何處理女兒的房間。

「原來是這樣啊？」

「對不起，雖然我覺得很愚蠢。」

「我可以看看嗎？」平介起身説道。

「藻奈美的房間嗎？」

「嗯！」

「當然可以。」兩人便走出了客廳。

杉田家的二樓有兩個房間，一上樓有一個通道，右邊是藻奈美的房間，左邊則是杉田夫婦的寢室。

輕輕打開右邊的房門，迎面飄來一股洗髮精的香味，裡面很陰暗，平介不知道照明開關在哪裡，正在牆上摸索著，直子在一旁迅速按下開關，日光燈閃了一下，整個房間頓時大放光明。

「原來如此！」他輕輕地吐出了這句話。

果然是藻奈美的房間。靠窗的書桌上放著一本雜誌，封面是某個少男偶像團體，團員們個個露出了陽光般的笑容。牆上也貼著一張這個團體的海報，團名叫少年隊，這是平介不久前從藻奈美那裡聽來的。書架上擺著很多少女漫畫。那張小小的床上，鋪著格子床單，枕頭旁邊放著一隻泰迪熊……是那隻泰迪熊。床鋪表面有一處微微凹陷，那正是藻奈美躺過的痕跡。他突然有一種感覺，說不定伸手去摸還可以感覺到她的體溫呢！

「有打掃嗎？」平介問道。

「我只用吸塵器吸吸地板而已。」

「那過不了多久，整個房間都是灰塵了。」

「嗯！」直子點點頭。「我也知道不可能永遠保持原狀。」

「是啊！」平介大大地嘆了一口氣。他將視線移到藻奈美的椅子上，一個有許多草莓圖案的座墊。他記得這個座墊，那時候藻奈美還小，坐在這張椅子上高度不夠，所以直子便做了這個墊子給她。後來她長大了，還是一直使用。

「直子，妳到那裡坐一下好嗎？」

「椅子嗎？」

「嗯！」

直子並不想碰觸其他東西，所以小心翼翼地將椅子拉出來，慢慢地坐下。她望著平介說道：「這樣可以嗎？」

平介雙手扠腰，看著椅子上的直子。這一瞬間，藻奈美回到了他的世界，他感覺好像在看一張舊照片。「藻奈美……」他低聲自語。

直子應該知道丈夫現在看到了什麼。「我想拜託你一件事。」她說道：「你可以替我拿面鏡子過來嗎？」

「鏡子？」他立刻明白她的用意。「鏡子放哪裡？」

「盡量拿大一點的。」

「我知道了！」他的腦中立刻閃過一個念頭。「妳等著，我現在就去拿。」

平介走出房間，奔進對面的寢室，裡面是和室隔局，牆邊有兩個衣櫃，直子的化妝台放在靠窗處。這些都是她的嫁妝。

平介走近化妝台，雙手抱起鏡面，使勁將它扛起來。他在搬家時就發現這面鏡子可以拆下來。

他把鏡子搬進藻奈美的房間。「好厲害，虧你還想得到！」直子深感佩服。

平介將整面鏡子立在地上，向著直子的方向。「怎麼樣？」

「往上移一點，再往左邊移一點點。嗯，這樣就可以了。」直子利用鏡子反射女兒的模樣，這個點子似乎很成功。她凝視著鏡子好一陣子，以濕潤的雙眼看著平介。

「我好想把它拍下來喔！」

「我去拿相機！」

「不，不用了。」她的口氣聽起來，好像覺得拍照也沒什麼意義。直子再度望著鏡中的女兒，時而改變著臉孔的角度，時而動動手腳。

「用這個房間吧！」平介說道：「該整理的時候就好好整理……吧！」

直子低頭不語。過了一會兒，她抬起頭，笑著應道：「好吧！」

現在，兩人都在樓上，索性鋪上被墊準備睡覺了。自結婚以來，兩人都是睡在一張雙人被墊上。

就在平介快要進入夢鄉時，有人拍拍他的肩膀。他張開眼睛，看到直子目不轉睛地凝視著他。「怎麼了？」他昏昏沈沈地問道。

直子先是一副彆扭的表情，接著說道：「我問你喔！那個啊，要怎麼辦？」

「那個？什麼？什麼那個啊？」

「就是……那個啊！那、個……」

「那個？」她指的是什麼？平介一時無法會意。但是當他恍然大悟時，睡意也全消了。他睜大眼睛問道：「妳是指做愛嗎？」

「嗯！怎麼辦？」

「什麼怎麼辦？當然不能啊！現在都變成這個樣子了，還能怎麼辦？」

「是啊，我們又不能做……」

「那還用說！別傻了。我怎麼可能……跟自己的親生女兒，而且還是個小學生。」

「但是，你受得了嗎？完全不做的話，不是很難受嗎？」

「不管能不能忍受，就算我知道妳是直子，但是看到妳的模樣，感覺怪怪的！我又不是變態。」

「說的也是！那你會去找其他女人嗎？」

「呃！」平介起身，在棉被上盤腿而坐。「我倒是沒想過這個問題。對了，那妳呢？妳是不是也有這種慾望？」

以前有過。她曾經在半夜醒來，靠著平介小聲地說：「喂，我們做吧！」

「但是現在啊，完全沒有這種感覺了。即使腦子裡想著這些事，也沒什麼感覺。應該說是身體沒什麼反應。」

「太不可思議了。不過這也是理所當然啊！」平介認為，若是小學生一想到性愛，生理就會起反應，這才是有問題呢！「無論如何，這種事也是無可奈何，只好不去想它了。」

「是啊！」直子無精打采地點點頭。「其實也可以用手或嘴啦！不過還是不太好喔。」

「妳在胡說什麼？拜託別再說啦！妳可能覺得講這些話很平常，但是在我看來，這些話就像從藻奈美口中說出來的一樣。」

「啊，說的也是。那就當作沒發生過吧！」

「嗯！」平介又把腳縮進被窩裡。但是在蓋上棉被之前，他說道：「我有一個建議。」

「什麼？」

「就是我們對彼此的稱呼。現在，在家裡我都叫妳『直子』，而妳也會叫我『老公』、或是『阿平』吧！我覺得我們應該要改變一下。」

「你是說我們應該像在外面一樣的稱呼對方嗎？」

「嗯！我覺得我們必須適應，往後的日子還很長呢！」

「是啊……」直子望著天花板想了很久。這時候，平介看到她睡衣上的圖案，有各式各樣的貓咪；生氣的貓咪或是哭泣的貓咪、微笑的貓咪、裝模作樣的貓咪。

「我知道了！」她終於說話了。「我也覺得這樣比較好。」

「是嗎？」

「從今晚開始，你就不是阿平，而是我爸爸。」

「沒錯！」

「那，晚安。爸爸！」

「晚安……藻奈美！」

平介鑽進了被窩，但是睡意全消。不久，傳來了直子規律的鼾聲。小孩子畢竟很容易入睡。

他冷靜地凝視著黑暗，一邊想著，我到底是失去了妻子？還是女兒？

16

站著的男人，臉上泛著油光，雙頰微微抽搐，連距離他較遠的人也可以察覺。稀薄的頭髮，看起來就好像是緊貼在頭皮上的海苔。他可能很喜歡打高爾夫球吧！因為連寬闊的額頭都曬得黝黑。即使如此，他現在似乎正爭辯得面紅耳赤呢！

從四千萬到四千四百萬，這個男人說道。聲音回盪在空氣中，這句話打破了寂靜。換言之，這是一場攻防戰的開始。平介不太喜歡參加這種場合，但是又不能逃避。

「我們會把這個數字列為賠償金的參考範圍。但是我還是認為有必要根據性別、年齡來區分，酌情增減。」

發言人是大黑交通的總務部長，一個姓富井的男人。他必須扮演黑臉的角色，平介雖然立場與他敵對，但是卻很同情他，因為肇事者又不是他。

被害者家屬自救會與大黑交通之間的賠償金交涉，一如往常在新宿某家飯店內的會議廳舉行。車禍發生至今已經三個月了，也許正逢星期六，自救會幾乎是全員參加。而客運公司方面，除了富井之外，還有五名代表和一位顧問律師出席。客運公司的人都坐在會議桌的最前方，而對面則是自救會成員的位子。好像在召開記者會喔，平介心想。

「那麼賠償金會根據什麼來計算？」代表自救會的向井律師問道。

剛才坐下的富井又站了起來。

「這個……我們也會根據以往的事故經驗來判斷，本公司盡可能以接近上限的金額來補償各位。還有，交通部也指示我們必須拿出最大的誠意來做善後處理。」

林田幹事舉手了。

「你剛才說公司基本上不會降低上限標準，我想應該是針對不可抗拒的意外發生時，所做的補償吧？例如氣候突然惡化，或是其他車輛阻礙行車安全等。但是這次的意外與這種情況不同啊！」

「什麼意思？」

「我們認為這不是一場單純車禍，而是人為因素造成的。說明白一點，這場車禍也相當於過失致死喔！難道不是嗎？讓精神狀況不佳、沒有充分休息的司機駕駛滑雪巴士，誰都知道早晚會出事。公司還收了錢，讓乘客坐上這種危險巴士，這種行為不就等於犯罪嗎？對於你們的行為，根本就是草菅人命啊！你們做了這種事，竟然還敢參考過去的案例，難道一點都不覺得過意不去嗎？」

林田激動地講完這段話，便坐回了自己的位子。有幾個人輕聲鼓掌。

此時，客運公司的代表，臉上表情都很難看。聽到過失致死這類字眼，任誰都無法冷靜下來。然而，這也是無法否定的事實。

不久前，勞動基準局才發佈了一項消息：兩名大黑交通的主管，疑似違反勞動基準法，已移送東京地檢署偵辦。而在事發之前，關東交通局對大黑交通進行了特別保安監查，發現他們明顯違反了超時駕駛禁令。為了確保運輸交通安全，政府對他們實施處分，並提出八輛觀光巴士必須停駛十四天的禁令。根據調查結果，公司裡將近一個月以上未曾休息的駕駛員竟然有四名，光是這一點就違反了交通運輸事業法規所制定的超時駕駛禁令了。

再加上長野縣警方仍以違反道路交通法，持續對大黑交通進行蒐證工作。依據調查結果，很可能又會有新的處分。

對於自救會而言，現在有了這麼多「靠山」，林田才敢做出如此強硬的發言。

「真不要臉！根本就不肯認罪嘛！」平介旁邊的一名男子發言了。他就是痛失一對雙胞胎女兒的藤崎。「昨天我看報紙，他們竟然把違反超時駕駛的罪，推到駕駛員身上呢！」

「不，這……這是因為……」客運公司有另一名代表站了起來。他是運行管理部部長笠松，平介也是今天第一次見到他。「我們只是說，超時工作並不是公司的指令，而且也不強制執行。特別是梶川駕駛員，是他自己要求增加工時，這可是事實。」

平介看著笠松的臉。

「這是真的嗎？」藤崎發出了不可置信的聲音。「不管再怎麼需要錢，也不會有人不眠不休地拼命工作吧！」

「不，是真的！只要進行內部調查就知道了。」笠松以熱切的口吻說道。

也許是真的，平介心想。直子說曾經聽到兩名司機的對話，其中一名司機說：「你這麼拼命幹嘛呢？」由此可知，另一個人一定是主動要求增加勤務。

平介心想，梶川確實是很需要錢，但是他到底把錢用在什麼地方？

「就算這樣，也不能說公司完全沒有責任啊！」自救會的律師向井發言道：「依據勞動基準法，超時執勤並非只有強制性才算，如果本人要求而公司也同意的話，這就算違法。」

「是的，您說的沒錯。」笠松低下了頭說道：「所以，我們並不是逃避責任，只是剛才有人對於報上的報導有所誤解，我們只是想更正一下而已。關於梶川司機的情況，絕對不是我們強迫他的。」

「但是你們的做法或許和強迫性差不多喔！」林田說道。手裡拿著一張紙條。「我這裡有一份去年的資料，巴士司機一個月的平均工時比全產業平均工時多出了六十個小時。值勤以外的加班，每個月平均五十小時，是全產業平均的三•五倍，是什麼原因造成這種情況？是因為他們的底薪比起其他產業雇員的薪資還低，所以只好以加班費來做補貼了。尤其是最需要子女教育費的三、四十歲員工，加班情況更明顯。大黑交通應該也有相同情況吧！」

大黑交通的代表根本無法反駁，紛紛啞口無言，甚至還有人點頭同意。

「呃，這樣的話……」由於話題已經扯遠了，原本一直坐冷板凳的總務部長富井開口說話了。「各位自救會的成員，你們希望獲得多少賠償金？」

包括林田在內的四位幹事與向井律師小聲地討論。他們比鄰而坐，自救會的其他成員將所有事情交給他們處理。

向井律師終於說話了。

「關於賠償金這一點，不應該有性別和年齡之分，必須一視同仁。這是自救會成員一致的意見。至於金額的話，經過幾次開會，已經討論出結果了，而且不允許討價還價。這個金額是八千萬圓。」

這段話說得如此果決，對於大黑交通的人來說，這就像一記突如其來的重鎚，從上方重重敲下，令代表們個個無精打采地垂下了頭。常務是在場職位最高的負責人，他雙手抱著白髮蒼蒼的頭，沈默不語。社長於前一陣子退休了，現在就由他暫代社長的職務，並於不久的將來，升任社長。但是平介看得出來，他一點也不高興。

討論的過程似乎又得延長了，平介也開始煩憂。

今天所提出的交涉，便由大黑交通進行內部討論。今天的作法，對於自救會是否有利，平介並不清楚。但是看到幹事及向井律師的表現，應該算是有所進展吧！

平介走出會議室，大黑交通的人正在走廊上整理剛才開會的資料，只有運行管理部部長笠松，在另一處填寫資料。平介走近了他，說道：「呃，不好意思！」

可能從未想過會有被害者家屬主動過來搭訕，所以笠原的眼神中充滿了驚訝。他把平介從頭到腳打量了一番之後，便答道：「啊，是。」

「關於剛才提到的事，就是……關於梶川司機主動要求增加工時的事。」

「咦？」

「梶川先生是不是很需要錢，才會這樣勉強自己？不知您是否聽說了些什麼？」

「沒有，關於這些細節部分，負責人並沒有跟我說得很清楚。」笠原並沒有掩飾他的疑惑。他一定有一個疑問，為什麼被害者家屬會對這件事耿耿於懷？

這時候，平介的後方傳來叫喚聲。「杉田先生！」

回頭一看，是林田。平介向笠松道謝，就走向林田。

「杉田先生，這樣不太好喔。請不要與對方交涉私事好嗎？」林田皺著眉說道。

「啊，真不好意思。」平介一邊道歉，一邊想著，才不是進行私人交涉呢！我是在調查車禍的真相。

平介倒是不太關心賠償金的金額。不，他當然想得到賠償金，而且越多越好。但是他不想對這件事花太多精神或時間。比起這件事更讓他坐立不安的，就是到現在還無法得知車禍發生的原因。雖然現在大致可以確定，是因為司機超時工作造成的過失。但是到底為什麼要如此拚命工作呢？這一點仍然曖昧不明。因為他很需要錢，這是當然的。為什麼會需要錢？是生活太奢侈？還是負債累累？有外遇？還是好賭成性？平介很想知道真正原因。要是不弄清楚，根本就沒有心情接受現況。

他看到藤崎正在和向井律師說話。他的談話內容隱約傳進平介耳裡……至少一億圓是不是比較妥當？他好像是這麼說的。律師露出困惑的表情，並解釋道……八千萬已經是相當高的金額了。

17

平介在新宿車站正想要買車票時，才發現身上沒有零錢。於是他找了一家書報攤，想買本週刊換零錢，這樣子也可以在電車裡消磨時間。

但是他找不到那本常看的週刊。這時候，一本男性週刊的封面吸引了他的目光。說得具體一點，就是封面上那個性感女人的撩人姿勢吸引了他。由雜誌的名稱『快樂星團』便可得知裡面的內容。

平介從來沒買過這種色情雜誌。他曾經在公司的更衣室中發現這種雜誌，但從來不會想拿起來看。

買一本來看看吧！但是又不敢買，這倒是事實。書報攤的店員是名年約五十歲的胖女人。平介有點擔心會引起異樣的眼光。

只要一猶豫，他就更買不下手了。最後，還是拿起一本不太想看的普通雜誌，接著他打開了錢包。

這時候，一名看似上班族的年輕男子走到他身邊，大略瞄了一眼店頭，便毫無猶豫地拿起了『快樂星團』，然後拿出了千圓大鈔。女店員臉上也毫無表情，似乎一點也不干她的事似地，很快就把錢找給那個男人。

原來如此，只要光明正大就好了……

平介假裝現在才發現那本雜誌，鼓起勇氣拿起了『快樂星團』，然後與剛才手裡拿的那本雜誌，連同一萬圓鈔票一起遞了出去。他真希望趕快離開那個地方，但是女店員將要找的錢數了好幾次之後，才交給他。至於平介買了什麼雜誌，她根本就沒興趣。

在回家的電車上，他翻看了那本普通雜誌。『快樂星團』與商討賠償金資料一起放在手提包中。他此刻的心情就像是一個剛買到期待已久的玩具的小學生。

下了車，走到住家附近時，突然看見橋本多惠子迎面走來。她那略帶棕色的長髮隨風飄逸，她也發現了平介，便站在原地，微微啟口，臉上洋溢著自然的笑容。

「啊，老師，您好啊。好久不見了！」平介點點頭，打了一聲招呼。

「杉田先生，我剛才正打算去府上拜訪呢！但是您不在，本想改天再來的。」

「這樣啊！要是您方便的話，不如現在過來吧！」

「但是您現在才回來，一定很累吧！」

「不會啊，反正我也沒做什麼累人的苦差事。請吧、請吧！」

「這樣啊！那我就打擾一下了。」

橋本多惠子轉身，兩人並肩走向杉田家。

「藻奈美好像也不在家耶，她是不是跑去哪裡玩啊？」

「應該不會吧！」平介看看手錶，時間接近下午五點了。「我想她應該出去買晚餐要煮的菜了吧！差不多這個時間了。」

「喔喔！」橋本多惠子恍然大悟地點點頭。「藻奈美最近好像可以代替媽媽做一些事了！」

「嗯，真是難為她了。」

「好厲害喔！我長這麼大了，竟然還要媽媽煮飯給我吃呢！」

「啊，老師跟父母一起住嗎？」

「是啊！他們還希望我早點嫁掉呢！」

「像老師這樣子，還怕找不到對象嗎？」

「才沒這回事呢！學校是個很小的圈子耶。」橋本多惠子揮揮手，表情竟然那麼認真。

要是這樣的話，我願意當妳的男友候選人，平介想到這句玩笑話，卻沒有說出口。要是她當真了怎麼辦？真是太不謹慎了。

到了家門口，平介還是按了一下門鈴。但是對講機並未傳出直子的聲音。

「她好像還沒回來呢！呃，藻奈美在家是不是比較好呢？」平介問道。因為他認為，即使是女老師，一個年輕女人隻身來男人的家裡也不太方便吧！

「不，最好還是直接與家長談。」

「啊，是嗎？那，請進。我們家很小的。」

平介打開了大門，催她趕快進來。倒是橋本多惠子一點也沒有不自在的樣子，說了一句：「打擾了！」便走了進來。在她經過的同時，飄來了一陣洗髮精的香味。

他請她來到一樓的和室。這時候要是有果汁就好了，平介打開冰箱查看，心裡這麼想著。結果裡面只有啤酒和麥茶。直子以前就說果汁對小孩的牙齒不好，所以不肯買果汁。就算她變成了小孩子，這個習慣到現在還一直保持著。

最後，他只好倒了一杯冰麥茶端出來。請別客氣！橋本多惠子點點頭。她坐在電視機前面的一個座墊上。那是直子的嫁妝之一：客人專用座墊。原本都沒在使用，自從車禍發生之後，前來弔唁的客人絡繹不絕，所以才從櫥櫃深處拿出來。若是沒有發生那些過程，也許今天就必須請橋本多惠子站在門口等，而自己得拼命尋找這個座墊吧！

「請問您今天專程過來要談些什麼？藻奈美在學校是不是有什麼問題？」

「沒有、沒有！」橋本多惠子同時搖頭並揮揮手。「其實也不是什麼重要的事情啦！只是想詢問一下家長的意見。」

「哦？」平介搔搔鬢角。橋本多惠子的口氣聽起來有點不自在。「呃，怎麼回事？」

「前幾天藻奈美來找我商量……」
「是！」
「她說她想念私立中學。」
「咦？」平介感到相當驚訝。他手上的麥茶險些潑出來。
「私立中學，呃……指的是麻布或開成這種學校吧！」
「嗯，若是男校，就像這一類。當然也有等級普通一點，或是更容易申請的中學。」
開成或麻布很難申請嗎？平介自問。他對於這方面的事一無所知。開成中學和麻布中學也是從直子那裡聽來的。
「那麼女校也有這種學校嗎？」
「當然有啊！像櫻蔭或白百合學園就是。」
「啊啊……」平介開始搔頭髮了。「怎麼說呢？這些校名聽起來好像程度很高耶！」
「是的！」橋本多惠子點點頭。「這些學校的程度真的很高。學生的偏差值必須在六十以上才進得去。」
「這樣啊？」平介完全搞不清楚。事實上，他對於大家熱切討論的偏差值真的一點概念也沒有。

他閉眼沈思了幾秒鐘，然後張開眼睛問道：「這麼說，藻奈美想念那種學校囉？」

「她倒是沒提出具體的學校，因為她還沒決定。關於升學的事，您完全不知情嗎？我還以為她已經跟您商量過了才決定的！」

「我完全不知情。」

「這樣啊！那……是藻奈美自己決定的囉！」橋本多惠子說著，便喝了一口麥茶。平介凝視著杯口，腦海中浮現一個念頭；杯口上是否留下了她的口紅印？不過，桌上那只玻璃杯並沒有唇印。

平介將視線轉移，雙手交抱胸前。

「她怎麼會突然說出這種話？」

「考慮到將來的出路吧！」

此刻，腦海中浮現直子的臉，他想著「將來」這個字眼，突然感覺到一陣不適。這個問題並不是不理會就能解決。只要以藻奈美的身分存在一天，那麼藻奈美的將來就確實存在。那絕對不屬於杉田直子，也不會與平介有所交集。其實這是早已存在的事實，但是至今他不曾正視這個問題，只是自己不願意去想罷了，拖一天算一天。但是，直子並不這樣想，也許對她來說，這已經變成她的問題，會深思熟慮也是理所當然的。

「呃……若是為了將來著想，念私立中學比較好嗎？」

「現在問題就出在這裡。」橋本多惠子直視著平介的眼睛，那是一種專業的眼神。

「藻奈美考慮了很久，她認為現在努力一點，擠進私立中學，將來的出路就有很多選擇的機會。」

「選擇的機會……」

「是啊，藻奈美自己說的。不知怎麼搞的，她最近的遣辭用句好像大人，有時候跟她聊著聊著，差點忘了她還是個孩子呢！」

平介心想，那當然嘛！不過他還是得裝傻。

「她只是刻意裝大人啦！」

「不，我覺得她不像您所說的刻意裝模作樣，她的沈著穩重是發自內心的。有一次，班上男生在掃除時吵架，她還出來主持公道，口氣比我還嚴厲呢……」說到這裡，橋本多惠子住了口。「對不起！話題扯太遠了。」

「沒關係。那……老師覺得怎麼樣？」

「我不認為一定要念私立中學，才會有較多的選擇機會，公立學校也有公立學校的好處。以這個學區來說，就是第三中學。這所學校的風評良好，學生的程度也相當高。但是藻奈美似乎相當堅持，所以我想尊重她的意見。於是就想先來拜訪一下，徵詢您的意見。」

「什麼意見？我今天才第一次聽到這件事。」

「是啊！我也嚇了一跳。」
「請問，如果要念私立學校，是不是該做什麼準備工作？」
「當然需要！像是蒐集資料，選擇學校。藻奈美也必須準備入學考試，最好還是參加公開模擬考。」
「咦？」平介前傾身子問道：「考試……您說還要參加考試，才能念中學嗎？」
「是的，這是某些學校的必備條件。」橋本多惠子睜大了眼睛答道。她的表情彷彿在說，你連這個都不知道啊？
「與其說是考試，應該是像性向測驗吧！像益智問答那種測驗吧！」
不是、不是，女老師搖搖頭。
「其中有幾所學校只考作文，不過這是少數。大部分學校都會考國語和數學，再加上作文。有些學校會加考理科和社會。」
「那不是和高中聯考沒啥兩樣嗎？」
「是啊！所以中學入學考試，就是早一步體驗高中聯考的激烈競爭。藻奈美所說的選擇機會，還包含了將來不用再接受高中聯考。」
「喔，原來是這樣！」平介心想，直子什麼時候開始思考這些事情？他無法馬上知道答案。一定是那一陣子工作太忙了！
「但是，我還是不太贊成這麼早就讓小孩子捲入激烈的升學競爭，所以我要她再好好考慮考慮。」

「我知道了！我會跟她談一談。」

「那就拜託您了！站在我的立場，我也不希望藻奈美脫離這個班級。她在班上算是一位稱職的班長，若是決定準備升學考，可能就沒什麼機會與大家相處了，實在太可惜了。」橋本多惠子笑著說道。

那就告辭了，正當她要起身時，玄關處傳來了開門聲。「我回來了！」是直子。

啊，橋本多惠子看看平介。接著，又傳來直子的聲音。「奇怪，為什麼會有這雙鞋子？」然後她又繼續說道：「喂，你知道嗎？我在超市發現一個很特別的東西喔！芋頭莖耶，記不記得十年前我們曾經在大阪的親戚家吃過。現在竟然有在賣耶！真是太稀奇了，竟然在東京……」

一邊喋喋不休地說著，一邊走進來的直子，在門口看到他們便愣住了，像一個電池耗盡的洋娃娃。

「咦？老師，怎麼會？」

老師和平介互看了一眼。

「嗯，我有事找妳爸爸商量。」橋本多惠子說完便將視線移到直子手上的塑膠袋，袋口露出一根直徑約兩公分的紅色塊莖。「咦，這是小芋頭嗎？」

「對！這是芋頭莖。」

「這樣啊……」橋本多惠子一臉無法理解的表情。

「啊，一年前……一年前啊，我們在大阪的親戚家曾經吃過這種菜。」平介慌忙地找藉口掩飾。「藻奈美，妳真笨啊，剛才怎麼說成十年前呢？」

「啊，我是這樣說嗎？不好意思！是一年前，一年前。」

「喔，是去年啊！那要怎麼吃啊？做成沙拉嗎？」

「不是，要用煮的，做法也不難。不過要把澀液煮出來就得花點工夫。」

「藻奈美知道怎麼煮啊？真是了不起！」

「十年前……一年前親戚煮這道菜時，我也在旁邊幫忙。當時的筆記應該還留著吧！」

「妳真的好厲害喔！下次也教教我吧！」

「什麼時候都可以啊。現在的年輕人……也包括我啦，現在的人都不太會做這種料理了。」

也許是話題扯到料理，她的遣辭用句又變成大人的語氣了。平介開始擔心。

「藻奈美，老師要回去了，別耽誤人家嘛！」

「啊，是啊、是啊！」直子拿著一堆東西又回到玄關。

「對了，妳剛才好像說了一句奇怪的話？妳說鞋子怎麼樣？」橋本多惠子穿上鞋子後問道。

「啊，這個，您的鞋子跟我媽媽的一樣，我還以為有人把她的鞋子拿出來了！」

「這雙鞋？真的嗎？原來是這樣啊！」

「真的嗎？」平介問道。

直子點點頭。

「媽媽很喜歡這雙鞋，但是現在我覺得還是老師穿起來比較好看，媽媽穿起來太華麗了，她的腳不像老師這麼細。」

「哎呀，不要一直看我的腳啦！」橋本多惠子向後退了一步，然後向平介行了一個禮。「那我就此告辭了！」

「啊，請慢走！」

橋本多惠子回去之後，平介將門鎖上，此時已不見直子的踪影。平介進屋，就看到她正在廚房裡整理剛買回來的菜。

「怎麼都沒聽妳提起念私立中學的事？」平介站在她背後說道。

「我本來就打算要告訴你呀！」直子站在流理台前，背對著他。

「到底是怎麼回事？為什麼擅自主張？」

「又還沒決定，我也想跟你討論討論啊！」

「妳倒是把理由說來聽聽，為什麼想這麼做？」

「第一個理由，很久以前我就想過這個問題了。」

「很久以前？」

「在發生這些事之前……」直子雙手一攤說道：「就是藻奈美還活著的時候。我曾考慮是不是該讓她念私立中學？而且最好能直升大學，因為我不希望她將來還要為了升高中、升大學而痛苦。」

「其實是妳自己不希望將來受苦，所以想趁現在選一條比較輕鬆的路走，對吧？」平介說道。聽得出來他的話中帶有挖苦的味道。

「你先聽我把話說完。的確，當我一想到明年就要升國中時，第一個反應是念私立中學，因為以前我就曾經這麼想過。但是，想歸想，卻一直沒有實現。現在，真正要念中學的人是我啊！我還有另一個理由，讓我覺得一定要念私立中學不可。」

「什麼理由？」

「很簡單！」直子靠著流理台，雙腳交叉站著。「因為我想念書。」

「咦？」平介聽了，顯得相當驚訝，這是他從未料到的答案。接著，他開始覺得好笑，便一邊笑著一邊坐了下來。「妳是當真的？喂，別以為會做小學生的習題，就覺得自己考得上東大。」

直子聽了，面無表情地說道：「我是很認真在跟你說這些……」

她的聲音很冷漠。這些話從一個外表像小孩子的口中說出，更令人感到不寒而慄。平介的笑容瞬間消失。

「你知道嗎？我變成這個樣子也已經三個月了，你覺得我現在會有什麼感受？你知道我每天的日子是怎麼過的？你以為我還在緬懷過去，感嘆自己的遭遇嗎？」

不，他搖搖頭。

「當然啦！一想到這些事還是很難過，雖然我只是一個微不足道的人，但還是會想照自己的方式生活。可以的話，我想延續她的人生。雖然我也想重溫一家三口的快樂生活，但是那種日子不會再回來了，既然如此，只好考慮未來的人生。所以我想了很久，到底該怎麼辦？後來得到一個答案，就是不要像以前一樣，做出令自己後悔的決定。」

「後悔？」

平介這麼一問，她笑了。

「你忘了嗎？你不是也常說，如果趁年輕時多讀一點書就好了，其實我的想法和你一樣！」

「這樣啊？」

「我曾經把夢想寄託在孩子身上，我不知道你是怎麼想。這種夢想並不是具體希望她成為鋼琴家或空中小姐，我只希望藻奈美能成為一個獨立自主的女性。不只在心境上，在經濟上也是；不用靠男人也能生存的堅強女性；一位傑出的女性。」她的語氣非常堅決。

「直子……」平介舔舔唇，繼續說道：「對於成為我的家人有什麼不滿？妳後悔了嗎？」

「沒有，很高興能成為你的妻子，我真的很滿意。我並不是要藻奈美放棄做個家庭主婦，變成女強人喔！」

「只是不希望她將來的生活方式和妳一樣？」

直子緩緩地搖搖頭。

「不是，獨立的女人還是可以結婚啊！我不喜歡一個無法獨立的女人，逼不得已才嫁作人婦。即使她討厭她丈夫……你別誤會喔，只是舉例……為了生活，不得不與不喜歡的對象在一起，自己默默忍耐，這種女人不是到處都有嗎？我可不希望藻奈美將來的生活方式變成這樣子，非得靠男人才能生存，這種人生你不覺得很可悲嗎？我只是運氣好，遇到了你，要是對象不是你，而是一個很糟糕的男人，那我會變成什麼樣子？其實，我的幸福還不是掌握在你手中！」

「妳曾經覺得可悲嗎？」平介問道。

直子深深地吸了一口氣，直視丈夫的雙眼。

「我也沒有必要再逞強了，我就老實說吧！我感到很可悲，而且是經常這麼覺得。」

「是嗎？」平介嘆了口氣。

「對不起！我並不想讓你難過，你沒有錯，錯的是我自己。我以前的生活太懶散、安逸，現在實在沒什麼資格叫苦。」

「直子是個普通人，會這麼想我覺得很正常啊！」

「我也不覺得自己特別可悲啊。嗯，這很正常，可不可悲全憑個人的感覺。」

平介用指尖敲打著桌面。此時，他不知道該說什麼。

「總之……」直子說道：「我決定替藻奈美獨立自主，人生能以這種方式重新來過，這世上誰會有這種機會？我不想白白浪費這個奇蹟。」

直子說得如此誠懇熱切，平介想起從前有個女孩也讓他有過類似的感覺。她是平介中學一年級的同學，在三年級上學期擔任學生會長。

「嗯，我能了解妳的想法。」平介說道，接著卻講不出什麼具有說服力的話，讓他覺得很氣餒。

「謝謝！所以，經過仔細考慮，我做出一個結論。如果真的想要念書，就必須讓自己置身於那種環境。」

「那種環境指的是私立中學嗎？」

「以目前的情況，確實如此。但不是每一所私立學校都可以念喔！程度不夠的學校不行。還有，就算這所中學是某所高中或大學的附屬學校，我也不想直升，我會考慮當時的能力，報考一所最好的學校。」

「這樣啊……妳的鬥志似乎很高昂喔！我感覺自己好像快被妳冷落了！」平介抓抓頭笑道。雖然聽起來是句玩笑話，其實是他的真心話。他也發現這是肺腑之言。

「沒有鬥志怎麼行，考試就像一場戰爭耶！」直子說完還點點頭，彷彿贊同自己的說法。

「但是一定要從中學開始拼嗎？妳可以先念普通中學，再對高中聯考全力衝刺啊！橋本老師說第三中學也是一所不錯的學校呢！」

平介才一說完，「不行！」直子便猛搖頭否定。

「她太年輕了，根本就不懂。」

「年輕？她做老師也有好幾年了吧！」

「不行啦！她雖然還不錯，但是始終脫離不了大小姐的嬌氣。對於現實生活，她的想法還太天真。」

直子的外型看起來是小學生，實際上已經三十六歲了，對於年輕女老師的批評，口氣似乎太過嚴厲了。

「妳不要說人家的壞話嘛，她可是擔心妳才特地來家庭訪問呢！」

「咦？」直子傾頭斜睨平介。「你可真會替她說話啊！」

「妳說什麼呀？」平介提高了聲調。

「沒什麼……」直子別過臉，接著又回頭看著他。「總之就是這麼回事，希望你能認同我念私立中學的打算。由於學費比公立中學還貴，所以需要爸爸的體諒與支持。」

至目前為止都還稱呼自己「老公」，現在卻突然變成「爸爸」了。難道只是有求於我時，我才會成為「爸爸」？平介心想，卻沒有說出口。

「妳想怎麼做就怎麼做吧！」他答道。除此之外，想不出任何回答了。

「謝謝你！」直子滿心歡喜。「我一定會努力的。好了，我來煮水芋吧！」

她轉身面向流理台，拿起砧板。

晚餐的菜色，除了煮水芋，還有鹽烤秋刀魚和醃青豆。每道菜都是如此美味，特別是用高湯燉煮的水芋非常入味，格外好吃。能把十年前吃過的料理，原味重現，平介不得不佩服直子的廚藝。他心想，有這麼好的廚藝，又何必埋頭苦讀，去擠升學的窄門呢？

吃過晚餐，直子馬上收拾善後。正在看職棒電視轉播的平介，聽到廚房裡的洗碗聲，感到很介意。

「妳別急著洗碗嘛！休息一下再說啊。」

「嗯，可是我覺得會浪費時間嘛！」她答道，並沒有停下手邊的工作。

直到洗好了碗，平介才了解她的意思。她把雙手擦乾，也沒有坐下來休息，就直接上樓。

「去哪裡?」平介問道。

「房間啊!」她答道。「我決定從今天開始,每天至少要念書兩個小時。」

「從今天開始?從今天就要開始啦?」

「坐而言不如起而行!」十一歲的模樣,卻說出老氣的話,直子說罷便上樓了。

平介無奈地將視線轉回電視上。巨人對與廣島隊正陷入苦戰:一人出局,二三壘有人,打者是山本浩二,投手是江川。如果在平常,平介會想像自己在現場,完全融入球賽的世界。但是,現在卻無法集中精神。

他瞄到房間角落的手提包,便走過去從提包裡拿出那本『快樂星團』。

翻開封面,一個女人的裸胸頓時映入眼簾;曲線優美的胸部,宛如兩只倒扣的湯碗;乳頭呈現淡粉紅色澤;身材纖瘦,雙腳修長。這名模特兒看起來約二十歲左右吧!

她的特寫照片一共有六頁,每張照片都擺出刺激感官的撩人姿勢。恍惚的神情容易讓人聯想到性高潮。

好久沒做了,他想。記得最後一次和直子做愛是在出車禍的前一天。直子還警告他,不可以趁老婆不在時偷腥,說著就靠了過來。

他拿起雜誌,躡手躡腳地站起來,走進了廁所。

他盯著身材姣好的模特兒,靠自慰解決了生理上的需求。他把橋本多惠子的臉龐與模特兒的裸體結合在一起。

18

時序進入七月，接連好幾天下雨，今天早上卻出現了難得的陽光。

「今天可能會很熱喔！天氣放晴了，大家一定很高興吧！」直子放下筷子，望著窗外說道。早餐是昨晚剩下來的天婦羅，平常一定都會有味噌湯，今天卻沒有。雖然是直子睡過頭來不及煮，但是平介知道她是因為熬夜念書才睡過頭，所以也沒有心情挖苦她。

「天氣一熱有什麼好高興的？」

「因為今天可以……」直子拿著筷子，還做出游泳的動作。

「哦，真好。游泳啊！」

「好久沒游泳了！說不定都忘了怎麼游啦！」

「游泳和騎腳踏車一樣，不會忘的啦！」平介說完，便扒了幾口飯。他好像突然想起什麼似地，抬起頭問道：「藻奈美會游泳吧？」

「當然會啊。她還上過游泳訓練班呢！不但會自由式，還會蛙式，什麼都會……」

直子話才說到一半，臉色就變了。「啊，蛙式……」

「沒問題吧？」

「問題大啦！」直子搖搖頭。「哇，怎麼辦？」

平介知道直子只會游自由式，想起他們婚前一起去海邊玩，直子剛開始還不想碰水，結果一下水，就熟練地游起自由式。直子當時還很年輕，身材玲瓏有致，和現在不一樣。

「我記得藻奈美去年夏天，還參加校內的游泳比賽呢！而且游的是蛙式。」

「那就糟了！總不能說今年就忘記怎麼游了吧！沒辦法，只好假裝生理期了。真是的，好不容易天氣放晴可以去游泳耶！」直子顯得垂頭喪氣。她現在的樣子，真像個小學生呢！

平介早一步出門。他剛穿好鞋子，直子突然過來拍拍他。

「對不起，有件事忘了告訴你，昨天傍晚有人打電話找你。」

「誰？」

「梶川太太。應該是那個司機的太太吧！」

「姓梶川就沒錯囉！她有什麼事？」

「她沒說，只說還會再打來。」

「這樣啊！」到底是什麼事？平介心想。自從上次在田端製作所見過她，就不曾再交談了。

「晚上打個電話問問看吧！」直子說道。

「妳問過她的電話號碼？」

「啊，我没問。我還以為你知道咧！」

「我怎麼會知道？算了，反正她有事會再打來。」平介雖然嘴裡這麼說，心裡卻在納悶梶川征子為什麼會打電話來。不過怎麼想也想不透。

一到公司，小阪課長竟然又要平介去田端製作所一趟。

「D型注射器的噴油嘴問題現在已經解決了，我希望你再過去看一下。聽說好像利用一種特殊轉軸，所以你最好也把那個裝置的分解圖帶回來，如果不方便的話，那我找其他人也行。」

「不，讓我去吧！我也想知道詳細情況。」

「好啊！你去的話我就放心多了。我會先打電話聯絡對方。」小阪似乎鬆了一口氣，然後他像是想起什麼似地，吃吃地笑了起來，臉上的表情從嚴肅的上司變成了親切的長輩。

「對了，告訴你一個好消息喔！」

「什麼好消息？」

「聽說對方今年三十五歲，應該比你的亡妻小一點吧！現在還是小姑獨處呢。我看過照片，長得還不錯喔！」

平介終於明白他在說什麼，連忙揮揮手、搖搖頭說道：「這種事情我還沒考慮過！」

「我知道當事人都會這樣啦，所以得由別人敲邊鼓才會有結果啊！見個面看看嘛！」

「不，反正現在說這些都太早了。」

「會嗎？不過你既然都這麼說了，我也不好意思再強迫推銷吧。但是……」小阪湊近平介耳語：「那方面怎麼樣了？一定憋得受不了吧！」

平介明白他所指的是什麼。

「咦？沒有，那方面倒是沒問題。真的，我沒有那種心情。」

「呃？真的嗎？難以相信耶。」小阪傾著頭，一副疑惑的表情。

「如果沒有其他事，那……我去田端了。」平介語畢，趕緊逃開。

接著，平介開著公司車前往田端製作所。他很喜歡出外拜訪其他工廠或是下游廠商，正確地說，應該是喜歡這段外出活動的時間。在同一個工作場所與老搭檔一起進行相同的工作，有時候會覺得自己好像被遺忘了。這時候，如果走出公司，即使是一段短暫的時間，他也可以確認目前身在何處。

在田端製作所洽談了一個小時，會議便結束了。商討內容並非製作上的問題，而是問題的處理方式，所以這次會談很輕鬆。對方的負責人很年輕，一副得意洋洋的模樣。

會議結束之後，平介前往生產線的捲線部門，因為他想起梶川征子曾經打電話找他。

但是平介並沒有找到梶川，於是便向該部門的負責人詢問。負責人是一名方臉、眼神溫和的男子，辦公桌上立著一塊主任的牌子。平介心想，他可能對照顧女性員工比較細心吧！否則無法勝任這種工作。

「啊，她最近都沒來上班耶！」那個主任接著又說：「可能是身體不舒服吧！我們也很擔心呢。」

「是不是住院了？」

「不知道，我沒有問清楚。」主任傾著頭說道：「請問，您找梶川有什麼事？」

「沒有，只想跟她打聲招呼而已。」平介向他道謝之後，就離開了。

此刻，他的腦海中浮現梶川征子瘦弱的身體和蒼白的臉。也許是操勞過度病倒了吧！還得忍受世俗的冷嘲熱諷。平介的耳畔突然響起了恐嚇電話中的陰冷聲音。

但是，她為什麼會打電話給我……平介越想越覺得不對勁。

離開了工廠，平介準備駕車回去。他發動了引擎，正要換檔時，瞄到車門置物袋類內有一張市區地圖。他拿出那本地圖，翻到西東京的放大圖。

梶川征子的家在調布，從這裡開車過去並不遠。
他看看手錶，現在是十一點，就算趕回公司也剛好是午休時間。
於是他換檔，緩緩上路。以前曾經坐計程車送梶川回家，所以他記得路徑。不久，他就抵達了目的地，並將車子停在公寓前的馬路上。
上了二樓，來到梶川的門牌前，按下電鈴，對講機似乎沒有回應。
他正想按第二次時，彼端傳來了聲音。「來了！」
是她女兒，記得她叫逸美。
「冒昧來訪，不好意思！我是杉田。」
門開了一條細縫，門鍊還栓在門上。彼端露出一張神情緊張的臉孔，是逸美。
「妳好！請問妳媽媽在家嗎？」平介一說完，她應了一聲：「請等一下！」就將門關上了。但是她並沒有卸下門鍊，反而讓平介站在外頭等了好一會兒，才把門打開。
可能去請示她母親吧！
「請進！」逸美表情僵硬地請他進門。
「打擾了！」幾乎在平介進門脱鞋的同時，屋內的一扇門也正好打開。臉色蒼白的梶川征子，帶著淺笑和驚訝的表情出現在門口。她穿著一件棉質長洋裝。
「杉田先生，怎麼會過來？」
「剛才去田端製作所找不到妳，就順便過來看看。聽説妳昨晚打電話找我，但是我不知道妳家的電話號碼，所以就來了。」

「啊，這樣啊！我上次參加你們的自救會時，要了一份名冊，上面有您府上的電話。」

「原來如此。」平介恍然大悟地點點頭。「對了，聽說妳最近都沒去上班。」

「嗯，因為身體不太好……啊，請進！我替您倒杯冷飲。」

「不用了，別麻煩了。對了，妳找我有什麼事？」平介馬上切入正題。在來此之前，他還暗自發誓，絕對不要進屋。

梶川征子也許察覺到他的來訪並非閒話家常，所以不便多說什麼。她低著頭，請平介等一下，就走進了和室。

這時候，原本在流理台忙的逸美，用托盤端著一杯麥茶走過來。「請喝茶！」

「啊……謝謝！」平介慌忙地接過來。「妳媽媽是不是哪裡不舒服？」他小聲地問道。

逸美猶豫了一下，才開口說道：「是……甲狀腺。」

「喔！」平介不知該怎樣回答，只是點點頭，喝了一口麥茶。

說出如此具體的醫學名詞，可能已經在醫院做過診斷了吧！但是甲狀腺有毛病，到底是什麼病？平介卻一無所知，他甚至連甲狀腺是哪一個部位的器官都不知道咧！

「好喝！妳今天不用上課嗎？」

「要啊！可是媽媽今天的身體狀況比平常差，所以我……」

「請假啊？」

逸美輕輕地點點頭。平介不禁嘆了一口氣，怎麼會有這麼不幸的家庭呢？梶川母女現在的處境實在少見。

失去了大黑交通這個經濟來源，母親又臥病在床，這孩子今後該怎麼辦？平介想到這裡就一陣心痛。

梶川征子拿著幾張紙，從和室裡走出來。

「這是在我先生的行李中找到的。」

平介接過這疊紙，仔細一看，是現金匯款的收據。領款人都是同一個人，名叫根岸典子。款項幾乎都在月初或月底匯進去，金額大約在十萬到二十萬之間，偶爾也有超過二十萬圓的金額，最早的日期是去年一月份。裡面還夾著一張便條紙，上面寫著札幌的地址。

「這是……」平介看著梶川征子。

她點點頭說道：「我只聽他提過一次根岸這個名字，我記得應該是他前妻的舊姓吧！」

「也就是說妳丈夫一直寄錢給前妻？」

「是的！」梶川征子肯定地點點頭。

她的嘴角泛起一絲寂寞的笑。平介明白那個笑容的意義，得知丈夫並非只是心繫她們母女倆，可能會感到孤獨與空虛吧！

「他和前妻大約在什麼時候離婚？」

「正確日期我也不太清楚，應該在十年前吧！」

「這段期間他一直寄錢給她嗎？」

果真如此，平介就不得不佩服梶川的忠厚老實了。通常協議離婚時，雖然約定按月支付贍養費，但是真正能夠持續一年以上的人實在少之又少。

「我也不太清楚，感覺好像從這一兩年才開始。」

也許她想說這一兩年的經濟狀況突然變得窘困吧！

「妳先生從不告訴妳關於他自己的事嗎？」

「沒有，從沒聽過。」梶川征子哀傷地低下了頭。

「對他來說，以前的那個家比我們重要多了。」逸美的聲音突然從背後傳來。低沈、語氣尖銳。逸美！她母親制止了她。

原本坐著的逸美，突然站起來走進房間，砰地關上了門。

不好意思！梶川征子向平介道歉。沒關係！平介答道。

「有了這些收據就可以知道我先生為什麼這麼拚命了，我覺得這件事應該讓您知道，因為您似乎很在意我先生拚命賺錢的原因吧！」

「原來如此啊！我老是說一些賭博或外遇等等奇怪的原因，真的很抱歉！」

她搖搖頭直說沒關係，接著又說：「老實說，我反倒希望他是為了那些奇怪理由咧！」

她好不容易擠出這幾句肺腑之言，平介無言地望著她。或許為了脫口而出的蠢話而感到後悔，她緊咬著唇。

「呃……他前妻有沒有與妳們聯絡？」

「沒有，匯款終止，我想她應該也很苦惱吧！」

「她知道車禍的事嗎？」

「也許知道吧！」

「不過，如果知情的話，至少也該到妳先生的墳前上一柱香呀！妳先生那麼照顧她。」

「她可能會覺得不好意思吧！我先生再婚，我想她應該知道。」

「就算這樣……」平介的氣話說到嘴邊，又嚥了回去。他覺得自己用不著如此憤慨，但是又無法釋懷，心裡總有個疙瘩。

他的視線移向手裡的匯款收據。

「這個，可以給我一張嗎？」

咦？梶川征子睜大了眼睛。「可以是可以……」

「我想讓我女兒看看，因為她也想弄清楚肇事原因。」

「好啊！」

平介拿走其中一張收據，並將紙條上的地址抄下來。

「妳的身體還好吧？妳女兒為了照顧妳還請假呢！」

「還好，沒什麼大礙。那孩子太緊張了。」梶川征子揮揮手笑道。她的手顯得有氣無力。

「有什麼需要我幫忙的，儘管說吧！買東西一定很不方便吧？啊，今天的晚餐沒問題吧？」

聽平介這麼一說，梶川征子開始揮起雙手。

「沒問題、沒問題。這……您不需要為我們費心。」她好像真的很困擾。平介看著她的表情，才想起他們之間的立場不同。對她而言，與被害者家屬站在這裡，或許是很痛苦的一件事呢！

「這樣啊！那麼請多保重，也代我問候妳女兒。」平介低著頭，便開門走了出去。

「不好意思！讓您特地跑一趟。」梶川征子不知鞠躬多少次，讓平介哭笑不得。

平介回到車上，才想到忘了問梶川的電話號碼。但是他並未採取任何行動，反正今後應該不會再見到這對母女了吧！

當天晚上，剛吃完飯，平介便對直子提起這件事。她看著匯款收據，聽他述說。

「事情就是這樣子。梶川拼命賺錢，並不是因為賭博或女人。」平介放下筷子，雙手交抱，盤腿而坐。

「這樣啊……」直子把收據放在桌上。「原來是這麼一回事啊！」她的反應相當遲鈍。平介認為她會這樣子，可能是真相太出乎意料之外了。

「那個姓根岸的女人完全沒與她們聯絡，實在太奇怪了，要是她知道發生意外，應該會想參加葬禮啊！」

「是嗎？」直子傾頭沈思，一邊吃茶泡飯。

「我想寫信給那個女人。」平介說道：「事實上我就是這麼想，才會向她要一張匯款收據。」

直子放下筷子，不可置信地望著平介。「什麼信？」

「當然是把梶川出車禍的消息告訴她囉！或許她還不知道這件事呢？然後再勸她過來替梶川上柱香。如果事情就這樣子不了了之，實在太奇怪了。」

「為什麼這件事非要你來做不可呢？」

「為什麼……不這麼做我會寢食難安。事情已經做了一半，不能半途而廢啊！」

直子放下筷子，面向平介，坐直了身體。

「我覺得爸爸沒有必要這麼做，你一定很同情梶川太太的處境；丈夫死了，自己又生病，一定很難熬。但是，我可沒有那種悲天憫人的胸懷喔！因為我覺得我們也很不幸啊！」

「話是沒錯，但至少我們現在還過得去啊！」

「別說得這麼簡單，你知道我每天都是以哪種心情過日子的嗎？」

直子的話就像一巴掌打在平介的臉上。他無話可說，垂下了眼簾。

「對不起！」直子馬上向他道歉。「這就是你的個性，看到正在受苦的人，無法見死不救。」

「我可沒那麼偉大。」

「嗯，我知道！爸爸的個性很溫和，不會莫名奇妙去恨一個人，也不會像我一樣，為了一些不合理的事氣得半死。」直子嘆了一口氣。「老實說，剛才聽你說了那些話，我有點失望。」

「失望？」

「嗯，其實我原本所期待的，是梶川為了賭博或是外遇的理由，必須拼命賺錢。這麼說倒是有點奇怪啦！不過我真希望如此。」

「為什麼？妳之前不是還說，要是為了這些原因出事，才是不可原諒的嗎？」

「所以說啊！」直子淺淺一笑。「果真如此，我們就可以狠狠地恨他啦！當我們難過的時候，只要把怨氣出在他身上就好了。或許你無法體會，每當我不能忍受置身的環境時，就希望能有一個讓我洩恨的對象。」

「這個……我知道！」

「但是，現在知道他是為了寄錢給前妻，根本無力去恨他。這麼一來，我的怨氣就無處宣洩了。說不定還會遷怒於你呢！」

「這倒是無所謂啦！」

「你寫信吧！」直子說道：「要是你真的想這麼做，就去做吧！或許對方真的不知道梶川已經死了呢！」

「不，還是算了吧！仔細想想，我太雞婆了。」平介把那張匯款收據揉成一團。

19

越靠近學校，小朋友的嘻鬧聲就越來越大聲，偶爾還傳出女老師的校園廣播，那不是橋本多惠子的聲音。接著，還傳來了『天國與地獄』的曲子。學校的運動會一點也沒變啊！平介心想。

抵達學校時，將近十二點了。操場上有一群學生正在進行拔河比賽。嘿咻、嘿咻！連口令都沒變。

觀衆席上坐滿了許多家長，幾乎人手一架相機，也有不少人帶著攝錄影機。平介屬於相機一族。

他在會場中緩步前進，尋找直子的身影。今天的天空有些許雲，是個適合運動的好天氣。直子早上出門之前，還想找藉口請假，說不想浪費體力。

「運動會啊，想去的人參加就好了嘛！幹嘛強迫每個人都要參加呢？」她一邊抱怨一邊出門。

平介知道她不想去的理由。這幾天為了準備升學考試，她一定累壞了。星期天早上還要這麼早起床，一定很痛苦。

平介找到六年級學生集合的地點，便四處東張西望。在找到直子之前，先看到了橋本多惠子，她正在點算紙箱裡的水球。

可能是感覺有人靠近，橋本抬起頭，看到了平介，便露出了爽朗的笑容。其他女老師都穿著運動長褲，只有她穿著白色運動短褲。

「會不會耽誤到您的工作？我聽藻奈美說，您經常假日還要上班，今天說不定不能來呢！」

「啊，今天没有關係。」平介摸摸頭答道。

最近他在自慰時，總會想到橋本多惠子的臉。在他的性幻想中，橋本多惠子的一舉一動像個娼婦般地淫蕩。也許因為如此，平介現在面對她，卻不敢正視她的臉。

「拔河比賽應該快結束了吧！等一下就是午休時間了。」橋本多惠子說著，還看看他的雙手。「啊！您没有帶便當過來嗎？」

「是啊，我來不及準備，所以想帶她去外面吃。」

只要有家長同行，學生在午休時間可以外出吃飯。

「當然可以啦！」橋本多惠子摸摸下巴，似乎正在思考。

這時候，操場上的拔河比賽結束了，並傳來了廣播聲，校方宣布午休時間到下午一點鐘。

「杉田先生，等你找到了藻奈美，請你們在這裡等我一下好嗎？」

「啊，好！」平介生硬地答道，橋本多惠子早就一溜煙不見了，他只好呆立原地。

「爸！」直子纏著紅頭巾、高舉雙手走了過來。「你站在這裡幹嘛啊？」

「沒有啦，因為……」平介把剛才遇到橋本多惠子的事告訴她。她只是淡淡地應了一聲。

不久，橋本多惠子出現了，手裡還提著一只塑膠袋。

「這個……如果不嫌棄的話，請吃吃看！這是我自己做的，做得不太好……」她把袋子遞過來，裡面好像有便當。

「呃，這怎麼行！這是老師的便當吧！」

「我多帶了一個，我想會發生這種情況，所以就多做了一個。你們放心地吃吧！」

「咦，這樣嗎？喂，妳說怎麼辦？」平介問直子。

「我無所謂！」直子摸摸頭髮答道。

「那……我們就不客氣了。真的是不好意思！」

「我還帶了罐裝茶耶！」橋本多惠子說完就離開了。

「當導師還真辛苦啊！連這種事都要注意。」

聽了平介的話，直子以訝異的眼神望著他。

「你真笨耶！誰會真的多做一個便當啊！」

「咦，但是她剛才不是這麼說嗎？」

「她不這麼說，你會接受嗎？我想她啊，現在可能正在吃麵包吧！」

「真的嗎？要是這樣的話，豈不是太對不起她了，我拿去還她！」

「不用啦！你現在又拿去還給她才奇怪咧！」

直子領著平介走到校舍後面，兩人並肩坐在窄小的樓梯口。從這裡完全看不到操場。

「待在這裡就完全感受不到運動會的氣氛了，我們還是回家長席吧！」

「在這裡就好啦！也不太髒。對了，茶給我，好渴喔！」

平介從袋子裡拿出罐裝茶，遞給直子。接著又把塑膠飯盒打開，裡頭放著許多小飯糰和豐富的菜色。

「好好吃！」平介吃了一口飯糰，說道。飯糰裡面還有鱈魚卵。

「看起來不怎麼樣。」

「她為什麼把便當讓給我們？」

「為什麼？」直子咕嚕咕嚕地喝了幾口茶，說道：「或許她喜歡上你吧！」

平介聽了，差一點噎到。

「別亂說，有些玩笑可以開，有些玩笑開不得喔！」

「我才沒有開玩笑呢！她可是很在乎你喔。今天她一直問我，你會不會來。」

「我可是孩子的爹耶！」

「但是你單身，年紀也不大，再來就要看你們彼此的意思了。」直子盯著平介，說道：「就算你喜歡她，也沒什麼好奇怪的啊！」

「我怎麼可能喜歡她？快點，直子也吃吃看嘛！」他把飯盒遞到她面前。

「你叫我藻奈美好不好？至少今天要叫這個名字嘛！」直子環顧四周，小聲說道。

「啊，對不起！藻奈美……」無論過了多久，平介始終無法習慣以女兒的名字來稱呼她。

直子伸手拿起一塊煎蛋，一口氣塞進嘴裡。

「味道太重了，好像鄉下人做的菜。」她傾著頭批評。

橋本多惠子讓平介的內心無法平靜。真的嗎？她對我有意思？但是，心中又有另一種聲音說道，就算是真的又如何？自己已經有了直子，絕不能讓她知道自己的感受。

「對了，運動會結束以後呢？要一起回家嗎？」平介故意轉移話題。

「不是要去……簽名嗎？」

「嗯！就在那家新宿飯店。」

車禍賠償金的交涉已經進入尾聲了，今天要在協議書上簽名。最後一次了，就以家屬的身分出席吧！這是昨晚平介對直子的提議。

「我還是不去了。」她說道，一邊把喝過的那罐茶遞給平介。

「是嗎？」

「我實在沒辦法看著自己的生命被別人估價，不管最後的價錢有多高！」

「我懂了！」平介接過那罐茶，喝了一口。

校園內傳來了午休時間結束的廣播，直子急忙回到自己的位子上。平介為了向橋本多惠子道謝，四處尋找她的蹤影，總算在門口發現她。

平介才一走近，橋本就一臉驚訝地問道：「便當還可以吧？」

「啊，太好吃了。實在很感謝妳！」平介低頭向她致意。

「真的嗎？那太好了。那……飯盒還我吧！」她說道並伸出手。

不行、不行！他揮揮手連忙說：「洗乾淨再還給妳吧！我女兒說這樣子才有禮貌。」

「藻奈美？她一直都是這麼懂事！」

平介正在想，是否該主動找她聊聊天呢？或許她也正如此期待著！但是平介卻想不出話題。這時候，一名女老師叫了橋本的名字，她立刻回應。

「那……我先走了。」

平介目送著她離去，直盯著她那雙小腿。

午休過後的第三項比賽是六年級的賽跑。平介趕緊跑到家長席的最前方。

槍聲響起的一瞬間，在場的五名選手聞聲起跑，賽程為五十公尺。參賽者從家長席前面跑過，家長們紛紛興奮地大聲加油。

平介發現橋本多惠子就站在終點處拎著終線，她並沒有看見平介，只是以溫柔的笑容迎接每一名抵達終點的小朋友。

比賽進行了好幾回才輪到直子上場。因為她的身高比較高，所以被安排在最後幾組。她看起來神色自若，一點也不緊張。老實說，她臉上的表情倒像是覺得賽跑很無聊。

槍聲響了，五名選手一齊加速前進，其中兩名暫時領先，直子排名第三，並一直保持這個順位直到終點。在這段賽程當中，平介按下了兩次快門。

他忽然想起藻奈美以前也都保持著這個順位。抵達終點的直子，看到了他，苦笑著舉起了手。他也以同樣的方式回應。

最後，他再度拿起相機。但是，透過鏡頭所看到的卻是拎著終線的橋本多惠子，她那頭褐色長髮隨風飄起，輕輕拂過臉龐，她不經意地將頭髮撥開。

這一瞬間，平介按下了快門。

五千二百萬……。

平介望著協議書上的金額，沒有任何感覺。對他而言，只不過是數字五與二後面接著六個零罷了。這個數字到底有什麼意義，他根本無法體會。不過，這算是一個勝利的數字吧！大黑交通比照以往的案件和新的估算方式所計算出來的金額，其實比這個數字少了許多。

但是他一點也沒有勝利的感覺。因為自己心愛的人的生命，會因這筆錢而消失。

「請問，這樣可以嗎？」對座的一名男子問道。平介從來沒見過他，他隔壁還坐著另一名陌生男子。平介一走進來時，這兩人便趕緊站起來向他行禮，也許他們是想向被害者家屬謝罪吧！事實上，他們到底拿出多少誠意，根本無人知曉。車禍發生以後，已經過了好幾個月，大黑交通公司連同社長在內，已經撤換了許多人。眼前這兩名男子雖然也是大黑交通的職員，卻與整件事毫無關聯。

平介突然有種感覺，也許整件事就會逐漸被淡忘吧！只剩下眼前一張記錄這場悲劇的紙。

他在指定的位置上簽名，並依照向井律師的指示，蓋下印鑑，再寫下匯款的銀行帳號之後，一切就結束了。

「辛苦您了，這樣子就可以了！」向井律師說道，他的嘴角浮出一絲微笑。對他來說，這是一個辛苦的工作，所以現在會出現輕鬆的表情，也是可以理解的。

「多虧您的幫忙，真是太感謝您了！」平介向向井道謝。

他才一起身，對座的兩名男子也迅速起身，齊聲說道：「真的非常地抱歉！」

你們根本不需要道歉，因為這件事與你們無關啊……平介很想對他們說，但也只是默默地點點頭，就離開了。

自救會的會員們簽名蓋章之後，全部在會議室裡集合。向井律師向大家做了詳細的說明，甚至針對媒體應該發布哪種程度的消息，徵詢大家的意見。

「比較具體的是關於賠償金的問題……」律師說道：「媒體最想知道的應該是這個消息。」

「發布消息之後，我們會得到好處嗎？」林田幹事問道。

「這次的意外事件會成為一個前例，往後若有類似的事件發生時，將有前例可詢。若交由法院判決的話，可能拿不到這筆錢。」

「對我們來說，並沒有特別的好處囉！」

「可以這麼說吧！」向井垂下了眼簾。

最後決定採用投票表決。結果全數通過不對外公布實際賠償金額。

「還有其他問題嗎？」向井看看每個人。

平介想問一件事，他正猶豫是否該在這種場合提出來。但若不現在提出來，以後就沒有機會了。

「沒有的話，那就……」向井說到這裡，平介便舉起了手。向井看著他，感到相當意外。

「有什麼事嗎？」

「請問梶川太太那方面，是否也可以領到錢？」平介問道。

「梶川太太？」誰呀？律師頓時想不起來。
「司機的太太。」
喔、喔！向井點點頭。周遭引起一陣討論。
「這我倒是沒聽説，她的情形和受害者家屬不同。」
「啊，這樣啊！」
「我想，多少會有一些慰問金吧！我也不太清楚。有什麼問題嗎？」
「沒有，沒什麼……」平介只好坐下來。
其他人紛紛以異樣的眼光瞄著平介。
「這場意外可是他們引起的呀！」有人這麼説。
長達七個月的交涉，就在這種情況下結束了。家屬們向向井和幹事們道謝，然後再向那兩名客運公司代表致意之後，就各自離開了。每個人的臉上都沒有滿足的表情，或許是因為今後必須收斂起憤怒，那種無力感湧上了心頭的緣故吧！平介想起直子曾經對他説過的話，當她無法忍受置身的環境時，希望有一個洩恨的對象。或許就是這種情形吧！
走出飯店，已經天黑了。他很想去喝一杯，但是一想到直子一個人在家裡等他，只好打消了念頭。
還是買些泡芙回去吧！他往車站方向走去。

20

呼出來的氣變成了白煙。他把雙手插在口袋裡，在原地細細跺步。並不只是因為天氣冷，他始終無法靜下心來。

從未想過這麼快就經歷這種事，平介在心裡嘀咕著。他以為最快也得等到藻奈美上了高中。

仔細瞧瞧四周，幾乎都是家長帶著子女一起來。那些家長看起來都是有錢、知識水準很高的模樣；他們的子女看起來也很聰明。只有自己這麼地沈不住氣，這一點讓平介很不安。

直子戴著紅手套，遞過來一張面紙給他。「鼻涕流出來啦！」

啊，平介說著，便接過那張面紙，擤了擤鼻涕。由於找不到垃圾桶，他只好將衛生紙放進口袋裡。

「妳還真沈得住氣啊！」平介望著直子的臉說道。

「現在著急也沒有用呀！結果都已經出來了。」

「話是沒錯啦！」

「再說……」直子點點頭繼續說道：「應該沒問題吧！我想……」

「妳可真有自信耶！」

「要是我落榜了，還有誰考得上？這是一定的嘛！」

「那……要是真的沒考上，就是我的錯囉！因為在家長面試時，我表現得不太好。」

當校方詢問平介，女兒前來應考的動機時，前半段倒是答得很流暢，但是在最後結語時，原本應該要說：「與女兒謹慎討論之後，才決定報考貴校。」結果卻說成：「與妻子討論……」面試官露出了訝異的表情。他們當然知道杉田家是一個單親家庭。

「這根本就沒什麼嘛！」

「是嗎？」

「搞不好會因為這樣子加分喔！這所學校很虛榮的，你知道嗎？」

「虛榮？」

「他們一遇到名人就沒輒了，像是作家或藝文人士。」

「那又怎麼樣？」

「我認為，你剛才說錯的那句話，反而會讓他們想起我們是那場車禍的受害者呢！這麼一來，他們就不好意思把我們刷下來呀！再說他們也很在意媒體的眼光。」

「真的會這麼順利嗎？」

「至少不會太差吧！沒問題啦！」直子敲敲平介的胳臂。

今天是她報考的那所中學的放榜日。考試已經在昨天結束了，考試前後，直子都是同一副表情。她唯一對平介提過的一件事，便是準備入學金。

佈告欄上終於貼出一張白紙，上面寫著一排排黑色數字。在場的家長與子女紛紛一擁而上。

平介睜大了眼睛，聚精會神地尋找著直子的號碼。236是她的號碼，平介以九九乘法背了起來。

「找到囉！」直子先找到了，語氣聽起了好像不關自己的事。

「咦，在哪裡？在哪裡？」

「你看哪裡啊？左邊一點……」

他循著她所指的方向看過去，確實出現了236這個號碼。

「啊，真的耶，有了！很厲害耶！」平介高興地手舞足蹈。

「我不是說過沒問題嗎？快去辦入學手續，早點回家吧！」直子一溜煙地轉身離開。

平介趕緊追上前去，他覺得被潑了一盆冷水。要是考上的是藻奈美，而直子以母親的身分站在這裡的話，說不定會高興地掉下眼淚啊！

她變了。

辦妥入學手續，兩人來到了吉祥寺。她的學校離吉祥寺不遠。他們買了一些東西，然後又在這裡用餐。

「我們好久沒到這種法國餐廳吃飯了。有多久了？」對坐的直子高興地說道。

「是啊！自從藻奈美出生以後，我們只去過普通餐廳耶！」

「因為那孩子喜歡吃漢堡啊！」

平介喝了半瓶紅酒，直子突然嚷著也要喝。

「妳不是酒量不好嗎？」

「嗯！可是我現在很想喝，而且現在的身體和以前不一樣了嘛！娘家的體質都不太能喝酒，現在加上你的遺傳，或許可以試試看喔！」

「小學生喝什麼酒？」

「我已經是中學生了！」她拿起酒杯，遞到平介面前。「幫我倒酒！」

「懶得管妳！」平介一邊留意周遭的眼光，一邊在她的空杯中注入一點酒。

不知從哪裡學來的，直子將酒杯拿到鼻下輕輕搖一搖，聞一聞味道，才把這杯紅色液體喝下。她的表情看起來像是剛吃了一粒酸梅。

「怎麼樣？」平介問道。

「一點也不甜。」

「那是當然的嘛！又不是果汁。」

「不過……」她再喝一口，像是品嘗似地嘴巴動了幾下。「倒是滿好喝的！」

「是嗎？」

最後，剩下半瓶的三分之一都是直子喝的。

他們在餐廳門口招了一輛計程車，在途中直子開始打瞌睡，可能是酒精起作用了吧！但是酒量比以前好，這是不爭的事實。平介凝視著她的臉孔，突然有一種不可思議的感覺。她的心靈雖然屬於直子，但是身體裡面流的確實是自己的血液。

回到家已經九點多了。平介抱著直子上樓，費力地替她換好睡衣，讓她直接睡在床上。不知她是在說夢話，還是喝醉了，口中直嚷著：「阿平對不起，阿平對不起！」不斷地向他道歉。但是一躺下，又立刻傳出均勻的鼾聲。

平介走進浴室，花了很長的時間來暖和冰冷的身體。他洗好澡，一邊看體育新聞，還喝掉了一罐啤酒。新聞內容是有關巨人隊集訓的消息。

他在臨睡之前，還到直子的房間看了一下，她抱著棉被睡著了，他替她把棉被蓋好，才關燈走出了房間。

平介走進臥室，迅速鑽進被窩，閉上了眼睛，但是一點睡意也沒有。他扭開了床頭小燈，旁邊放著一本小說。當他正想拿起來時，才想到這本推理小說早在前幾天就看完了。雖然旁邊就是書架，卻找不出一本能引起他閱讀慾望的書。

他趴著將下巴靠在枕頭上，呆望著榻榻米。記得剛搬過來時，榻榻米還是青藍色，經過了歲月的洗禮，現在已經變成了褐色。時間過得真快，今後也將繼續下去。榻榻米的色澤會變得越來越暗沈，自己也會逐漸老去吧！

突然間，一股無法言喻的孤獨感襲上心頭，感覺自己彷彿被人遺忘在一個黑暗的山洞裡。這裡看不見同行的直子，只能聽見她的聲音。而直子已經開始朝向另一個世界走去了，只有自己孤單一人留在這裡。

同時，他也開始感到憤怒，覺得自己竟然為了這種毫無道理的事犧牲。我的人生在哪裡？難道我就這樣子過一輩子嗎？

平介把手伸出棉被外，拿起一本放在書架最下層的『品質管理』。這是一本專業書，並不是他現在最想看的書。他翻開封面，拿出裡面夾的一張照片。

橋本多惠子笑得很燦爛，這是上次運動會他偷拍的。

平介把手伸進胯下，握著陽具，開始摩擦了起來。

為什麼我不能戀愛？他想，我也有戀愛的權利啊！怎麼說呢？因為我什麼都沒有，我失去了妻子，也沒有可以分享性愛的伴侶。唯一所擁有的，只剩下被扭曲的命運了。

一邊望著橋本多惠子的臉龐，一邊開始產生性幻想，然後再自慰。事實上，他看著這張照片做過很多次了。

但是今晚卻不太順利，手裡的陽具，很快就軟化了。

他只好放棄了，並把照片夾回書本，將自己的臉孔埋進枕頭裡。

平介突然感到一股冷空氣，頓時醒了過來。他張開雙眼，看到藻奈美的臉。她正望著平介微笑。

「對不起，把你吵醒了！」直子說道，並鑽進了他的被窩。

「現在幾點了？」

「半夜三點。」

「怎麼了？」

「也不知道為什麼，就突然醒了，我睡了多久？」

「從坐上計程車開始算，應該睡了六個小時以上吧！」平介打著呵欠說道。

「感覺好久沒睡得這麼舒服了！我每天也都睡六個小時啊！」

「可能是考完試了，比較放心吧！」

「可能是吧！」直子靠著平介，把臉頰貼在平介胸前。「喂！」她抬眼望著他，一副開門見山的表情說道：「用手幫你吧！」

平介吃了一驚，瞬間想到，難道剛才被她發現了？

「我不是叫妳別再開這種玩笑嗎？」
「我可不是在開玩笑喔！要是你不想看到我的臉，那我把臉遮起來嘛！」
「我說不行就是不行，這樣子行不通啦！」
「是嗎？」
「嗯！」
「喔，或許是吧！」直子挪動身體，這張再熟悉不過的臉孔靠著平介的臉，這是女兒的臉；這是心愛的女兒的臉。
她一直盯著平介，表情看起來很懊惱。平介以為她要做什麼重要的表白，頓時渾身僵硬了起來。
這時候，她的視線卻往上移，並伸手拿起了什麼。「這是什麼？你睡覺前還看這種書啊？」
是『品質管理』。他忘了把它放進書架，這下糟了。
她快速地翻動那本書，翻到哪一頁，平介並不知道。
「全都是數字嘛！」
「是吧！很無聊的書啦！」
突然間，直子的表情僵住了，她凝視著某一處。平介發現她的眼睛充滿了血絲。
她鐵定是發現了橋本多惠子的照片。平介在極短的時間內想盡各種藉口；記不得是什麼時候照的照片，原本要交給她，後來忘了，正在看書的時候，一時之間找不到書籤，因此隨手拿了一樣東西代替……

但是這些藉口都沒有派上用場。直子默不作聲，只是把書本闔上，然後把臉埋進他的胸口。

過了一分鐘左右，直子悄悄地爬出了被窩，臉上又恢復剛才的笑容。

「不好意思！把你吵醒了。」

「要走了嗎？」

「嗯，晚安！」

「晚安！」

直子離開之後，平介看到那本『品質管理』已經闔起來了，但是裡面夾的照片露出了一角。

他把書放回書架，關掉電燈。

21

司機謹慎小心地開著車子，不到目的地絕對不能掉以輕心，連踩煞車的動作都小心翼翼。要是當時的梶川有這麼謹慎就好了，不過現在說這些也於事無補。

車禍發生以後剛好滿一年，受害者家屬集體舉行周年忌，這是自救會的幹事提議的，經過他們與大黑交通的交涉，最後決定讓受害家屬親臨車禍現場，由大黑交通免費提供食宿及交通工具，這一點客運公司倒是沒有任何怨言。

車門一開，首先下車的是負責導遊工作的大黑交通社員。接著，他又回到車上拿起麥克風。

「好的！現在請大家從前門依序下車，慢慢來、不要急。由於雪地很濕滑，請小心不要滑倒了。請大家抓好把手，一步一步地下車。」

大家按照指示，從前門依序下車。馬上就要輪到平介他們了。

「走吧！」他催促靠窗而坐的直子。她身上披著一件黑色連帽外套。

車內的暖氣讓人昏昏欲睡，車外冷風徐徐，迎著風的感覺剛開始還很舒服，不久，雙頰就凍得發痛。

「還是很冷哪！」平介喃喃自語。「耳朵快掉下來了。」

「這樣子就喊冷啊？」直子說道。平介想到她曾說過這裡的氣候和家鄉差不多。

車禍現場早就恢復原狀了，以前經常在報章媒體上看到的那段撞壞的護欄，早就換新了。平介從那段新護欄俯瞰巴士翻落的山谷。

聽說斜坡角度大約三十到四十度左右。但由於視覺上的錯覺，這段斜坡看起來很陡峭，死亡之路長達十公尺左右，往下還有一條小河。這條河看起來好像就在腳底下。現在剛好是中午，白色的積雪反射陽光，刺眼得令人張不開眼睛，河面上閃閃發亮。然而，車禍發生的當時，剛好是天色微明的清晨，陽光被濃密的樹林遮蔽，整座山谷一片漆黑。

平介的腦海裡浮現巴士在黑暗中滾落山谷的情景，光是想到這裡就覺得很恐怖，胃也跟著絞痛了起來。他無法想像當時坐在這具大型棺材裡的人的心情。

這時，隱約傳來了啜泣聲，有人面向山谷雙手合十。直子只是默默地望著斜坡。同行的年輕和尚開始誦經，家屬們閉上雙眼，各自沈浸在緬懷親人的哀傷中，啜泣聲不曾停歇。平介身旁的一名老婦人難過地哽咽。

誦經聲結束之後，一行人把鮮花拋向山谷；有的人拋出了親人生前喜愛的物品，當一個橄欖球滾落山谷時，在場者紛紛發出一陣感嘆聲。這名死者生前想必是橄欖球社團的大學生吧！

一直望著山谷的直子，抬起頭問道：「喂，你相信嗎？」

「什麼？」

「我那時候以為自己就這樣死掉了。真不可思議，我想像自己的死狀，還以為全身被很多玻璃刺穿，腦袋像切西瓜一樣被剖開。」

「別再說了。」

「不過啊，要是真的那樣子還好，我最不希望藻奈美死掉。當時，如果情況變成那個樣子，我怎麼有臉見你呢？我真是太對不起你了。很奇怪喔！自己都快死了，還要擔心這些事。反正，無論如何一定要救活那孩子，我死了倒無所謂。」她說完之後，又再度問道：「你相信嗎？」

「我相信！」平介答道。「而且如妳所願，藻奈美也獲救了。」

「雖然只救活了一半……」她縮著肩說道。

接下來就是我的工作，保護藻奈美的身體與直子的心，正是我的使命。

「混蛋！」是誰在叫罵。平介聞聲一看，是痛失一對雙胞胎女兒的藤崎先生，他把雙手圈在嘴邊，對著山谷又罵了一次。「混蛋！」

現場的情緒被他激發，有幾個人也如法炮製，只是喊叫的方式不同。「永別了！」一名女子如此喊叫著。

平介也想叫喊，他想到了「安息吧！」這句話。於是他面向山谷，深深地吸了一口氣。這時候，直子上前拉拉他的衣袖。

「太難看了！」

「咦，是嗎？」

「嗯，走吧！」直子邁步走向巴士，平介只好趕緊跟上。

慰靈之旅回來之後的第二天，適逢國小畢業典禮，儀式在學校裡的舊禮堂舉行。平介坐在家長席的中央位置，看著畢業生依序上台領取畢業證書。

「杉田藻奈美！」輪到平介的女兒了。

是！直子以宏亮清晰的聲音應答，立刻起身。她和其他畢業生一樣，上台領取畢業證書並向校長行禮。平介從頭到尾盯著她的一舉一動。

典禮結束之後，操場變成了師生話別的場地。尤其是直子，早就被大批同學包圍著。她已經考上了私立中學，以後就沒有機會和大家見面了。有人與她握手，有人則遞上畢業紀念冊請她留言。平介站在不遠處看著這一切。有個小女孩還哭了，直子輕撫她的背，好像在安慰她，那副模樣看起來不像同學，倒像是一個母親。

此外，還有更多人包圍著橋本多惠子，除了小學生，還有許多家長紛紛過來向她打招呼。她的雙頰白晰，今天卻泛起了紅暈。她並沒有流淚。

在離情依依的話別聲中，畢業生與家長陸續從正門離開了。工作告一段落的老師們，除了感慨之外，也露出了輕鬆的神情。

直子終於走到平介身邊，她拿著裝有畢業證書的褐色圓筒。

「久等了！」她略顯疲態地苦笑了一下。
「手握得好痛，對了！」直子看著一群小學生，問平介：「你去打過招呼了嗎？」
「跟誰打招呼？」平介這麼一問，直子皺著眉頭。
「當然是她囉！這還用問嗎？」她抬抬下巴示意，指的正是橋本多惠子。
「喔！」平介摸摸後腦勺。「還是得去跟她打招呼嗎？」
直子嘆了一口氣，斜睨著他說道：「快去吧！我在這裡等你。」
「咦？我一個人嗎？」
「嗯！」她低著頭，踢踢地上的土塊。「你應該有很多話想跟她說吧！這可是最後一次機會喔！好好把握，想什麼就說吧！」
一瞬間，平介恍然大悟。那天晚上直子果然發現了書裡的照片，雖然什麼都沒說，但是心裡一定感到很困擾吧！她應不應該認同平介的心情呢？
「我明白了！」平介說道。「一起去吧！」
咦？直子抬起頭。
「我們一起去跟她打招呼吧！」他又重複了一次。
「這樣好嗎？」
「怎麼不好？不一起去才奇怪呢！」
走吧！平介伸出手，直子猶豫地牽起了他的手。

兩人一起走向橋本多惠子。長久以來感謝老師的照顧，老師也請保重……他說出了這一串普通的客套話。

「不敢當！杉田先生和藻奈美也請多保重。」橋本多惠子笑著說道。她的表情如同應對一般家長一樣，沒有任何逾矩。

回家的路上，平介一直牽著直子。仔細回想，已經好久沒和她手牽著手走路了，感覺很奇妙。在車禍發生之前，他和藻奈美一起走路的時候，總會牽著她的手。

直子絕口不提橋本多惠子。

一回到家，剛好看到郵差正準備把信件放入他家的信箱中。

平介叫住郵差，直接接過信件，是一張限時專送的明信片。

一看寄信人名字，他嚇了一跳。

「誰寄來的？」

「是梶川逸美。」

「梶川……」

「那個肇事司機的女兒啦！」平介看看明信片的背面說道。

頓時，他感到血液開始逆流，渾身的雞皮疙瘩都起來了。

「怎麼了？」直子不安地問道。

平介將明信片遞給她。「梶川征子死了。」

22

梶川征子的葬禮在住家附近的一處集會所舉行。古老的平房，狹窄的入口處，馬路兩旁零零星星地排放著幾只花圈。

平介昨天收到梶川逸美的明信片，上面寫著『今天早上，母親去世了。葬禮應該在星期天舉行。非常感激您對我們的照顧。』至於時間及地點，她完全沒提到。

於是，平介昨天便驅車前往梶川征子的公寓。他敲敲門，卻沒有人應答。

正當他繼續敲門時，住在樓下的一位主婦，跑上來告訴他，梶川的葬禮將在一處集會所舉行。平介順便詢問梶川的死因，她皺皺眉。

「聽說是心臟麻痺，她早上準備出門上工時，就當場昏倒了。」

「她做什麼工作？」

「聽說是大樓清掃。」

她是否辭掉了田端製作所的工作？但是平介又立刻否定了這個想法。她不是辭職，應該是被炒魷魚了。

平介回去徵詢直子，明天是否可以參加葬禮。她答道：「怎麼會問這種問題？當然可以囉！」

集會所的門口在巷內，平介進去之後，看到門口的左側有一個年約七十歲的瘦老頭和梶川逸美站在一起。老頭子到底是誰，平介猜不出來。若是梶川征子的父親，年齡還算符合，不過長相和梶川征子一點也不像。

很快就輪到平介上香了，因為前來弔唁的人很少。

梶川逸美穿著中學制服，低著頭靜靜地站在那裡。手裡握著一條白手帕。平介想，她可能常常拿這條手帕擦眼淚吧！

正當他走過逸美面前時，逸美不經意地抬起了頭，可能是感覺到了吧！當她與平介四目相視時，微微地露出驚訝的表情。她睜大雙眼，這使得平介差點停下腳步。不過，逸美又默默地低下了頭，所以平介也就繼續往前走。會所中充滿了線香的味道。

平介再度與梶川逸美聯絡是在葬禮過後的隔週六。這一天他到公司加班，回到家已經是晚上七點了。電話八點左右就來了，彷彿悉知他的行程似地，或許是逸美曾經聽母親提過，平介在週六也有可能去公司加班。

「感謝您來參加母親的葬禮。」逸美語氣生硬地說道，平介的腦海中浮現少女的表情。

「不客氣！發生了這麼多事，妳也很辛苦啊！」平介也這麼想，她打電話來真是太好了，雖然平介去參加她母親的葬禮，卻什麼都搞不清楚，也沒跟她說話。

「這個，奠儀，怎麼說呢？回禮……」

「奠儀的回禮嗎？」

「啊，是啊！我想回禮給您。」她的語氣很僵硬，聽起來像是氣自己無法清楚表達似的。

「不用了，不用這麼客氣啦！」平介說道：「我又沒有包那麼多錢，妳也不用回禮給我啊！」

「大家都這麼說……」逸美含糊其辭地說道。「大家」應該是指籌備葬禮的大人們吧！或許是平介沒有發現當天也來了許多親戚呢。

「妳的好意我心領了。謝謝！」

「但是……我有東西想交給您。」

「東西？要給我？」

是的，她答道。語氣聽起來很堅決。

原本想問她，但是平介又把話嚥了回去，他怕問了之後，就很難決定接不接受了。

「是嗎？既然妳都這麼說了，那我就接下囉。那……要怎麼拿？去妳家拿嗎？」

這時，她停頓了一秒鐘才說道：「我已經沒有家了。」

「咦？」

「我昨天搬出來了，現在住在親戚家。」
「這樣啊！親戚家在哪裡？」
「在志木。」
「志木？在琦玉縣？」
「是的！」
即使聽到志木，平介也沒有任何聯想。雖然他知道地名，但是到目前為止，這個地方與自己一點關聯也沒有。他一手拿著話筒，一手拿起了地圖。
「在志木的哪裡？那附近有沒有什麼明顯的標的物？」
「我不知道……我也剛搬去沒多久。」逸美的聲音聽起來很哀怨。
由此可知，這個收容她的親戚一定與她不熟。平介一想到今後她的日子並不好過，就感到一陣心痛。
最後決定在車站碰面，才結束了通話。
第二天早上，平介帶著直子轉搭電車，乘坐東武東上線抵達了志木。原本他打算一個人去，但是直子執意要跟，他就沒多問，也許連直子自己也說不出理由。
梶川逸美穿著一件紅白運動外套，在車站出口處倚牆而立，一看到平介，便向他點頭致意；接著看到直子，卻愣住了。

「找個地方吃飯吧。肚子餓不餓？」

逸美的表情看起來很為難，只是傾著頭沈默不語。這時，一旁的直子說道：「一定是餓了嘛！我們去吃飯吧！」

「啊，好呀！那……去找一家餐廳吧！」

志木車站附近比平介想像中還繁榮；寬敞的街道上，有幾棟附屬大型超市的建築物並排著。平介一行人走進車站旁邊的一家餐廳。

「不用客氣，多吃一點喔！」直子對逸美說道，又看看平介然後說：「我爸剛去賭馬，贏了不少錢耶！」

咦？平介疑惑地看著她，直到她趁逸美不注意時向他使眼色，他才明白。

「是啊！只是隨便玩玩，沒想到竟然中了大獎，所以這筆錢怎麼花都沒關係！」

逸美聽了，原本僵硬的表情才稍稍和緩，她終於把視線移向菜單。

即使如此，她也不過點了一道咖哩飯，一定是從喜歡的料理中找最便宜的吧！接著輪到直子，她點了漢堡、炸鷄等幾樣小孩子愛吃的食物，然後問逸美：「喂，妳要不要吃聖代或冰淇淋？」逸美客氣地答道：「都可以！」於是直子又追加了兩份巧克力聖代。

平介終於明白直子隨行的原因之一。如果只有他單獨來，看到逸美表現得如此拘謹，自己一定會不知所措。

「為了妳母親的後事，妳也很辛苦喔！現在總算告一段落了吧！」平介問道。
逸美點點頭說道：「不過，我真的嚇了一跳。」
「聽說是心臟麻痺？」
「嗯，不過醫生的診斷更複雜，反正就是心臟麻痺之類的病。」她傾著頭說道。
「這樣啊！」平介喝了一口水。他也知道並沒有心臟麻痺這種病名。
「那天，吃完早飯，我正在收拾桌子，聽到門口有怪聲，我跑過去一看，就看到媽媽昏倒了，腳上只穿了一隻鞋子。」
「叫了救護車嗎？」
「叫了，但是晚了一步。我打電話的時候，她可能已經死了。」逸美低著頭說道：「她的表情看起來好像睡著了。」
接著，她從背包裡拿出一個用面紙包好的小包裹，放在桌上。
「就是這個。」她說道。
「奠儀的回禮？」平介問道。她點點頭，並將包裹打開，裡面有一只舊懷錶。
「呃，這個東西很貴重吧！」
那是一只直徑約5公分的銀色懷錶，錶面上還有一個龍頭圖案。
她想把錶蓋打開，可是釦環處好像卡住了，怎麼樣扳都扳不開。
「蓋子好像壞掉了。」

「好像是……」
「我爸……生前一直帶著這只錶，出車禍那天也帶著，所以錶蓋才撞壞了。」
「原來如此！」平介拿起錶把玩，喃喃說道。
「爸說這只錶很值錢，這是他的財產裡最價錢的東西。」
「既然這麼貴重，妳應該自己留著啊！」
她聽了猛然搖頭。
「要是被親戚發現，一定會被丟掉……」
「咦，怎麼會？」
看來逸美不像是誇大其辭的樣子。「真的！」她很哀傷地說道。
平介的心情感到沈痛。看來，梶川在那些親戚眼裡簡直像個瘟神。
「而且……」逸美抬起頭，靦腆地笑道：「我也想對杉田先生表達一點謝意，因為您特地來參加喪禮，我真的很高興。」
「可是，我並沒有做什麼……」平介才說到這裡，直子就在桌底下踹了他一腳，示意他接受逸美的一番好意。
平介拿起那只懷錶說道：「這樣好嗎？送我這個……」
逸美肯定地點點頭。
「那我就不客氣囉！」他小心翼翼地將懷錶包好，放進褲袋裡。

接著，開始上菜。

三人用餐完畢之後，梶川逸美送他們到車站。平介想在臨走之前說些鼓勵的話，但是又想不出適當的台詞，要是勉強講些什麼，一定會被直子嘲笑。

「那……妳也保重了。加油喔！」這麼說準沒錯。

梶川逸美默默地點點頭，緊閉著雙唇。

一進車站，平介立刻問直子：「為什麼妳知道她肚子餓了？」

直子仰著臉看他，嘆了一口氣。

「那孩子現在不是寄人籬下嗎？住別人家怎麼好意思多吃一點呢？你連這都不懂！她一定常常挨餓。」

「啊……是這樣啊！」

平介回頭一看，梶川逸美還站在剪票口的另一邊，目送他們離開。平介朝她揮揮手，直子也跟著揮手。

瞬間，梶川逸美的臉上露出哭喪的表情。

23

在平介看來，直子的中學生涯可以算是一帆風順；身心上的差異也已經調整過來。她那種不自然的遣辭用字，在私立名校的調教之下，不再令人感到怪異，也算是個成熟的女學生。

不過，用一帆風順來形容她的成績似乎還不夠，她的學業成績相當優異，第一次期中考就考了第七名，往後的考試排名也從未落到十名以外。第三學期的期末考竟然擠進了前三名。

「她在哪一家補習班上課啊？」在某次家長會，一名男老師問平介。對於杉田藻奈美這名普通少女，竟然會有如此出色的成績，老師們似乎打從心底讚嘆。

她從未上過補習班，平介這麼回答，老師的驚訝程度可想而知，因此還向他討教了許多讀書方法及教育方式；甚至連天賦異稟的遺傳基因都問到了。

「她念書倒是自動自發，我沒有特別關心，也從來不干涉。家裡很少提到學業成績。」

誰會相信平介所說的話。大家一定認為杉田家有什麼秘訣……採用特殊教育方法或是聘請超級家教，才能造就杉田藻奈美今天的好成績。在每次的家長會中，平介總是成為熱中教育的母親們討教的對象。

事實上，直子念書並沒有使用特殊方法，不過她平常真的很用功，從來沒有偷懶。利用做家事的空檔念書；或是念到一個段落時，就做做家事。她也會看電視，或跑出去玩，但純粹只是讓自己喘口氣。例如：她規定自己每天只能看一個半小時的電視，就算有很想看的節目，也絕對不會破例。

平介也曾問過她，為什麼要這麼努力？她俐落地削著蘋果，輕描淡寫地答道：「有一就有二，有二就有三，不是嗎？失敗過一次，就會一直失敗下去。我以前的人生就是一個典型的例子。從小學到短大這十四年來，就算進了名校，也沒學到任何一技之長。我啊，只是不希望重蹈覆轍罷了。那種後悔，經歷過一次，就不願再經歷第二次了。」

接著，她把削好的蘋果切成四份，用叉子叉著。「好了！」說著便遞到平介面前。他一邊吃蘋果，心裡一邊嘀咕著：妳以前的人生真有那麼糟嗎？

其實，她並不是只想用功念書，她也知道除了學校的功課之外，還需要吸收其他知識。比起從前，她開始涉獵其他課外書籍，並將沾滿灰塵的音響擦乾淨，聽起音樂來了。

「這世界上還有許多美好的事物呢！想不到這麼容易就可以得到，不用花太多錢就能這麼幸福，或是改變對世界的觀點。我以前為什麼沒發現呢？」只要一遇到令她感動的書籍或音樂，她就會雙眼發亮地對平介這麼說。

直子也很重視朋友。當然，這些年齡比她小很多的朋友，也是她積極交往得來的。她的成績好，又會照顧人，所以人緣非常好。

她會請朋友禮拜天到家裡來玩。這時候，直子都會親自下廚。當大家看到桌上擺滿了色香味俱全的菜餚時，無一不發出讚嘆聲。

「好厲害啊！藻奈美，妳怎麼這麼會做菜呢？」

「沒什麼啦！只要你們願意學，也可以做得到。現在有很多很方便的廚具啊，不像以前沒有微波爐，得用蒸籠蒸才是辛苦呢！現在的年輕媽媽可真幸福呢！」

「討厭啦！藻奈美，妳怎麼說話像個老太婆。」

「我的意思是說，我們必須抱著感謝的心嘛！」每當快露出馬腳時，她總能巧妙地圓場，這一點她也變聰明了。

那些孩子都是我的老師喔……等小朋友們回去之後，直子對平介這麼說。

「我的意思並不單單指她們的言行舉止喔！和她們在一起時，我覺得以前的舊價值觀全部都改變了。不只這樣子，還有一些連我自己都不知道的潛能，在與她們接觸之後，一一被激發出來，現在看世界都變得不一樣了。」

對平介而言，這些字面上的意思他聽得懂，卻無法真正理解直子的感受。「是嗎？那不是很好嗎？」他能說的只有這句話了。他必須承認，他們之間已經開始出現一條無形的鴻溝。

人格雖然屬於直子，但是感性與學習能力都是由藻奈美年輕的頭腦支配著，平介這麼解釋。以直子的年齡，應該看不到十幾歲的小女生所看到的事物，而現在卻看到了。

然而，她無法真正掌握這種感性的變化，所以平介才跟不上她的腳步。對平介來說，直子的外表雖然看起來是藻奈美，但是人格依舊屬於她自己。

這一天，平介回到家的時間比平常晚，因為他的部門替兩位新人舉辦迎新會，雖然他在二次會就中途離席，但回到家已經快十一點了。他喝得微醺，心情很好。

他在玄關處一邊脫鞋，一邊朝著裡面喊：「我回來了！」卻沒聽到回應，索性走到浴室門口，發現裡面亮著燈，隱約傳來蓮蓬頭的灑水聲。

平介打開門，看到了直子瘦小的背影。

她正在用蓮蓬頭洗頭髮，頓時驚訝地回過頭來，手裡的蓮蓬頭掉在地上，水柱毫無方向地噴灑，連牆壁都濕了。她趕緊將水龍頭關掉。

「嚇我一大跳，你不要突然進來嘛！」直子稍微提高了聲音叫道。

「啊，對不起！」平介向她道歉，心想，還是先敲敲門吧！

「我剛回來，一起洗吧！」

「啊……我已經洗好了。」

「我想早點洗嘛！渾身都是菸味。」他邊說邊開始脫衣服。好久沒和直子一起洗澡了。每次他要洗澡時，她總是在念書。他脫光了衣服，走進浴室，直子正在洗臉，平介用臉盆往身上澆了些水，直接泡進浴缸裡，發出一聲通體舒爽的呻吟。

「嗯，今天好累啊！」他邊說邊躺下來泡進熱水裡。「課長今天不太高興，因為沒有人告訴他晚上要聚餐。他老是覺得我們排擠他，我們還費了不少工夫取悅他咧！」

「這樣啊，那很辛苦耶！」直子的口氣聽起來虛無飄渺，她把毛巾扭乾，擦擦臉和頭髮，一轉身，背對著平介開始擦拭身體。這個舉動讓平介覺得很奇怪。

「怎麼了？妳不進來泡嗎？每次洗完頭，不都會進來再泡一會兒嗎？」

「嗯，今天不泡了。」她背對著他答道。

直子正要起身走出浴室的一瞬間，平介瞄了她的下腹部一眼。

「啊，喂！」平介叫住了她。

幹嘛？直子只轉過頭來問道。

「妳那裡長毛了耶！」平介指指她的下腹部。「我看看！」他在浴缸裡坐了起來。

「看什麼看？有什麼好看的？」直子轉身背對著他。

「怎麼了？看看有什麼關係嘛！」他伸手攬住了她的腰，想把她拉過來。

「不要碰我！」直子甩開他的手，推了他的肩膀一下。

平介頓時失去平衡，跌坐在浴缸中。

直子迅速走出浴室，用力關上門。她似乎連衣服也沒穿就衝了出去。

平介呆坐在浴缸中，並沒有立刻回神過來，到底發生了什麼事。

這是怎麼回事呢？

我可是妳丈夫耶！丈夫看看妻子的身體也不行嗎？

是因為藻奈美的身體嗎？藻奈美是我的女兒耶！我還替她換過尿布呢！

一時之間，一股無法發洩的怨氣油然而生，不過沒多久就消失了，他開始弄清楚了。這種狀況很難用言語來表達，但是他知道自己也許被直子的心思牽引著。

他連澡都沒洗完就出來了，這時候才想到剛才忘記拿換洗內衣褲和睡衣。他原本想請直子替他拿過來，現在只好再穿上剛才脫下來的髒衣褲了。

直子不在一樓的和室。平介上樓，換好內衣褲並穿上睡衣，這時才看到對面的房門半掩著。

直子穿著紅色睡衣，雙手抱膝地坐在正中央，還拿著那隻泰迪熊。她背對著他，但應該知道房門被打開了，卻仍然一動也不動。

「呃，怎麼說？剛才……對不起！」平介搔搔頭說道：「我有點醉了，最近不知怎麼搞的，酒量變得不太好。」

哈哈哈！他試著發出笑聲，但是直子沒有反應。

正當他決定放棄時，直子說話了。「你一定覺得很奇怪吧？」

咦？他問道。

「你一定覺得很奇怪吧？」直子又重複了一次。「為了那點小事就發脾氣……」

「不會呀！」平介說道，並沒有再接腔。

直子仰著臉，還是背對著他，所以平介看不到她的表情。

「對不起！」她說道：「我也不知道為什麼，就是很討厭。」

「討厭被碰到？」

「還有……」

「討厭被看到？」

「嗯！」她點點頭。

「這樣啊？」平介嘆口氣說道。他抓抓鬢角，不自覺地望著指尖。臉上的油垢沾上了指甲，雖然剛洗了澡，但沒有好好地洗把臉，這就是中年男子的污垢啊，他自虐地這麼想著。

「對不起！」直子又說了一次。「我也不知道該怎麼辦，我絕不是因為討厭爸爸才這樣啊！」

平介現在的心情五味雜陳。眼前的女人到底是妻子還是女兒，他也搞不清楚了。無論如何，他知道自己只有一種選擇。

「知道了！妳別太自責，以後我們分開洗澡，我進浴室前會先敲門。」

直子開始哭了，小小的肩膀輕輕地顫動著。

「有什麼好哭的嘛？」他刻意裝出開朗的聲音。「也許這樣才正常吧！」

直子紅著眼眶，緩緩地轉過頭來。

「我們之間是不是就這樣完了？」

「什麼完了？別胡說八道了。」平介輕斥道。

24

梶川逸美送的懷錶，在這一年六個月中，一直被放在和室桌子的抽屜裡。過了這麼久，平介才把它拿出來，是因為公司突然派他到札幌出差。

身為生產線領班的平介，很少有機會出差，唯一那幾次都是被派去學習新技術。這次出差的目的也一樣。

平介的工廠目前正在製造一種電腦控制的噴嘴，可以將汽油送進引擎內。而他們即將採用一種計測器，可立即判讀噴嘴的送油量。生產這種計測器的工廠就在札幌。

「如果你想當天來回也可以啦，不過那天剛好是禮拜五，也不用這麼急著趕回來嘛？你很久沒去旅行了吧！秋天的北海道不錯喲，楓葉很漂亮耶！」小阪課長說著，又壓低聲音補充：「再說啊，札幌也有那個……」

「那個？」平介感到不解，小阪一副不可置信的表情。

「提到札幌就想到泰國浴啊！這還用說？」

「啊，是嗎？」

「你怎麼變得這麼遲鈍？這是你自己的事耶，自從你老婆死了以後，你都沒出去玩吧？偶爾也該放鬆一下嘛！」小阪壓低聲音說道：「聽說那些洗泰國浴的女孩子很漂亮喔！」還露出泛黃的牙齒笑了。

平介倒是没想到那回事，只想到能去北海道真好，因為他從來没去過。現在的問題就是直子，不過這也容易解決。平介出差的這段時間，直子的姊姊容子會來東京。容子的獨生女在東京念大學，所以她從以前就一直說要來看女兒。「我應該叫我姊姊一聲阿姨吧！好期待哦！」她這麼說道，還一直傻笑。

提到札幌，平介想起一件事。他打開抽屜，找出一張紙，那是梶川幸廣匯錢給前妻的收據。原本想丟掉的，最後就一直放在抽屜裡。

地址是札幌市豐平區，看看地圖，距離札幌車站似乎不遠。

平介至今還無法忘記梶川母女。她們也算是失去了摯愛的親人，然而卻没有人對她們伸出援手。更可憐的是，她們還得忍受世人的異樣眼光。

梶川拼了老命賺錢，為了匯錢給前妻，没想到卻造成一場重大車禍。但是，他前妻在他死後卻不曾與梶川家聯絡，也不知道她是否得知梶川車禍身亡的消息，更不用說來上香了。

平介感到很後悔，當初在得知這件事時，就應該與那個叫根岸典子的女人聯絡才對，至少確定她是否知道梶川車禍的消息。

這次去札幌出差，或許可以見見這位根岸典子。見了她，說不定可以解除心中的疑慮。

但是，車禍發生至今已經兩年半了，現在做這些有什麼用？梶川征子也不會復活，逸美更不會因此而得到幸福。這只不過是滿足平介自己的好奇心而已。

忘了這件事吧！正當他閃過這個念頭時，又想起那只懷錶。於是從抽屜裡找出了那只錶。

出差前一天的星期四，平介提早離開公司，前往荻窪的一家鐘錶行。

「這只懷錶很貴重喔！」老闆松野浩三看著這只錶苦笑道。他的雙頰鬆弛，還有些許鬍渣，看起來好像撒滿了胡椒鹽。

「聽說挺值錢的。」

「是啊！平介，這只錶哪裡來的？」

「人家送的。」

「不是你自己買的呀？」

「不是啊，有什麼問題？」

「沒有，這個……哎呀，蓋子打不開！」浩三用放大鏡仔細檢查了一下。「釦環好像壞了。」

「可以的話，麻煩你替我修好。」平介說道。

松野浩三是直子的遠房親戚，聽說直子來東京找工作時，曾受過他不少的照顧。直子在東京的喪禮，他也趕來參加。平介只記得當時他一臉哀悽，也不顧旁人就放聲大哭了起來。

浩三膝下無子女，自己在荻窪車站附近開了一家鐘錶眼鏡行，與老伴相依為命。雖然主要賣的是手錶，但是眼鏡的生意似乎比較好。此外，他好像還接金飾打造生意，而且只接訂單。有的客人會拿著蒂芙妮戒指的照片，指定打造相同款式，他總是能讓顧客滿意。事實上，平介與直子的婚戒也是他打造的。

平介把懷錶拿到這家店，是想估算它的價值。要是價格不斐，他打算把這只錶交給根岸典子。到時候便可以向她解釋：「經過估價，得知這只錶的價值非凡，自己不應該留著，所以想交給妳。」

總之，他想要找出一個與根岸典子見面的正當理由，只好如此說服自己了。

「喔，總算打開了。」浩三在工作台上修理錶蓋，過了一會兒，錶蓋終於打開了。

「值錢嗎？」平介靠著展示台，問道。

「嗯……」浩三苦笑著說道：「該怎麼說呢？」

「什麼意思？沒辦法估價嗎？」

「估價？硬要估一個價錢的話，應該值三千圓吧！」

「咦？」

「這只懷錶是以前很常見的款式，而且又修過很多次。抱歉，它並沒有骨董的價值。」

「這樣啊……」

「不過，它倒是有其他價值喔，說不定這東西對某些人意義非凡呢！」

「什麼意思？」

「這裡面還有一個東西，你看！」浩三站起來，將打開的懷錶遞到平介面前。

平介接過那只錶，錶蓋內側有一張小照片。

這是一張五歲小孩的照片。看起來不像是梶川逸美，倒像個小男生。

25

有多久沒坐飛機了？平介心想，還從窗户往下看。原本以為會看到海洋，沒想到只看到層層白雲，再加上座位剛好靠機翼附近，視野被遮住了一半。

「杉田先生，明天你打算怎麼打發？」坐在隔壁年輕同事川邊問道。而坐在靠走道的是木島。

「我想去一個地方，後天早上再回去。你們呢？」

「我們明天打算在札幌市觀光，然後搭後天傍晚的飛機回去。」

「來都來了，不逛逛太可惜了。」木島在一旁附和。

廠商派了一輛黑色大轎車到千歲機場接他們。後座的空間很寬敞，坐了三個人也不嫌擠。平介笑稱自己頗有政府官員的架勢，其他兩人都笑了。坐在前座的接待人員也苦笑了一下。

平介一行人來到北海道大學旁邊的一處接待所，進行計測器的測試工作。若是順利的話，測試很快就可以完成。但是，難就難在經常會出現無法預測的狀況。果然在讀取資料時，花了不少時間。平介一行人漸感不耐，但由於來者是客，對方基於討好的心態，準備了豪華的午餐來招待他們。但是平介等人卻一點胃口也沒有，川邊還發牢騷說道：「沒有酒的法國料理，怎麼會好吃？」

晚上六點多，終於將所有資料讀取完成。平介他們到札幌市的壽司店吃晚飯，並在大通公園附近的俱樂部接受廠商招待。由於此行的工作已完成，喝起酒來顯得格外輕鬆。平介身旁年輕貌美的坐檯小姐，拉著他問東問西，上衣裡的半裸酥胸和超迷你裙下的白皙雙腿，讓平介感到頭暈目眩，很久沒有這種臉紅心跳的感覺了。

回到飯店已經十二點多了，現在打電話回東京可能太晚了吧！雖然這麼想，平介還是打了一通電話。是直子接的，她可能還沒睡吧！

「這裡一切都很好，我剛才還在跟阿姨聊天呢！」直子的聲音聽起來很有精神。

「等一下，阿姨要跟你講話。」

容子接聽了電話，平介首先向她道謝。容子並沒有發現眼前的少女其實是她的親妹妹，這是當然的嘛！她只是這麼說：「藻奈美真是越來越像直子了，連說話的方式或小動作都好像哦！剛才她替我按摩，連按的方式都一模一樣，害我嚇一跳！」

平介想起直子提過，以前常替姊姊按摩肩膀的事。他想，直子在一旁聽了，一定憋著不敢笑出來吧！

一切就拜託妳了！平介這麼說道，便掛上了電話。

第二天，吃完了一頓遲來的早餐，平介便退了房。他招了一輛計程車，並把那張收據的地址拿給司機看，司機只知道大略的區域。

「那附近有沒有什麼地方的紅葉特別漂亮？」平介問道。

中年司機想了一會兒，然後說道：「最近的地方應該是藻岩山吧，不過現在這個時期還太早，體育紀念日那時候比較適合吧！」

「那……應該下個禮拜過來才對！」

「啊，是啊！下個禮拜的風景就很漂亮啦！」

平介很難得主動找司機攀談，其實他也不是真的想賞楓，只是找個藉口消除緊張感。

就在這附近！司機說道。平介便在這裡下車，街上有許多小商店，他沿著門牌號碼慢慢走，不久就走到一家店的門口。

這是一家小拉麵店，招牌上寫著『熊吉』，店面卻關著，門上掛著公休的牌了。平介的視線沿著緊閉的鐵門向上搜尋，看到了『根岸』的門牌。

他在鐵門上拍了兩三次，並沒有回應。店面的二樓看起來像是住家，窗户緊閉著。

他又看了招牌一眼，上面以小字寫了一排電話號碼。於是他從手提包裡拿出筆記本，在封面上記下電話號碼。此時，剛好有一輛計程車經過，他招了車並告知今晚投宿的飯店，才發現現在訂房太早了。

「司機先生，請問，札幌的『時計台』離這裡很遠嗎？」

「時計台啊！」司機透過照後鏡看了他一眼說道：「不會呀，就在這附近。」

「那，麻煩你載我過去，我想打發時間。」

「哦……」年輕司機抓抓下巴說道：「可以啊，不過去那裡打發時間太可惜啦！」

「咦？是嗎？」

「您沒聽說嗎？那個觀光景點令人大失所望呢！」

「聽說不怎麼樣啦……」

「嗯，等您看過就知道。」

不久，車子就在路旁停下來，平介正納悶為什麼停車時，司機便指指對面說道：「就是那裡。」

「那裡呀……」平介苦笑道。實景的確和照片上大不相同，那只不過是一棟屋頂上鑲著時鐘的白色洋房。

「如果有空的話，不妨去舊道廳逛逛，沿著這條路左邊一直往前走就到了。要是還有時間，可以再往前走，裡面有一座北大植物園。」司機一邊收錢一邊說道。

這個建議很管用。在時計台逛十分鐘；舊道廳逛二十分鐘；植物園再逛三十分鐘，然後搭計程車去飯店，剛好趕上訂房時間。

一進房間，他就趕緊拿起電話，撥了剛才抄的號碼。電話響了三聲，終於有人接了。

「你好，這裡是根岸。」是個男人的聲音，聽起來好像很年輕。

「你好！呃，我姓杉田，來自東京。請問根岸典子女士在嗎？」

「我媽現在不在家。」電話彼端的男人說道。原來是她兒子。

「啊，這樣啊！那麼，請問她什麼時候回來？」

「大概傍晚的時候吧……請問，您找她有什麼事嗎？」男人的語氣聽起來充滿了警戒心。沒聽過杉田這個名字，一開始就說自己來自東京，他一定覺得很奇怪吧！

「其實我是為了梶川幸廣的事來的……」平介開門見山地說道。

電話彼端一陣沈默。他感覺得到對方臉上的表情變了。

「有什麼事？」男人問道，聲音聽起來越來越低沈。「我們和那個人已經沒有任何瓜葛了。」

「我知道，我只希望能見根岸女士一面，因為有事必須當面跟她說。呃，梶川先生去世的消息，你們知道嗎？」

對方沒有立刻回答，也許他正在思索該怎麼回答比較好吧！

「知道！」對方終於開口了。「不過，就算死了也跟我們無關。」

「你真的這麼想？」

「你到底想說什麼？」

「反正我想跟你母親當面談，我有東西要交給她。你說她傍晚才會回來吧！那麼我到時再跟你們聯絡。」

「等一下！」對方說道：「請問您現在在哪裡？」

「我住在札幌車站附近的飯店。」平介說出了飯店名字。

「我知道了，等她回來再請她打電話給您吧！您會一直待在飯店裡嗎？」

「嗯，我會待在飯店裡等你們的電話。」平介說道。反正札幌市的景點他都去過了。

「等我媽回來，就請她打電話給您。呃，您是杉田先生吧！」

「是的，我姓杉田！」

「知道了！」根岸典子的兒子一說完就掛斷了電話。

平介在床上小憩了一下，還做了好幾個模糊不清的夢，接著便被電話聲吵醒了。

「您是杉田先生吧！」聽起來像是飯店員工的聲音。

「是的，我就是！」

「大廳有您的訪客，姓根岸。請等一下！」

電話好像換了另一個人接聽。平介以為根岸典子直接來飯店找他，因此有點緊張。

「喂，您好！我是根岸。」想不到，話筒彼端卻傳來根岸典子的兒子的聲音。

「啊，剛才真不好意思。」平介說道：「你母親回來了嗎？」

「關於這件事，我有很要緊的話要跟您說，能不能請您下樓？」她兒子的口氣聽起來比剛才更拘謹。

平介握緊話筒，思索對方的話中含義。

「根岸女士沒有和你一起來嗎？」他問道。

「是的，我媽沒有來，我一個人來的。」

「這樣啊……那我馬上下樓。你現在在哪裡？」

「在櫃台前面等你。」

「知道了！」平介掛上電話，趕緊跑進浴室洗把臉，梳理頭髮。

他來到一樓大廳，環顧櫃台四周，那裡有許多等待訂房的客人正在排隊。不遠處站著一名年輕人，身著白色休閒衫和牛仔褲，個子很高，臉型瘦削。由於皮膚曬得很黑黝，所以看起來很結實，年齡大約二十歲左右。平介確定就是他了。

年輕人回過頭，看到了平介，視線就停留在他身上，臉上的表情像是在說：「是你嗎？」

平介走近他，問道：「你是……根岸先生嗎？」

「我是！」他說道。「請多指教！」

「啊，彼此彼此。」平介低頭打招呼，接著掏出一張名片。他事先在名片上寫下了自家的地址和電話號碼。「我是杉田。」

年輕人將目光移到名片上。「啊……您在大木工作啊？」

「是的！」

「不好意思，請等一下。」

他快步跑到櫃台前，在便條紙上寫了些什麼，然後又跑了回來。

「我還在念書，所以沒有名片。」說著，便把便條紙遞給平介。

紙條上寫著『熊吉』拉麵店的地址和電話號碼，還有『根岸文也』這個名字。

他們決定到咖啡廳坐下來談。平介點了咖啡，根岸文也也一樣。

「我來札幌出差，想順便與你們聯絡一下。」平介直截了當地說道。

「您在大木從事哪方面工作？研究嗎？」

不是，平介連忙揮揮手。

「我在工廠裡製造汽油噴射器，那是一種名做ECFI的零件。」

「ECFI……是電子制御式燃料噴射裝置嗎？」

他流利地說出這個專有名詞，平介凝視著他。「你懂得不少嘛！」

「我在大學裡念的是機動車學系。」

「哈哈！你念哪一所大學啊？」

「北星工大。」

「幾年級？」

「三年級。」

「原來如此！」平介點點頭。這所大學算是數一數二的理工大學呢！

咖啡端來了。兩人幾乎同時喝下了第一口。

「那……你媽呢？」平介切入正題。

文也舔了舔嘴唇才開口說道：「其實，我還沒把你的事告訴我媽，我想先聽聽你的來意，再決定要不要告訴她。」

「咦？為什麼？」

「你想說的事不是和那個人有關嗎？」

當他說到「那個人」的時候，臉上明顯地露出了嫌惡的表情。

「梶川幸廣算是你父親吧！換句話說，他曾經是你母親的丈夫。」

「那是很久以前的事了，我們現在可不這麼想。他跟我們一點關係也沒有。」文也嚴肅地說道。雙眼因不悅而略顯挑高。

平介拿起了咖啡，並思考如何讓這個話題進行順利，雖然也預想過會有這種情形發生，但是這孩子對他父親的成見似乎很深。

「杉田先生，請問您和那個人是什麼關係？」文也主動問道。

「其實這很難解釋，說來話長。」平介把咖啡放回桌上。

「你們已經知道梶川先生去世的消息吧！所以也該知道他是怎麼死的。」

「他開的滑雪巴士摔落山谷。這起車禍在這裡也算是頭條新聞。」

「你馬上就知道那輛巴士的司機是你爸爸嗎？」
「同名同姓，那個人住這裡的時候也是開巴士的，所以我想不會錯。」
「這樣啊！住這裡的時候也是司機啊？」平介點頭說道。接著，他直視年輕人的雙眼說道：「我老婆也是死於這場車禍。」
頓時，梶川文也臉上的表情顯得驚訝而狼狽。他低下了頭，接著又抬起頭說道：
「原來如此，真是太不幸了。不過我也說過，那個人與我們毫無瓜葛……」
「你別誤會！」平介笑著揮揮手。「我並不是要過來向你們抱怨。不是的，我在電話裡也說過了，我有東西想要交給你們。」
平介從口袋裡拿出了懷錶，放在桌子上。然後把取得這只錶的經過一一向他說明。文也默默地聽著，但是當平介提到梶川幸廣匯錢給根岸典子的時候，他顯得相當驚訝。看來他對這件事毫不知情。
平介打開錶蓋，把放有小照片的那一面遞向文也。
「我剛才一看到你就知道了。照片裡的小男孩是你吧！梶川先生一直很疼你，才會隨身帶著它。」
文也盯著懷錶內的照片看了好一會兒。
「我大概知道了，謝謝您大老遠跑一趟。」
「別客氣！那麼，這個你就收下吧！」平介將懷錶推向了文也。

「但是……」文也說道：「我不能接受，也不想接受。」

「為什麼？」

「我們一直想忘記那個人。就算我收下這個東西，最後還是會把它丟掉。所以我覺得還是不要接受。」

「看來你似乎很討厭他。」

「老實說，我恨他！」文也毫不猶豫地說道：「當年，那個男人突然丟下我媽和我，跟一個年輕女人跑了。從此，只要想到我媽為此吃了這麼多苦，我就不能原諒他。雖然現在我們自己開了一家拉麵店，不過我媽以前還在工地做過苦力呢！我本來打算高中畢業就出來工作，她卻要我念大學，還替我籌學費，甚至讓我重考。」

平介的心裡感到一陣苦悶，梶川幸廣果然是為了這種原因離婚。但是，與他私奔的年輕女人又是誰呢？好像不是梶川征子。

「可是，你父母算是正式離婚喔！就是你母親同意了，他們才會在離婚協議書上蓋章啊！」

「她怎麼可能同意！她說她是在不知情的情況下，收到那張離婚協議書的。其實，如果要上法院告的話，那張協議書根本無效。我媽嫌太麻煩才放棄的，要是我當時年紀大一點，絕對不會讓她受委屈。」

真是一段令人心酸的往事。所以，文也會這麼痛恨梶川幸廣也不是沒有道理。

「那麼，他匯錢給你媽，多少也有一些愧疚的心情吧！」

「我今天第一次聽到這件事，不過我不會因此原諒他。因為他沒有盡到做父親的義務。」

「你母親也這麼想嗎？」平介問道：「她也這麼恨梶川先生嗎？即使得知梶川去世的消息，也不願意參加他的喪禮嗎？」

文也聽了，沈默地垂下了眼簾。他低頭思考，接著又抬起了頭。

「我媽知道他出事之後，曾打算去參加葬禮。她說雖然離婚了，但畢竟夫妻一場，基於情理也該去上個香。我想或許是因為匯錢的關係，所以她想去吧！但是後來被我阻止了，我叫她別做這種傻事。」

「這是……傻事嗎？」

平介很能體會文也的心情。但是，梶川幸廣為了匯錢給他們母子倆，不只犧牲了自己，連當時的配偶也吃了不少苦。關於這一點，平介覺得應該要讓他知道，可是最後還是沒有說出口，因為這件事與他們母子倆一點關係也沒有。而且，直到梶川幸廣死了，文也都不知道匯錢一事，可見得他母親從來沒告訴他。

「因為這樣子，所以我不能接受。」文也將懷錶推回給平介。

平介看著那只錶，再看看文也。

「可以讓我和你母親談談嗎？」他說道：「只要一下子就好了。」

「不行！我媽不想再和那個男人有任何瓜葛了。她早就忘了過去的事，過著平靜的生活，請你放過她吧！」

平介從他的口氣發現，一開始他便不打算讓平介與他母親見面。

「這樣啊！」平介嘆了一口氣。「既然你都這麼說了，那也沒辦法囉！」

「可以問你一個問題嗎？」

「請問！」

「為什麼你對這件事這麼認真呢？梶川幸廣是那場意外的肇事者，而你這個被害人卻這麼……」

平介搔搔頭，苦笑道：「其實連我自己也不知道。不過俗話說，既然開始做了，就做到底吧！就是這樣囉！」

文也露出無法理解的表情。如果要讓他了解整件事的來龍去脈，就必須詳細說明平介與梶川母女之間的微妙關係，但是現在說這些一點意義也沒有，而且平介也沒把握可以解釋得很清楚。

「你還是早點放棄吧！」文也淡淡地說道。

「看來我真的要這麼做了！」

平介拿起懷錶，正想蓋上錶蓋時，又突然想起了什麼，他看著文也說道：「不過，你可以收下這張照片嗎？因為我留著也沒有用啊，而且把人家的照片丟掉，心裡也不舒服。」

文也的表情看起來很為難，也許他明白平介的意思。

「知道了！這張照片就交給我處理吧！」他說道。

平介用名片的一角，把照片輕輕刮下來。照片並沒有用漿糊黏住，只是切割成與錶蓋相同的尺寸再放進去。

他把裁成圓形的照片交給文也。

「我想梶川先生一直都惦記著你喔！」

「他這麼做也不能贖罪。」年輕人斬釘截鐵地搖搖頭說道。

26

與根岸文也結束會談之後，平介回到了飯店房間。他躺在床上，拿著那只遭到拒絕的懷錶，玩弄錶蓋。經過浩三的修理，錶蓋可以開關自如了。

他不斷地回想剛才與文也的對話，總覺得還有很多話想要對他說。或許今後不會再見到這個年輕人了，但是平介還是想把心中的不快化成言語說出來。

最後，他還是不知道梶川幸廣為什麼會寄錢給根岸典子。根據文也所述，他們之間的離婚協議也沒有正式成立。由此可見，梶川幸廣與根岸典子並沒有討論過贍養費一事。

可能是為了贖罪吧！最後也只能做這種解釋了。把錢寄給被自己拋棄的母子；這也不是不可能。

果真如此，那麼征子與逸美又算什麼？為了打發自己的下半輩子，選擇了這對母女，就只是這樣子嗎？平介特別在意梶川逸美。她對梶川幸廣來說，到底算什麼呢？只是再婚的女人帶來的拖油瓶嗎？在被拋棄的親生兒子與必須扶養的繼女之間，他是如何平衡自己的感情呢？

平介心中漾起了煙霧般的謎，那是一種無法形容的感覺。他坐了起來，搔搔頭。

這時，電話響了，是木島打來的。平介告訴他今晚會在這家飯店過夜。

木島打這通電話的目的，是想邀平介一起去吃飯，然後再去薄野喝酒。木島和川邊剛好住在附近的飯店。

平介蓋上手裡的懷錶，說道：「我去！」

三人在一家店享受了一頓美味的石狩鍋，便前往一家俱樂部。這家俱樂部是川邊的朋友介紹的。

「隨便找一家不熟的店花錢，要是被人坑了就慘了。」川邊邊走邊說。

他們倆今天才逛過札幌市區。平介提起時計台，他們便笑個不停。

「那個景點真的很糟糕，照片比實景漂亮多了！」木島說道。

「就像連續劇的佈景，畫面上看起來一點也不奇怪，實際上還真讓人嚇一跳呢！」

兩人一致認為今天逛過的景點以大倉山的風景最美。他們乘坐纜車抵達山上的展望台。

三人一邊閒聊，一邊在薄野的街道內繞了好幾圈，卻一直找不到目的地。不知不覺地，三人就走進了一條沒有酒店的黑暗小巷裡。

「啊，糟了！」川邊低聲說道。

暗巷裡瀰漫著一股不尋常的氣氛，兩旁站著幾名行跡可疑的男子。他們看起來並不屬於同夥，每個人之間都保持著一定的距離。

平介一行人走在路中央，這時，一名身穿白夾克的男子立刻逼近。

「出差嗎？」男子問道。無人應答，接著他又問：「有空的話，要不要過來坐坐啊？」

「我們有很多不錯的女孩子喔！我們這一家最好了，你還可以自己挑貨色。」

木島不發一語地揮揮手。那名男子便離開了。

還沒走出那條巷子，又有兩名男子跟了過來。他們說的內容都一樣，這讓平介感到好奇。

「他們以這種方式拉客，是不是表示很多人出差都會來這裡？」木島問道。

「公司裡也有人對我開這種玩笑喔！他們問我會不會去洗泰國浴耶？」川邊笑道。

原來那就是泰國浴的皮條客啊？平介現在才明白，後來又想起出差前小阪對他提過的事。

他們終於找到了那家俱樂部。店面雖小，卻有五名陪酒女郎。平介感覺比昨晚輕鬆了許多，但是坐在對面的那個超迷你裙女孩，還是讓他看得目瞪口呆。

川邊負責熱場，他講了許多六本木的趣事，吸引女孩們的注意。平時，他在公司是一名認真嚴肅的技術員，今天平介才算是見識到他的另一面。

「杉田先生有小孩嗎？」坐在一旁的女孩問道。她穿著一件曲線畢露的緊身洋裝。

「有啊！」他拿著威士忌加水，答道。

「男孩子還是女孩子啊？」
「是女兒。」
「幾歲了？」
「念初二。」
「這種年紀的小孩子最難帶了。」她笑著說道。
「好像是吧！」
「是啊！初二不就是十四歲嗎？這個時期最討厭爸爸了。」
「咦？真的嗎？」
「嗯，該怎麼說呢？光是站在老爸身邊就會受不了。」
這時，另一名女孩也插嘴說道：「我也這麼覺得。」「光是看到老爸的內褲晾在那裡，渾身就會起雞皮疙瘩；要是他剛從廁所裡出來，我就不敢進去，連浴室也一樣。」
其他女孩也加入討論陣容。像是嫌爸爸很臭啦、爸爸穿著內褲時，露出肚皮很噁心啦、看到爸爸的牙刷就想吐啦……道盡了爸爸的各種壞話。
平介問她們為什麼？「也不知道為什麼？就是討厭啦！」女孩們這麼回答。反正就是生理上無法接受吧！
「嗯，在二十歲以前會有這種感覺。可是後來爸爸的年紀大了，覺得他很可憐，就想對他溫柔一點。」一旁的女孩說道。

「可憐啊！」川邊用一種怪異的語調說道：「做父親似乎一點好處也沒有，我看我還是不要結婚好了。」

「做父親又不是為了得到什麼好處。」木島說道，他是兩個孩子的父親。「有一天，突然發現有個小孩會叫我爸爸，從那時候起，就沒有退路了，只好努力地做個好爸爸囉！你說是不是呀？杉田先生。」

他徵求平介的附和。平介只好曖昧地應道：「是啊！」

「做父親很簡單，但是要一直持續下去可是很辛苦的耶！爸爸也是人，也會疲倦呀！」看來木島已經醉了。

木島和川邊直嚷著要續攤。平介覺得他們似乎在興頭上，才不想這麼早回去吧！於是與他們在酒店分手後，便獨自走路回去。

沒想到不久就迷路了。札幌的街道井然有序，像個棋盤，應該很好認呀！但是他現在已經搞不清楚方向了，只好隨便亂走，不知不覺就走到了一條似曾相識的巷道。那條巷子是剛才皮條客聚集的地方。

平介才向前走了一步，馬上就有個男人走近他。他輕輕地搖搖手，繼續往前走。比起剛才的三人行，這時候他覺得有點不安。

一名瘦小的男子走近他，在他耳邊小聲地說道：「這裡的貨色不錯喔！絕對不會讓你失望。」

不用了，平介揮揮手說道。

「來一下嘛！偶爾也該放鬆一下嘛，老爹！」男子說道。

這句「老爹」引起了平介的注意。他突然停下腳步，看了那個皮條客一眼。

那傢伙以為這下子有希望了，因此更加靠近了平介。

「算你兩萬五。我們的貨色很不錯喲！」

「不，可是我……」

「既然都來了，就好好享受一下吧！老爹。」男子在平介的背上拍了一下。

平介不明就裡地和那名男子同行，他一心想趕快拒絕，卻說不出話來。途中，男子向他索取二萬五千圓。

我不去那種地方……這句話突然浮現在腦海中，但是卻說不出來。是另一種想法讓他又把話嚥回去了。

偶爾一次有什麼關係？

偶爾從「老爹」這個名詞解放一下又有什麼關係？

他拿出了錢包。

炫麗的看板聳立在一棟建築物前。男子走向通往地下室的樓梯，平介尾隨在後。

下了樓，有一扇門。男子把門打開，裡面還有一扇窗，他對著窗口不知說了什麼，窗邊的小門開了，一名身材微胖的中年婦女走了出來。

兩人在一旁進行暗盤交易。這時候，平介環顧了四周，右側有一條昏暗的走廊，四周鴉雀無聲。

那個皮條客終於離開了。中年婦女問平介：「請問您要上廁所嗎？」

「咦？」

「要上廁所嗎？如果要的話，請您現在就去。」

「啊，不用了！」

「真的嗎？真的不用嗎？」她反問了好幾次。平介開始猜想，等一下是不是要做什麼特別的事？

首先，他被帶進一間狹窄的接待室，原本以為裡面會有其他人，那樣子就很尷尬了。幸好裡面空無一人，牆上還貼著一張大型裸女海報。

中年婦女很快又回來了。請往這邊走！婦人領著他走在陰暗的走廊上，然後在其中一扇門前停了下來。一開門，裡面有一名圍著紅色浴巾的年輕女孩，曲膝跪著，一頭長髮緊緊地盤在腦後，她有一張貓樣的臉龐。

平介一進去，房門就在身後關上了。女孩站起來，繞到他身後，替他脫掉上衣。

「先生，您是從外地來的吧！」女孩將他的上衣掛起來，一邊說道。

「嗯！從東京來的。妳怎麼知道？」

「因為您的外套很重啊！您一定以為北海道很冷吧！」

她説的没錯。其實，平介的行李袋裡還有毛衣呢！

「妳觀察得還真仔細。」

「可能是因為我住在最北邊吧，不過可不是北極喔！要我替您脱衣服嗎？」

「啊，不用，我自己脱。」

這個房間没有隔間，一進門就有一張床，裡面還有一間寬敞的浴室。平介慢吞吞地脱衣服，女孩進浴室，查看浴缸裡的熱水。不知何時，她褪去了身上的大浴巾，露出了瘦小的裸體。

他按照她的指示，全身泡進浴缸裡。女孩用海棉沾肥皂，搓出許多泡泡。他隱約看見她那對微微隆起的小乳房；年輕緊緻的肌膚，雖然有點黑黝，但非常光滑柔細。

如此直視女人的裸體，不知道是幾年以前的事了。不過，直子的裸體又另當別論，真正看到她的身體，是在車禍發生之前，也就是兩年半以前。

這段日子，我根本就不是男人，他這麼想。我到底在幹嘛？

「這種地方，我是第一次來。」平介説道。

「啊，是嗎？是巷子裡的大叔帶你進來的嗎？」

「嗯！」

「那……你付錢啦？」
「是啊！兩萬五千圓。」
女孩笑了。「裡面有九千圓進了那個大叔的口袋啦！」
「咦，是嗎？」
「下次你可以直接過來，指名說要找艾莉卡，只要一萬六就夠了。」
「這樣啊！」平介一邊點頭，一邊想，為什麼皮條客的佣金是這種不上不下的數字呢？
女孩替他洗完身體，再讓他躺在一條大毛巾上。女孩全身塗滿了乳液，開始在他身上摩擦了起來。接著，她的下身緩緩地滑到平介面前。好久沒看到女人的私處了，頓時令他感到頭暈目眩。雖然如此，他還是靜下心來仔細觀察，原來是這種形狀啊！
「您好像沒什麼精神耶！」
「啊，對不起！」
「喝了酒？」
「嗯，喝了一些。」
「那，我們到床上去吧！」
床鋪旁有一面大鏡子，平介看到赤裸的自己，感覺很不好意思。
枕邊放著一只小鬧鐘，他發現那是用來計時的，還剩多少時間？一想到這裡，他就突然變得很焦慮。
可能心裡越急，事情會變得越糟糕。不管這個艾莉卡對他做了什麼，他都無法展現男性雄風。
「這一招對付喝過酒的男人最有效了。」她說著，便拿了一條冰冷的濕毛巾壓在他的睪丸上，但還是無效。
「先生，您怎麼了？」女孩束手無策地說道。
「好像不行喔！」
「您一定很久沒做了吧？」
「是呀！」已經兩年半了，平介將這句話嚥了回去。
「怎麼辦呢？時間不多了耶！」
「嗯，沒關係。那……到此為止吧！」平介起身，坐在床緣。
「麻煩妳幫我拿衣服！」
「真的不再試試看嗎？」
「嗯！」
這個叫艾莉卡的女孩不太高興地把衣服拿給平介。他一件件地慢慢穿上。
「你有老婆嗎？」女孩問道。
他本來想回答沒有，隨即又改變想法。都這把年紀了，以單身的身分來這種地方，更糟的是還挺不起來，豈不是太遜了。

「有啊！」平介答道。

「既然有……」女孩的嘴角泛起一絲嘲笑。「找你老婆不就行了？」

他脹紅了臉，顯然受到了屈辱。他很想摑那女人一記耳光，不過當然不能這麼做。

「妳說的對！」他喃喃自語。

離開時，先前那個中年婦女又出現了。她領著平介走到電梯前，路徑和剛進來時不一樣。

「坐電梯到一樓，就是剛才進來那條巷子的另一邊。」中年婦女說道。進來還好，出去若被人看到，客人可能會覺得難為情。他們或許考慮到這一點，才會把出入口分開吧！

平介按照她的指示來到一樓。出口處果真沒有風月場所的氣氛，是一條寂靜的巷子。路旁的垃圾箱還有野貓在覓食。

街上的路燈零星，今晚也看不到月色。至少暗夜適時拯救了平介。他緩緩地邁出步伐。

心想，今後我該用哪種方式生活呢？是父親又不是父親；是丈夫也不是丈夫；連勃起都有困難。也就是說，是個男人又不是男人。

悲哀的情緒侵蝕著他。

27

元旦的早上，直子親口宣布了她的決定。餐桌上擺滿了她親手做的料理。新年快樂！彼此互道恭喜，舉杯慶祝。今年，他們以日本酒取代屠蘇酒。直子自從考上中學那天起，酒量突然變好。

電視上播的盡是新年特別節目。當紅偶像歌手打扮得喜氣洋洋，在節目裡玩遊戲、唱歌；搞笑藝人被整、運動選手參加猜謎遊戲。今天什麼事都不要想，只要好好地吃喝玩樂，日本全國上下洋溢著歡樂的氣氛。平介在聽到直子的決定之前，也浸淫在這股歡樂氣氛之中。

「考高中？」平介再度問道，電視看到一半，臉上還漾著笑容。

「是的。」直子挺直背，收起下顎說道：「明年春天，請你讓我考高中。」

「等一下、等一下。如果現在學校裡的成績不錯，不是可以直升高中嗎？為什麼還要考？」

「因為我想念別所高中。」

「別所高中？妳對現在的學校有什麼不滿意？」

「不是滿不滿意的問題，是不合我的目標。」

「目標？」

「應該說是將來的出路吧！」
「難道妳已經決定要走哪條路啦？」
「嗯！」
「哪一條路？」平介一邊問道，並關掉電視。
直子清楚地答道：「醫學系。」
電視關掉之後，直子的聲音顯得特別響亮。平介仔細端詳她的臉，她也毫不猶豫地直視他。
「醫學系？妳想當醫生？」
「目前還不知道。不過，無論如何我都想念醫科，可惜我們學校的附屬大學並沒有醫學系。」
「醫學系啊！」平介摸摸臉，完全沒有共鳴。醫學系這個名詞，對他來說根本就是超現實。
「為什麼妳現在會這麼想？」
「其實我一直在考慮，真正想做什麼？卻想不出個所以然來，所以就換個角度去想，對什麼有興趣？這麼一來，答案很快就出來了。我對發生在自己身上的事最有興趣。是什麼原因才會發生這麼不可思議的事？什麼才是生存的意義？意識與肉體到底是什麼？這些我都想知道，只有念醫學系，才能得到解答，不是嗎？」

「哦！意識與肉體……嗎？」

平介這才明白，直到現在她仍然在思考這些不可思議的狀況，也能夠了解她會這麼有興趣的原因了。

平介雙手交抱，一副沈思的模樣，其實他不是真的在思考，只是不知道該怎麼辦。

「可是這是上大學以後才要考慮的事啊！跟現在升高中有什麼關係？」

「話不能這麼説。」

直子的理由是，目前念的學校水準的確很高，只要學業成績不太差，幾乎都可以直升高中。因此，同學之間缺乏競爭的危機意識，這種傾向到了高中會更嚴重。到時候，就算自己為了理想而努力用功，也會被周圍環境影響吧！

「這和妳自己有關吧！要是妳有心，就會努力念書啦！」平介沒什麼自信地説道。

他並沒有考大學的經驗，中學畢業後就進高職就讀。

「其實，我還有另一個理由。」

「另一個理由？」

「我想念男女合校。」

平介受到了小小的打擊，頓時啞口無言。事實上，他也曾想過這件事，當直子表明想考高中時，他的腦海裡便產生了這個念頭。或許正因為如此，他才會提出反對意見。

為什麼想念男女合校？直子的理由極具說服力。總之，想念醫學系的學生大部分都是男生，當自己意識到他們的存在時，很容易產生鬥志，並且能夠正確地掌握自己的方向。

或許她說的沒錯，平介不得不贊同。不論做什麼事，只要與人競爭，對手最好經常出現在身邊，比較具有激勵作用。

但是，平介的心理障礙卻沒有消除。那就是讓直子與同齡的男孩子共處，這一點讓他有一種說不出的抗拒感。

她真的是為了志願才想念男女合校嗎……他很想問她，還是想和男孩子玩玩，才隨口說了這個理由？或是想藉著藻奈美的身體，再次享受青春呢？

但是，他並沒有說出這些想法，要是被她指責滿腦子邪念，就無話可說了。她若是純粹為了好學，才提出這個計畫，那麼絕對會鄙視平介的想法。

平介最怕被直子瞧不起了。

「知道了！那麼，妳還得再努力一年囉！」平介說完，悠然地在酒杯裡注入日本酒。他決定扮演一位通情達理的父親與丈夫。

「對不起！我太任性了。不過，我覺得也只有這個時候，才有餘力念醫學系。」直子委婉地說道。

他立刻明白她的意思。她指的是賠償金，那筆錢到現在還沒動用過，仍然存在銀行裡。該怎麼運用，才能使死去的藻奈美與直子獲得最大的安慰。關於這一點，他們也曾經討論過，最後決定再好好想一想。卻一直找不出答案。不過現在，依直子的考量來使用這筆錢，可說是再適合也不過了。

「我想藻奈美一定會贊成。」他一口氣喝完杯子裡的酒。

到目前為止，可以從直子的行動預想未來的生活，為了考高中，她可是絲毫沒有鬆懈過，以前每逢週六日或假日，都是她的休息日，現在幾乎都取消了。連朋友也不再來家裡玩了。她的說法是：「人家只要聽說妳要考試，就不會再來找妳玩了！」隨後她又說，其實這樣也沒什麼不好，不需要花太多時間與人相處，反而樂得輕鬆。

「從現在起要節省一點。」直子連小說也不買了。相對地，大批參考書和模擬試題占據了書架大部分的空間。

現在，唯一的娛樂便是音樂。也不知道為什麼，她只要聽了雷特•崔佩林的音樂，數學題很快就解開了。念英文時，適合聽莫札特；讀社會科就聽「Cassiopeia」；念國文則聽「QUEEN」；復習理科則適合聽松任谷由實。多虧了這個習慣，現在只要聽到房間裡傳出哪種音樂，平介就知道她正在念哪一科。

明明有捷徑不走，偏偏要選擇荊棘之路，犧牲歡樂時光來念書……憑著這股衝勁與努力，一定會得到回報。果然在第二年春天，她如願考上了第一志願。放榜那一天，平介陪她去查榜。直子在榜單上找到了自己的號碼，顯然比考上中學時還興奮。

28

平介好久沒去製造廠了。廠內的空調開得這麼強，並不是因為作業員，而是為了那些精密儀器。

拓朗看到了平介，但是無法停下手邊的工作，只好向他打了聲招呼。拓朗一如往常地斜戴著工作帽，臉上架著一副自己買的時髦眼鏡。

「你怎麼有空來呀？來視察嗎？」拓朗問平介。

平介笑道：「也算吧！我來看看新郎倌最近有沒有蹺班啊！」

「哼，別老是這麼說嘛！煩死了，真是的。」可能是最近常被同事嘲弄，拓朗皺著眉頭發起牢騷。

中尾達夫走了過來，他看到平介，驚訝地瞪大了眼睛。

「咦？係長，有什麼事嗎？」

「沒有，沒事。最近很少來，只是順道過來看看。」

「這樣啊……那，要不要喝咖啡？」中尾做了一個拿紙杯的動作。

「也好。」

他們買了販賣機的咖啡，便坐在休息室裡。窗外的天色昏暗，現在算是加班，平介已經打了卡。

「平介，你是不是想回廠啊？」中尾問道。他以前戴著紅色帽緣的帽子，現在改戴深藍色的。這種顏色的帽子，平介以前也戴過，這是領班的標誌。

「才沒有咧！」平介喝了一口咖啡。廠裡的即溶咖啡還是一樣難喝，不過他很喜歡趁休息時和同事們在這裡喝咖啡的感覺。

「係長的工作怎麼樣？習慣了嗎？」

「啊，其實也沒什麼特別。」

四月份公司內部有人事異動，一個課分成好幾係，然後再進行編制。平介就在那時候升遷，很突然的變動。

工作內容也經過大幅度調整，小阪課長目前為止的工作，現在都成了平介的職務。小阪就躍升為管理幾個係的主管了。

目前的工作，不同以往只要遵照指示執行就好，現在必須掌控幾個班的進度，如何使這幾班運作得更有效率，就是平介的工作。如果發生任何問題，他不需要馬上解決，只要詳細了解問題的內容，再評估是否有復原的可能性，然後調整日期，向上呈報就可以了。

若要成立一條新生產線，必須與現場技術員進行各種協商，這也是平介的工作之一。接連好幾天，他的辦公桌上總是放滿了會議記錄，有時候他也會親自記錄會議內容。

接受下屬的報告，再往上呈報；與其他部門進行協調溝通，再把商議結果告知相關部門。每天有許多資料文件經過他，這與以往在生產線處理輸送帶上的產品完全不同；資料也就是情報；情報本身是無形的。這比處理商品或零件困難多了，也比較不容易獲得成就感。

「在廠裡做久了，有時候會變得不想往上爬。」中尾說道。

「就算往上爬，也不過升個小領班而已。而升上領班，加班費取消了，工作形態也變了，好像沒有半點好處喔！」

「你說的沒錯！」平介老實地說道。

「這也沒辦法啊！」中尾望著手中的紙杯說道：「工作就像是一場人生遊戲。在公司出人頭地，代表著年齡也累積到某種程度。不想出人頭地，其實就是不希望年華老去。」

「是這樣嗎？」

「誰都想像個小孩子般，偶爾做做傻事，旁人卻不會如此認同你。像是有人會說，你已經快當爸爸了，要好好振作喔！或是你已經做爺爺了，應該要穩重一點。要是你對他們說，不，我只是一個平凡的男人！他們絕不會認同你。有了孩子，你就是父親；有了孫子，你就是爺爺了。所以囉，這時候你只能思考，該扮演哪種父親、爺爺。」說這種話似乎有點狂妄！中尾又補了這句話。

「中尾，你一直都在考慮這種事啊？」
「哪有！我只是突然想到，這是身為長男的感想。」
「長男？」
「是啊！領班就是長男；係長是父親；課長就是祖父。再來是什麼我也不知道，可能是佛祖吧！」中尾說著，便把空紙杯丟進垃圾桶。

回到家已經晚上七點了，家裡卻一片漆黑。平介皺著眉，打開了大門。屋內充滿了一股濕冷的空氣。他一進屋就立刻打開和室的空調。

他換上T恤和毛衣，打開電視收看職棒轉播，今天是巨人隊對養樂多隊，一開始養樂多隊就擊出一支全壘打。平介敲敲桌緣。

這時候，他開始心不在焉，不時抬起頭望著牆上的時鐘，已經七點半了，直子還沒回來。她到底在幹什麼？

她如願地考上了理想的高中，從春天起就展開了她的高中生活。不過，有一件事是平介始料未及的，那就是她加入了網球社。平介以為若要報考醫學系，根本不會有空參加社團活動。

但是社團的練習，使得她每天回到家都很晚，有時候還超過八點。事實上，平介今天會在下班以後去廠裡晃一晃，也是因為他不想太早回去，坐在家裡焦急地等門。

他再度看看時鐘，七點五十五分。他開始坐立不安了。

直子很少提及網球社的事。社團裡有哪種社員，平常都做哪種練習，平介一無所知。他唯一知道的就是社員人數不少。有一次，直子說要用文書處理機整理社員名單，就把寫有幾十個名字的報表帶回來。這時候平介才發現，社團裡的成員半數以上都是男性。

平介的腦海裡，浮現直子身穿網球裝、揮舞球拍的模樣。只要想到她那雙修長的腿，一定吸引住很多男孩子的目光，心裡就不是滋味。她的身體，也就是藻奈美的身體，最近發育得很快，突然變得很有女人味。

剛好八點整，玄關傳來了開門的聲音。我回來了！是直子。

平介起身，走到門口等她。

背著大背包、抱著球拍的直子，從玄關走進來。另一隻手還提著超市的塑膠袋。

「咦？爸，你在這裡做什麼？」

「妳今天回來得很晚啊！」平介說道。他無法掩飾內心的不悅。

「咦，會嗎？」直子把背包和球拍放在走廊，提著塑膠袋走進和室。她坐在榻榻米上，伸直了雙腿，開始搓揉大腿和小腿肚。「啊，累死了！今天練太久了。對不起，你一定等很久了，我現在就去煮飯。」

那雙被曬紅的雙腿，令平介不敢直視。他眨著眼睛，在直子身邊坐下。

「已經八點了，妳到底在幹嘛？」

「咦？以前不都九點才吃晚飯嗎？因為你每次回到家都很晚了呀！」

「我不是指吃晚飯，我是說一個高中生這麼晚才回家，不會很奇怪嗎？」

「可是社團今天要練習啊！而且一年級還得留下來收拾器材，後來我又去超市買東西，所以才會弄到這麼晚嘛！」

「可是每天都這麼晚，實在太奇怪了吧！那到底是什麼社團啊？」

「沒有啊！只是普通的社團。」直子站起來，提起塑膠袋走進廚房。她先把手洗乾淨，然後就在鍋裡盛水，放在瓦斯爐上煮。

「醫學系現在怎麼樣了？」平介望著她的背影問道。

「什麼怎麼樣？」

「妳不打算考嗎？當初不就是為了這個目的，才念這所高中嗎？」

「要考啊！當然啦！」直子開始在砧板上處理魚肉。

「像妳現在這樣，怎麼考得上醫學系？」平介吐出了這句話。

直子停下手邊的工作。轉身，背對著流理台，手裡還握著菜刀。

「告訴你，準備考試不只需要智力，體力也很重要喔！像我必須與男孩子競爭，更應該如此。而且啊，學校裡參加社團的人比沒參加的人更容易考上大學。你知道為什麼嗎？」

平介並不知道，所以沒有答腔。

直子一邊揮著菜刀一邊說道：「因為注意力的差異。沒加入社團的人雖然很早就開始準備，但是他們會以為時間還很充裕，很容易鬆懈。而加入社團的人，時時刻刻覺得自己會跟不上進度，所以直到考試當天都不敢掉以輕心，從起點衝到終點。這些人必須具備足夠的體力。總之，參加社團的人念書比較有效率。」

「真的這麼順利嗎？」

「至少可以證明，社團活動根本不會影響考試啊！」直子又轉身開始調理砧板上的食物。

她的背影和直子年輕的時候幾乎一模一樣。她用菜刀時，會微弓著背，稍稍抬起右肩。

「聽妳這麼說，好像是為了考試才加入網球社的。」

「也不是完全為了考試，不過的確有考慮到這一點啦！」

「其實妳另有目的吧！」

「什麼目的？」

「社團裡的男生比較多吧，其實妳是想接近他們吧？」

她再度停下手邊的工作，將瓦斯轉小，轉身面對平介。

「受不了！你剛才就在想這件事嗎？真像個笨蛋。」

「什麼笨蛋！妳和男孩子一起打球總是事實吧！」

「告訴你，社團裡的學長非常嚴格，他們不會因為妳是女孩子就特別寬容。當然，也有人是因為你剛說的那種原因才加入的，不過她們都覺得練習太辛苦，很早就退社了。別把我們想成聯誼社，我們可是一個正正經經的社團。」

「不管是體育系還是什麼社團，男孩子不會對女孩子有所企圖，我才不信呢！要是一有機會，他們一定不會放過！」

「真不敢相信，你竟然會想到那裡！」直子搖搖頭，猛然抓起一把柴魚，狠狠地丟進滾燙的熱鍋裡。從她的動作看來，她真的生氣了。

「年輕男人看到女人，滿腦子想的只有這件事。妳知道嗎？」

這次直子並沒有答腔。她的背影表明了她不想回答這個問題。

平介翻開身旁的報紙，地價持續上漲的大標題映入眼簾，不過他並沒有認真在看。一種自我厭惡的感覺在心中蔓延開來。平介雖然語氣不好，但不是真的生直子的氣。不，應該說他一點生氣的感覺都沒有。因為他自己知道，直子說的才是事實。

她之所以會這麼晚回家，主要原因並不是社團活動，而是後來去超市購物。而且他也知道，直子必須具有堅強的意志，才能維持現狀。她無法像一般高中生，回到家就直接倒在床上睡覺，也沒有人替她做飯。就算累得筋疲力竭，她還是無法躲過那堆家事。即使在這種情況下，她還是不願意退出社團，這表示這是她現在必須做的事。因為她有一股強烈的信念吧！

平介明明都知道，卻還是責備了她。這是為什麼？

或許是我嫉妒吧！平介心想。他嫉妒重享青春的直子。他嫉妒這樣的直子與無憂無慮的年輕男孩。同時，他也憎恨自己無法對她產生愛情與肉慾。

這天晚上的菜色，是結婚以來最糟糕的一次。兩人都不發一語，默默地動著筷子。這一次的爭吵與從前的夫妻吵嘴最大的不同點，在於這些不愉快的感覺不是憤怒而是悲哀。平介並沒有生氣，他與直子之間已經產生了一條永難填平的鴻溝，平介驚覺到這一點，感到無比的悲傷。現在的直子與平介都有相同的感覺，從她的肢體語言就可以看出來。諷刺的是，只有這時候，夫妻特有的心電感應才會產生。

29

即使已經放暑假了，直子為了練球還是會去學校，不過只練到傍晚。所以平介回家的時候，她已經到家了。就算偶爾不在，也是因為忘了買晚飯的某種材料，又跑去附近的超市而已。而週六和週日不用練球，她就可以在家裡陪他了。

對平介而言，只要他在家的時候，直子都會待著，所以他也沒什麼好抱怨了。只是每次看到洗衣機旁邊的洗衣籃裡，有剛換下來的網球裝；還有她那身曬得黝黑的皮膚，平介仍然會有點介意。不過，他現在不會再主動提及網球社的事了。因為，若是直子聊起網球社，平介一定會想到社團裡的男社員，這時候又會控制不住自己的情緒。要是一生氣，一定又會對直子抱怨。結果，兩人肯定又會鬧僵。若是演變成這種情況，想要再和好如初可能又得花上好幾天的時間了，這是平介的經驗。

而直子似乎也盡量不去觸及這件事。她不但絕口不提社團，連以前常收看的網球賽轉播也不看了。她更不會把練球的日程表隨便放在客廳的桌上，或是把球拍放在茶水間。

不過，對於兩人來說，倒是有一件好事。那就是八月中旬的中元節，平介放假，而那段時間，學校網球社的練習也剛好暫停。

好久沒去長野了，要不要回去看看？平介提出這個建議。長野是直子的娘家，那次車禍之後，他們就沒再回去。意外發生一年以後，他們雖然曾經到車禍現場慰靈，但那時候直子並沒有回娘家。

後來，直子為了考中學和高中，忙著念書沒時間回去，這也是原因之一。其實最大的原因，是直子一直很害怕見到父親。他並不知道藻奈美就是直子，所以，他一定會以對待藻奈美的方式來對待她。看到外孫女就想起女兒，接下來可能是一把鼻涕一把眼淚了。即使如此，直子也無法將事實告訴他，無法使他相信眼前的外孫女其實就是女兒。這件事要是讓年邁的父親知道了，一定不能接受，而且還會陷入一種惶恐的狀態。但是，直子又無法確定能否繼續隱瞞他。

以前，平介為了出差，請直子的姊姊容子過來照顧她，那時候並沒有問題。直子甚至還因騙得過姊姊，自覺很有成就感呢！但是對於父親，她就沒有把握了，這是她親口說的。

平介卻認為，這樣下去也不是辦法啊！總不能從此與娘家斷絕往來吧！

直子花了很長的時間去思考這件事。有一天，在吃晚飯的時候，她忽然說：「我明白了，中元節的時候，我們回去長野看看吧！」

直子已經有十年沒有在夏天回娘家了。他們一路上塞車，弄得筋疲力竭地才抵達娘家。若以時間來表示，那就是大清早出發，抵達目的地已經是深夜了。而娘家的人竟然連晚餐也沒吃，就一直等著他們。

直子的父親三郎，比平介之前所看到的模樣更瘦小。他那細瘦的脖子滿是皺紋，很容易讓人聯想到毛被拔光的鷄。即使如此，三郎那皺紋滿布的臉上還是堆滿了笑容，因為可以再見到藻奈美，他高興得不得了。

「啊，藻奈美已經是個漂亮的大姑娘啦！還長高了，可能比爺爺還高喔！已經念高中了吧，沒錯、沒錯！」

三郎一邊仔細打量外孫女，一邊叨叨地說個不停，驚喜、懷念之情溢於言表。他望著藻奈美，跌入了回憶中，旁人都知道他在想什麼，只是沒有人說出來。

平介很不安，他不知道直子會出現什麼反應。甚至還想像直子如果突然哭了，自己該如何替她圓場。幸而這些事都沒發生，她成功地扮演了一個與祖父久別重逢的孫女，甚至還偷空瞄了平介一眼，輕輕地使了一個眼色，告訴他，一切都在掌控中。

但是，剛開始進行得很順利，並不表示接下來就不會出問題。事實上，她必須盡力地平衡自己，不能讓自己崩潰。

就在全家人享用這頓遲來的晚餐時，她終於崩潰了。

當天的料理，由三郎的長女容子，以及她丈夫富雄親手包辦。夫婦倆繼承了蕎麥麵店，廚藝果然不是蓋的；一道道精緻豪華的和式料理，外行人絕對做不出來。

三郎在用餐途中，突然離開座位。大家以為他去上廁所，可是他一直沒回來，大家正覺得納悶時，他終於出現了，手裡還拿著一只裝有兩人份蕎麥麵的碗。

「這是什麼呀？」容子問道。

「這個啊，這是我和藻奈美很久以前的約定啊！」三郎看著直子笑道。

這時，直子的表情略顯不安，她並不知道三郎所指的約定。

「妳忘啦？妳不是說過，總有一天一定要吃到我做的蕎麥麵嗎？」

啊，是啊！直子開口了，顯然鬆了一口氣。

「奇怪，藻奈美沒吃過外公的蕎麥麵？」富雄一副不可置信的表情。

「她真的沒吃過耶！對不對？」三郎問道，直子輕輕地點點頭。

「這有什麼好大驚小怪的！自家人賣的東西，往往不會特別想吃耶！」容子笑道。

「我以前就一直想做給直子吃，可是那孩子老說吃膩了蕎麥麵，想試試其他口味，結果連藻奈美也沒機會吃。」這是三郎首次提到直子的名字，不過，誰都沒有多說話，倒是平介發現直子臉上的表情顯得很驚訝。

「別說那麼多啦，趕快吃吧！這可是我特地為藻奈美做的喔！平介也一起來。」三郎把蕎麥麵和沾醬放在平介與直子面前。

平介毫不客氣地吃了起來。其實，三郎親手做的蕎麥麵，他也沒吃過幾次。麵條的嚼勁十足，又香又Q。吸一口麵條時，獨特的香味在口中隱約擴散開來。

「實在太好吃了！」他忍不住發出了讚嘆聲。

三郎顯得相當高興，進而回頭問直子：「藻奈美覺得怎麼樣？」沒想到三郎看到她，臉色一變。平介望了她一眼，發現她端著碗，拿著筷子，低頭哭了。

怎麼了？芥末放太多了嗎？此時似乎不太適合開這種玩笑，大家都不發一語，只是看著她。

「怎麼了？」平介首先問道。

直子雖然哭喪著臉，嘴角還是勉強擠出一絲微笑。她從皮包裡拿出手帕，擦拭眼淚。

「對不起！」她說著，便低下了頭。

「是不是我說了什麼奇怪的話？」三郎摸摸微禿的頭說道。

「不是，不好意思……」直子揮揮手說道：「因為我想起了媽媽……她說她最喜歡吃外公做的蕎麥麵了，真希望她現在也能吃到，一想到這裡眼淚就不聽使喚了。」

這時，容子突然低頭啜泣。三郎雖然沒有哭，但是臉色很難看。

在飯廳的另一側，隔著走廊有一間八疊大的和室，平介他們晚上就睡在那裡。這個房間以前是儲藏室，現在已經整理過了。容子和富雄不知從哪裡搬來兩床寢具，並排鋪在地板上。

待容子他們離開之後。「剛才真是太失常了。」直子喃喃說道。

「妳是指剛才哭了嗎？」平介問道。

嗯！她點點頭。

「在那之前，我還很鎮定，沒有什麼難過的感覺。爸爸對我說自己是外公，我簡直快笑出來了，但是那碗蕎麥麵就……」直子說著，握緊了雙拳。「那是爸爸做的麵，是我從小吃到大的口味。一想到這裡，腦海裡就突然湧現好多往事，等我回過神來，才發現自己哭了。不行，我不能哭，可是眼淚卻不聽使喚。」

直子的臉上掛著一道淚痕，淚水流到了下顎。

平介走近她，摟著她那小小的肩膀。不久，他的胸前也被她的淚水沾濕了。

「爸！」直子在他懷裡說道：「我們早點回去吧！這裡對我來說，實在好難過喔！」

「妳說的沒錯！」平介說道。現在，有兩個人是直子的「爸爸」呢！他邊說邊這麼想。

第二天，娘家裡來了許多親戚，都是來參加法事。平介與直子光是招呼他們，就忙不過來。幾乎所有人看到直子都會發出驚嘆聲並說道：「哇，越來越像直子了！」一位很疼直子的阿姨甚至含著淚水說：「簡直是直子又復活了！」

一行人掃完墓，就在直子的娘家吃晚飯。在同樣的地點開飯，只是今天把隔壁房間的拉門拆下來，所以空間足足大了兩倍。
「藻奈美現在有沒有男朋友啊？」直子的表妹問道。她長得圓圓胖胖，很愛笑。
「還沒有啦！」直子以高中生慣用的口氣說道。
「真的嗎？太奇怪了，像藻奈美這麼可愛的女孩子，怎麼可能沒有男生追？」
「她還小啦！」平介在一旁說道。
直子的叔父聽到這句話，便笑了起來。
「恐怕只有我們這些做爸爸的，還認為她是孩子吧！女兒啊，該學的都學會了。像我哥以前老是擔心直子沒有男人緣呢！想不到這麼快就在東京找到好對象。他們結婚那天，我哥還在休息室裡偷偷哭喔！」
「喂，你在胡說什麼啊？我可沒有哭喔！」三郎表情嚴肅地說道。
「明明哭了嘛！還說要揍那男人一拳呢。」
咦？平介不由自主地摸摸自己的臉。
「我沒說過，我可沒說過。喂，你不要胡說八道好不好？」
「好啦、好啦！」
這對一起走過半世紀的兄弟，一拌起嘴來，親戚們就忙著在一旁勸架。三郎還是不停地叨念著。
餐會持續到晚上八點便結束了，喝了酒的親戚，大多由未喝酒的另一半開車送回。

有些住在附近的親戚，乾脆走路回家。
直子洗好澡，躺在床上看小說。沒多久就傳來了鼾聲，她一定累壞了。
平介看電視看到了九點半，也去洗澡。浴室裡放著一只古老的木浴盆，這只浴盆大得可以在裡面把雙腿伸直，頭靠著盆緣。平介想起第一次和直子回娘家的情景，就像現在一樣，泡在這個浴盆裡。突然間，他聽到敲打窗子的聲音，接著，窗子被打開一條縫，直子的臉露了出來。
水夠不夠熱？她問道。
剛剛好。他答道。
嗯，要是冷了，就跟我說一聲，再替你加些柴火。
咦？現在還有人用柴火燒水啊？
是啊！這間浴室簡直就像文化博物館耶！直子說完便關上了窗户。
平介把頭髮和身體洗乾淨之後，再度坐進浴盆，沒想到裡面的熱水已經變冷了。於是他叫喚直子：「再幫我加些柴火好嗎？」
沒有回應。喂、喂！他叫了好幾次，仍然沒有回應。正打算放棄時，才發現牆上有一個熱水調節開關。什麼嘛！原來是用瓦斯供應熱水啊！被直子騙了。
不知道直子是不是存心騙他。其實只要仔細想一想，就明白直子只不過是開玩笑罷了。因為他剛才還用蓮蓬頭洗頭呢！

平介洗好之後，並沒有說什麼，而直子也沒說話。因此，剛才他在浴室裡大呼小叫，直子是否在一旁偷笑，到現在仍是個謎。

當他正要回房間時，忽然聽到走廊上某間和室裡有人叫他。「平介！」他拉開門一看，是三郎，正一個人在那裡喝酒。

「喝不過癮啊？」平介說道。

「不是啦，這是睡前酒。怎麼樣？要不要陪我喝一杯？」

「好啊！」平介在三郎對面坐了下來。

「威士忌加水好嗎？」

「好！」

三郎替平介調了一杯威士忌加水。平介看到桌上放的冰塊和另一只乾淨的杯子，想必他是有備而來。雖然晚餐的剩菜都收拾乾淨了，不過盤子裡還有一些小魚乾之類的下酒菜。

「先乾一杯吧！」

「乾杯！」

兩只酒杯輕輕對碰一下，平介飲了一口岳父調的威士忌，不濃不淡，最適合在剛洗好澡的時候喝了。料理行家果然在這方面相當敏銳！平介不由得感到佩服。

「你們這次回來真是太好了，大家都很高興！」三郎低著頭說道。

哪裡、哪裡！平介連忙揮揮手。

平介和直子決定明天回去，已告知了三郎。

「對了，才幾年沒見，藻奈美變得成熟又懂事耶！這樣子我就可以放心了。本來還擔心她失去了母親，不知道會變成什麼樣子。沒想到你一個大男人還可以把她調教得這麼乖巧懂事，這麼說可能有點奇怪，不過我還要替直子謝謝你。」

「我又沒做什麼，一切都跟平常一樣啊！」

「哎呀，光是維持原狀就很困難了，你平常工作不是也很忙嗎？這樣就很了不起了。」

老人一邊嚼著烤魚乾，一邊重複著同一句話。「真是太了不起了！」對於平介來說，這樣子反而讓他坐立難安。

「不過啊，大男人帶著一個小女孩，還是有很多不方便的地方吧！」

「不會啊，沒這回事。直……藻奈美也幫了我不少忙耶！」

「藻奈美以後會更辛苦吧！剛才我無意間聽到，她是不是打算念醫學系啊？這麼一來，就沒時間照顧家裡了。」

「嗯，是啊，您說的沒錯。」平介凝視著杯子裡的琥珀色液體，大概猜得出他接下來要說什麼。

「平介！」三郎換了另一種語氣說道：「你用不著替直子守身。」

平介望著岳父。果然是這回事。

「你還年輕，還有好幾十年的時間，不需要勉強自己打光棍。要是你想再婚的話，不用顧慮其他人，我也會同意的。」

「謝謝！但是我現在還沒辦法想那麼多。」

三郎聽到他這麼說，連忙搖搖頭。

「話是沒錯，但是時間過得很快，你現在雖然還年輕，但實際上也沒多少時間了，最好還是仔細考慮考慮，早一點做打算。」

「這樣啊！」平介敷衍地笑了一下。

三郎看見他的杯底空了，趕緊再調一杯給他。

那麼再喝一杯好了，平介不好意思地說道。

回房的時候，他感到一陣寒意。並不是因為冷氣開得太強，而是因為這裡是信州吧！他換上了睡衣，鑽進被窩。

這時，直子轉身面向他，原來她已經醒了。「你剛才和爸爸在聊天啊？」

「啊、啊，嗯！」

「他是不是要你再娶？」

「妳聽到了？」

「嗯，因為爸爸的聲音太大了。」她說的爸爸，指的是三郎吧！

「真是傷腦筋！」平介苦笑了一下。
「你有沒有想過？」直子的口氣聽起來很認真。
「呃，我倒是曾經想過。」一瞬間，眼前浮現橋本多惠子的模樣，隨即又消失了。
「不過並沒有具體地想過。」
「你不考慮考慮嗎？」
「根本沒那種心情，因為我已經有了妳。」
直子聽了這句話，閉上了眼，迅速轉身背對著平介。「謝謝！」她小聲地說道。
「但是，這樣子好嗎？」
「嗯，是啊！」平介在她背後說道。
直子沒有接話。平介也閉上了眼睛。
真的這樣子就夠了，他再度確認。自己已經有了直子，是別人看不見的妻子。這樣子就夠了，這樣子就很幸福了。
意識開始模糊了。這樣子就夠了，他抱著這種想法，漸漸地進入夢鄉。
第二天早上，平介和直子開始收拾行李。回娘家經常收到各式各樣的土產，光是這些東西就把後車箱塞得滿滿，連後座也放了許多紙袋與紙箱。
「乖乖聽爸爸的話喔！過年的時候再回來吧！」三郎隔著車窗對直子說道。

「嗯，我會的，爺爺也要保重喔！」

「嗯，謝謝、謝謝！」三郎瞇起眼睛說道，細細的雙眼看起來像臉上的皺紋。

平介駕車離開。從照後鏡反射的陽光，彷彿在說今天還是會很熱。返鄉車潮開始擁塞，從昨晚的新聞已經得知這個消息，必須做好心理準備。

才離開娘家沒多遠，直子就說：「停車！」平介便把車子停在路邊。

「怎麼了？」平介問道。

直子望望後面，嘆了一口氣。

「一想到我再也不會回來了，就覺得好難過。」

「為什麼？妳想來就來啊！」

直子猛然搖搖頭。

「我不會再回來了，見到他們實在太難受了。對他們來說，我是一個不存在的人，由於我的消失，與他們的關係就算結束了。要是再回到這裡，只會覺得自己像個幽靈。」她邊說邊紅了眼眶，接著便掏出了手帕。「不好意思，突然忍不住。以後不會再這樣子了。好了，開車吧！」

平介不發一語地踩了油門，駛離現場。

現在只剩下自己是她唯一的親人了，這個世界上就只有他們倆相依為命了……他打從心底這麼想。

30

平介在週日傍晚接到那通電話。直子剛好出去買晚餐的材料，於是他把狹窄的庭院整理乾淨，就坐在落地窗邊，望著天空發呆。好美的夕陽，雲朵都染上了一層暈紅。久違的秋日午後是如此的優閒，平介感到很滿足，他覺得從明天起會以一種全新的心情來面對工作。

這時候，電話響了，他有一種不祥的預感。杉田家的電話平常很少響，當直子在世的時候，頂多只有娘家的親戚或是她的朋友打電話過來，現在已經沒有這種電話了。難道又是房屋仲介公司？偶爾會有仲介公司來電推銷小套房。他邊想邊起身接電話。

話機放在客廳的收納櫃上，他接起電話。「你好，我是杉田。」

對方並沒有立刻回應。在短暫的沈默中，平介的不祥預感更加明確，他直覺對方沒有立刻出聲，並不是因為線路不通，而是聽到了他的聲音感到困惑。

「喂，您好！」對方開口了。「呃……請問杉田藻奈美在嗎？」

平介覺得是直子的男同學吧！剛才的愉快心情，突然間被烏雲遮蔽了。

「她現在不在。」他答道。語氣中透露著不滿，有點故意地發出這種聲音。

「啊，這樣啊！」電話彼端的男生似乎退縮了。若是他現在就掛電話，平介打算給他一點教訓。打電話來也不報上姓名，真是太沒教養了。不過，對方並沒有那麼失禮。

「呃，我姓相馬，如果藻奈美回來的話，麻煩您轉告她一聲。」

「相馬先生？哪一位啊？」

「我是她網球社的同學。」

又是網球社！平介感到一陣苦澀的滋味。

「有什麼急事嗎？」

「沒有，其實也算不上是急事。」

「不過，會在禮拜天打電話找她，一定是有什麼急事吧！你可以告訴我，等她回來了我再轉告她。」

「啊，不用了。這件事有點麻煩，不直接跟她說會說不清楚，總之，請您轉告她，我打電話找她。」

「這樣啊！」

「再見。」那個叫相馬的男孩子匆匆掛斷了電話。

平介放下話筒，感覺胃部膨脹。看看牆上的鐘，直子才出去沒多久，按照慣例，一個小時以內還不會回來。

平介打開電視，NHK正在播報新聞，內容是什麼他根本聽進不去，只是無意識地凝視著畫面。

他開著電視，然後上了二樓，打開直子的房門，走了進去。房間整理得很乾淨，只是桌面上有點亂，物理參考書攤開著，可能剛才正在研究力學吧！在斜面上的物體施力、摩擦係數、作用反作用……平介依稀記得這幾個專有名詞。直子用書架把資料夾、筆記本或字典豎立在桌邊，有紅、藍、黃、綠、橘五種顏色。資料夾的書背並未寫上標示，可能是以顏色來區分吧！

平介以前看過直子和網球社的人通電話時，身旁放著一個資料夾。想必那個資料夾裡有網球社的相關資料吧！

在他的記憶中，那個資料夾好像是紅色或橘色的。他一邊留意，一邊取出了兩本資料夾。打開一看，紅色資料夾裡有許多直子平日蒐集的食譜，雖然是從雜誌上剪下來的，但也整理得很漂亮。

果然不出他所料，橘色資料夾裡真的有網球社的資料，第一頁便是一張秋季賽的日程表。

他迅速地瀏覽了一遍，然後在最後一頁停了下來，那是所有社員的通訊錄。

記得他姓相馬……。

平介指著名字一邊搜尋。不久就發現了相馬春樹這個名字，他是二年級的社員。

接著，平介打開書桌抽屜，裡面有許多文具。他撕下一張有小貓圖案的便條紙，抄下了相馬春樹的地址和電話。他並沒有什麼目的，只是想知道罷了。

他把便條紙塞進口袋，再把資料夾放回書架上。能夠得到一些關於這個男孩子的資料，平介有一種滿足感。

平介走出房間，正想關上門時，直子剛好走上樓梯，看到他便停了下來。

「怎麼了？」直子問他：「你到我房間幹什麼？」略帶責備的口氣。難道我不能進妳的房間嗎？這個想法與侵犯隱私權的罪惡感在他心中交戰，也因此他編了一個極不自然的謊話。

「啊，沒有啊！我想跟妳借東西，可是又找不到，只好算了。」

「你要找什麼？」

「啊……呃……就是那個啊！書啊！」

「書？什麼書？」

「那個嘛！夏目漱石的書。」他邊說邊扯謊，並感到很後悔。因為他根本不知道直子平時看什麼書，就隨口說出夏目漱石。

「貓嗎？」

「貓？」

「是『我是貓』嗎？夏目漱石的書我只有那一本。」

「啊，對了。就是那本。」平介說道：「剛才電視節目裡剛好提到這本書，所以我想拿來看看。」

「咦？真難得！」直子迅速上樓，走進房間。

平介站在門口。只見她走近了書架，立刻抽出一本很厚的文庫本。「你找到哪裡去啦？它不就放在這裡嗎？」

「啊，是啊！我怎麼沒看到？」

拿去吧！說著就將文庫本交給他。平介接過了書。

她原本就要離開房間了，卻又回頭看了一眼。「奇怪？」她微微地皺眉，又走向書桌。「你動了我的桌子嗎？」

「沒有，我沒有動。」他嚇了一跳，但力持鎮定地答道。

「是嗎？」

「有什麼問題？」

「沒有，沒動就好。」她邊說，邊把紅橋資料夾的位置互換。

結果當天晚上，平介並沒有把相馬春樹來電的事告訴直子。雖然他也想問她關於相馬的事，但是心思敏銳的直子，一定會把這件事與資料夾放錯聯想在一起。

晚飯後，平介在直子面前翻開了一點也不感興趣的『我是貓』。才看了兩頁，就快睡著了，他只好裝模作樣一番。

第二天，平介回家的時間比平時晚一點，手錶顯示八點十五分。當他看到窗户裡透出來的燈光就安心了，要是直子還沒回來，他又會開始擔心

一如往常，有時候直子也會比他晚回來。不過，他們以前曾經為此冷戰了好一陣子，所以平介盡量不抱怨，直子也克制自己趕在八點以前回家。

平介打開大門，走進屋內，一邊脱鞋一邊正要喊，我回來了。不過，他隱約聽到了談話聲，直子正在講電話，還不時發出笑聲。

平介躡手躡腳地溜到走廊上。聲音從和室裡傳出來。

「可是，有阪學長跟我說過呀！他說有人取笑我的反手拍。你不覺得很過分嗎？」

直子的口氣與平時對他説話的語氣不同。她不只用高中女生慣用的語法與對方交談，還有一種撒嬌的語氣。

「咦？真的嗎？我不敢相信喔！那……學長，下次要不要跟我一起雙打？咦，真的嗎？好棒喔！啊，討厭啦！為什麼非要我做這種事！」直子邊説邊笑。她似乎很快樂。

平介在走廊上倒退幾步，再故意發出聲音。我回來了，他大喊。雖然看不見直子的表情，不過她一定很驚慌。

「啊，那明天再聊吧……好、好。再見！」

幾乎在同一時間，平介走進和室，而她也掛上了電話。

「回來啦！馬上吃飯吧！」直子走進廚房。又恢復了以往的口氣。
「妳剛才在講電話啊？」
「嗯！同學打電話來問我英文。」
騙人！平介在心裡反駁。剛才的口氣聽起來根本不像在與同學講話；也不像在討論英文。值得一提的是，對方是男生。
「我想起來了，昨天有人打電話給妳，是網球社一個姓相馬的男生。」
「啊……是嗎？」
平介發現面向流理台的直子，肩膀微微地顫了一下。
「他要我轉告妳一聲，後來我忘了。妳今天遇到他了吧？他有沒有說什麼？」
「啊……他提了一些新生賽的準備工作，昨天打電話來可能也是為了這件事吧！不過他沒有提起。」
「星期天打電話找妳，是不是有什麼急事？」
「其實他只是想趁還沒忘記之前趕快告訴我吧！」
「這樣啊！那就好。」
平介上了二樓，一邊換衣服，一邊想著。剛才與直子通電話的人，一定是那個叫做相馬春樹的二年級男生。問題是直子為什麼要說謊？為什麼不明說是社團學長打來的呢？

對了，平介想通了。直子今天應該也去練球了吧！從她剛才的談話內容來推測，應該沒錯。果真如此的話，平介一定會產生一個疑問：有什麼事可以從學校聊到家裡來呢？這麼一來，她可沒有把握提出一個合理的答案吧！

電話一定是相馬打來的。因為直子不知道平介什麼時候會回來，所以不可能主動打電話。

平介把手伸進口袋裡，指尖碰到了便條紙；那張寫著相馬春樹的聯絡電話的便條紙。

打個電話問他吧！腦海裡突然浮現這個想法。一位父親打電話來，要求他沒事不要找自己的女兒。大部分的男人接到這種電話應該都會卻步吧！

爸，吃飯囉！直子在樓下喊叫，平介大聲回應，隨後把手從口袋裡抽出來。

「我先跟你說喔，下禮拜起，我會比較晚回來。」直子吃到一半，有些顧慮地說道。

「又是練球嗎？」

「不是啦！是準備校慶，下週六日就是校慶了。」

「妳說要晚一點，在學校幹什麼？」

「我們班要佈置成MTV咖啡廳。就是把教室弄得很暗，可以播放自製錄影帶，順便賣咖啡、紅茶或是果汁之類的飲料。所以製作錄影帶、佈置教室的工作必須在下禮拜完成。」

「全班都要參加嗎？」

「當然是全班呀！這還用問！」

「晚一點回來……要多晚？」

「不清楚耶！如果是幹部的話，可能還要通宵熬夜呢！」

「熬夜？妳是說住在學校裡？」

「是啊！」

「妳該不會被選上幹部了吧？」

「才沒有呢！因為有社團活動的人無法兩邊兼顧，所以不會被選上。只有沒參加社團的人才有機會擔任幹部，他們現在都已經在準備了，我們必須從下禮拜開始幫忙。所以下個禮拜都不會有社團活動。」

「學校竟然還會舉辦這種勞師動衆的活動。以升學為主要目標的高中，辦這種活動好嗎？」

「寓教於樂啊！校方也知道讓學生輕鬆一下的重要性。每天只會坐在書桌前念書，根本考不上東大啊！」

31

一如直子所預告，隔週的週一她就比平常晚回家。過了七點多，她打電話交代平介自行打發晚餐。平介只好到附近的拉麵店吃了一份炒青菜定食。

後來，直子回到家已經九點多了。平介本想數落她一頓，但是看到她那副疲累的模樣，又說不出口了。聽她說晚飯是在學校附近的日式煎餅店解決的。

直子洗了澡，便上了二樓。不久，客廳裡的電話響了，平介嚇了一跳，快十一點了。正想起身接電話時，鈴聲就停了。什麼嘛！打錯電話嗎？他是這麼想的，不過立刻就發現事實並非如此。

話機上的小燈正在閃爍。那是『分機使用中』的訊號；也就是說，直子在樓上接起了電話。

杉田家在今年春天才把話機換成無線電話。直子認為樓上最好安裝一支分機以方便接聽，平介接受了這個建議，就把分機裝在二樓走道的牆上。

平介直盯著那個閃爍的小燈。如果只是純粹談公事，大概一兩分鐘就可以講完了，但是這個通話訊號卻遲遲不消失。他再度將視線轉回電視上，看完了氣象報告之後，再確認一次，小燈依然閃爍。

怎麼搞的，這麼晚了還在聊……

大約一個小時以後，『分機使用中』的訊號終於消失了。這段時間，平介一會兒看電視，一會兒讀報紙。不消說也知道，他的腦袋裡根本裝不進這些東西。

第二天，直子也是九點以後才回到家。平介已經連續兩天在拉麵店解決晚餐了。她到底在幹什麼？平介開始懷疑了。有必要花這麼多時間準備校慶嗎？說穿了也不過是學生們玩的遊戲嘛！

正當他一邊看電視，一邊想這些事時，電話竟然又響了。他的直覺反應是看看時鐘；十點五十分。時間和昨天差不多。

鈴聲只響了一下，便停止了，『分機使用中』的訊號燈又亮了。直子一直待在房間裡，並沒有出來。很明顯地，她知道有人會在今晚十點五十分打電話給她，所以才把分機拿進房間。

那個人是誰？

平介抖著腿，不安地看看電視、望望時鐘，又瞄一瞄話機。電視正在轉播職棒比賽，巨人隊已經取得優勢，現在只要再贏一場就可奪得日本職棒總決賽的盟主了。這幾天的賽程，近鐵、西武、羚羊的排名不斷地變更。平介身為巨人隊的忠實球迷，理應相當在意今年太平洋聯盟的戰果。但是，現在卻不是關心棒球的時機。

時鐘上的指針顯示十一點半多了。平介悄悄地溜到樓梯口，觀望樓上的情況。二樓的走廊上並沒有直子的蹤影，她一定躲在房間裡講電話。

平介躡手躡腳地爬上樓梯。直子的房間裡隱約傳出聲音，卻聽不清楚談話內容。相馬春樹這個名字浮現在他的腦海裡。對方一定是男生，到底是什麼來歷？他打電話給直子有什麼目的？

聽不見聲音了。平介打算再湊近一點，他趴在樓梯上緩緩移動。這時候，房門突然開了，門角差點掃到平介的頭。直子低著頭看著他，發出小小的驚叫聲。

「你在這裡幹什麼？」

「沒有……沒什麼！」平介坐在樓梯上，開始冒冷汗。他一時想不出什麼藉口。直子拿著話筒，正想掛回機座，現在看到了平介的眼神，好像察覺什麼似地。

「你在偷聽嗎？」

「我怎麼會……做這種事！只是……連續兩天這麼晚有人打電話找妳，我有點介意，所以上來看看。」

「這樣子不就是偷聽嗎？」

「我什麼也沒聽見，不過妳講得還真久耶！」

「是社團裡的朋友。」直子語氣生硬地說道，然後將話筒放回機座。

「是那個叫相馬的男生吧！」平介說道。

直子不發一語，一臉不悅。果然被他猜中了。

「那傢伙是二年級吧！那也不算什麼朋友啊！」

「你怎麼知道他是二年級？」

這回輪到平介啞口無言了。直子噘起嘴巴。

「你果然偷看了我的資料夾，我就覺得很奇怪。」

「我不能看嗎？」

「你懂不懂隱私權啊？」

「相馬是什麼人？他為什麼要打電話給妳？」

「我怎麼知道。他想打電話，我也沒辦法呀！」

「妳怎麼可能不知道？男人打電話給女人，明明沒什麼重要的事，理由只有一個……」平介開始生氣了。

直子嘆了一口氣，低著頭看著他。

「那我就直說了，我想他可能喜歡我吧！因為這個禮拜社團不用練球，在學校碰不到面，所以他才打電話給我。這種解釋可以嗎？」

「妳叫他不要再打電話來了！」

「這種話我怎麼說得出口？他又沒有說要追我。」

「過不了多久他就想跟妳交往了啦！」

「到時候再拒絕也不遲啊！」

「其實妳也樂在其中嘛！和年輕男人聊天的感覺不錯吧！」平介說道，總覺得好像在自打嘴巴似的。

「是很快樂啊！」直子說道：「我不能高興嗎？難道我就不能享受這種權利嗎？我不能轉換一下心情嗎？」

「妳的意思是，比和我聊天還要快樂嗎？」

直子並沒有回答。她抓住門把說道：「我很累，想睡了。晚安！」

等一下！平介還想繼續說。但是她已經躲進房間，關上了門。

平介躺在被窩裡難以入眠。為了講電話這種小事就大驚小怪，他對於自己氣度狹小感到很難過。另一方面，他又氣直子為什麼不能體諒他的苦。

平介非常介意直子對相馬春樹的稱呼……相馬學長。

也許是因為他的年齡、輩分較大。但是在心智上，一個高二的男生對直子來說，也不過是個小孩子。記得直子念小學時，在平介面前稱呼級任老師橋本多惠子，都只說「那女人」、「那個人」。在相馬春樹面前，她的心智就變成了高一小女生嗎？所以稱呼相馬時必須加上學長這兩個字嗎？

平介希望這只是一時的變化。在長野的那個夜晚，他對她說：「因為我已經有了妳。」時，她說了聲：「謝謝！」這句話至今仍在心裡支持著他。

32

從星期三起一連三天，直子幾乎沒與平介交談過。每天都是超過晚上九點才回來。一進門就躲進房間裡，除了洗澡和上廁所，幾乎不踏出房門一步。

只有星期三來了一通電話，星期四、五都沒有。或許直子對相馬說了些什麼。

校慶第一天；星期六早上，直子匆匆忙忙跑進寢室，遞給睡夢中的平介一張紙。

「這個……」她把那張紙放在他的枕邊。

平介睡眼惺忪地拿起來一看，粉紅色的紙上有幾行字『想不想一邊吃香喝辣，一邊欣賞絕妙錄影帶呢？歡迎您的光臨！VIDEO BAR ANDOU』下面還附上學校的地圖。

「這是什麼？」

「你想來的話就來吧！」

「妳希望我去嗎？」

「我是說你想來的話，就來吧！」

我走了，直子說完就走出了房間。

平介在被窩上盤腿而坐，盯著那張傳單看了好久。

他真的很想去，想親眼看看直子的學校生活。其實，他從未看過直子的另一面。

但是，他又不想知道；說穿了是害怕看到。

這並非意味著平介擔心她不能適應學校生活。事實上，他擔心直子的身心已經變成了一個正常的高中女生，並與同學相處融洽，這才是他所害怕的。若是親眼目睹這一幕，那麼他一定會備感失落、孤獨，內心充滿了焦慮。

他猶豫了好久，最後還是沒去。直子大約晚上八點左右回到家，對於他今天沒去一事隻字未提，而且也不太想把校慶的種種花絮告訴他。

第二天，直子沒再邀約就直接出門了，也許她認為平介又不去，說了也沒用吧！平介還沒決定到底去不去。直到中午，他還躲在棉被裡看雜誌，接著又收看高爾夫球節目和中央聯盟職棒賽轉播。

最後，電視上播出的一家著名餐廳，促使他決定去學校看看。這個節目專邀男女藝人品嚐當地餐廳供應的招牌料理。

事實上，是因為昨晚杉田家的餐桌上出現了幾道久違的菜。不過，那只是直子在百貨公司地下美食街買的小菜。今晚有可能會出現同樣情況，如果今天去學校找直子，說不定還可以一起吃頓飯呢！

已經過了下午兩點。傳單上寫著校慶到下午五點結束，平介趕緊準備出門。

自從放榜以來，這是他第二次去直子的學校。與當時比起來，學校的外觀已經改變了許多。門口排放著許多花稍的看板，牆壁上貼滿了海報，不過變化最多的應該是學生吧！剛放榜時，每個人的臉上還帶著些許稚氣，現在都已經消失了。

校園裡出現了許多看似家長的中年男女。不過，他們對於攤位上的商品似乎沒什麼興趣，與其說是參加校慶，倒不如說是來確認自己的孩子所就讀的學校吧！

一年二班的教室入口處，綴滿了彩色紙箱及色紙。穿著圍裙的女學生，看見平介便笑著對他說：「歡迎光臨！」

「呃，這個……」平介搔搔頭朝裡面窺探，教室裡有幾套用課桌椅組成的餐桌椅，還坐著幾名客人。教室後半部有一處隔間，從門口看不到隔板後面的情況，可能是廚房吧！因為隔板上挖了一個方形洞口，有一些女學生端著托盤進進出出。「請問杉田藻奈美在嗎？」

「啊，您是杉田的爸爸呀？」穿著圍裙的女生反問道，一雙骨碌碌的大眼轉動著。

「是的！」

「哇，糟了！」她一叫，並迅速跑進隔間。

不久，直子走了出來。她也穿著圍裙，一頭長髮挽了一個髻。

「你終於來啦！」直子面無表情地說道，看不出來高興的樣子。

「嗯，還是來看看比較好嘛！」

「這樣啊……」

她領著他坐在窗邊的位子，座位旁有一架電視機。教室裡一共放置了四架，每一架都連接著錄影機。光是要搬這些器材就很辛苦吧！平介心想。

「你想喝什麼？」直子問道。

「啊，喝咖啡好了！」

「咖啡啊！」直子迅速轉身離開，消失在隔板後。平介這才發現，她們的裙子長度比平時短了很多，每位女服務生都一樣。平介不知道她們是怎麼弄的，不過很擔心她們彎腰時會露出內褲。

螢幕上一直播放學生的自製錄影帶。不太有趣的內容，只有在垃圾場堆裡覓食的烏鴉和貓的畫面，配上關西黑幫份子的台詞，讓人覺得有些怪異。

「好看嗎？」直子用餐盤端來一杯用紙杯裝的咖啡。

「無厘頭的情節比較好笑。」

「你別小看這些錄影帶喔。這可是男同學的精心傑作呢！」直子在他身旁坐下，把容器裡的奶精倒進咖啡裡，輕輕攪拌之後，遞到他面前。

平介喝了一口，也許是換了一個心情吧，他覺得這杯咖啡挺好喝的。

「這些佈置都是你們自己做的嗎？」平介看到牆上和窗上貼著滿了色紙及玻璃紙做成的裝飾品，於是問直子。

「是啊！雖然不夠漂亮，卻花了不少時間呢！」

應該是吧！平介點點頭。連續好幾天晚歸的原因可想而知。

隔板後面有幾個人不斷地窺探平介他們。只要平介一轉身，他們就趕緊躲進隔間。

「他們好像一直注意我們耶！」

「可能會覺得很意外吧！因為爸爸沒來過學校，而我也很少提家裡的事。」

「是嗎？」

「是啊，又不能把事實告訴大家，編謊話騙人又很麻煩。」

她說的也有道理！平介點點頭，喝了咖啡。

「活動是五點結束吧？」

「是啊！」

「咱們好久沒在外面吃飯了，結束以後去吃飯吧！我等妳。」

還以為她會很高興，沒想到她卻露出為難的表情。

「雖然是五點結束，但是接下來還有一些事……」

「什麼事？」

「收拾善後啊，還有營火晚會……」

「營火晚會？」

對喔，還有這項節目呢！平介也想起來了。這是很久以前的回憶了。

「妳會很晚回來嗎？」

「應該不會吧！不過我現在無法確定……」

「是嗎？」

「對不起！」直子低著頭說道。

「沒關係啦！我今天晚上叫外送壽司。直子回來要是肚子餓了，也可以吃一些。」

直子輕輕地點點頭，然後湊近他耳邊說道：「不要叫我直子。」

「啊……對不起！」他向她比了一個道歉的手勢。

剛才那位穿圍裙的女孩走了過來。「藻奈美，不好意思！」

「怎麼了？」

「咖啡濾紙用完了。」

「還是不夠用啊！那就用紙巾吧！」

「但是我們不知道怎麼弄！」

「真拿妳們沒辦法。」直子起身，和那個女孩一起消失在隔板後面。

平介稍稍站了起來，窺探隔板後面的情況。幾個女孩子正在做三明治，其他人正在切水果準備榨果汁。直子拿了一張廚房用紙巾，正在教幾個女孩子如何將紙巾放入咖啡機裡。她們雖然看起來年齡相仿，但是，平介覺得直子就像這些女孩子的母親。

正當他要回座位時，一名年輕人迅速走到他身旁。這個男孩子長得很高，皮膚曬得黝黑發亮，五官的輪廓很深。平介起先以為他只是客人，等到坐下來之後，發現他還站在原地。

「請問……」年輕人問道。

平介一聽到他的聲音，顯得很激動，這個聲音好耳熟。

「您是杉田藻奈美的爸爸嗎？」

「没錯！」平介沙啞地答道。此刻的他，熱血直衝腦門，渾身發熱。

「前幾天打攪了，不好意思！我是網球社的相馬。」年輕人說道，便向他鞠躬。

「啊啊……」平介頓時啞口無言。他想開口，卻留意到四周有幾個人正在看他們。

於是他說：「我看你先坐下來吧！」

好！相馬就在平介的對面坐了下來。

平介很困惑，還望了隔間一眼，碰巧與直子四目相對。她從隔板後面探出頭來，一臉驚訝，看來好像不是她把相馬找來的。

「我常常很晚的時候打電話找藻奈美，給您造成困擾，真的很抱歉！」相馬再度低下了頭。

「是不是藻奈美跟你說了什麼？」

「嗯，她說您每天必須很早起床，這麼晚了還打電話過去，讓您很困擾。」

「喔喔……」平介這才明白為什麼這兩天他都没打電話。

「真的很抱歉！」

「不，沒關係。我也沒生氣啊！」既然對方當面向他道歉，他也只好客套一下了。

「這樣就好！」年輕人放心了。

「你是專程來跟我說這些嗎？」

「是的，有學妹告訴我，杉田藻奈美的爸爸來了。」

「這樣啊！」

怎麼回事？那個學妹為什麼會告訴他呢？難道他們在學校已經是公認的情侶嗎……

「那麼，我告辭了！」相馬語畢便起身。「再見！」

「啊，再見！」

相馬朝教室後面的方向舉起了手，他的嘴唇在動，好像在傳話，然後就笑著離開了教室。不用看也知道他在對誰笑。

直子迅速走到平介的身邊。「他跟你說什麼？」她低聲問道。

於是，平介把剛才的話又重複一遍，然後追加一句：「好像校園電影喔！」這句話有一半是挖苦，一半是他的感覺。

「他是那種做什麼事都很認真的人。」

「那傢伙最喜歡在女朋友面前裝模作樣了！」

「才怪，別胡說八道啦！」她說道。嘴角連動都沒動一下。

鐘聲突然響了，接著傳來廣播，再過十五分鐘校慶就要結束了。校園內的嘆息聲此起彼落。

平介起身說道：「我先回去了。」

「一路小心，謝謝你來看我。」

「別太晚回家喔！」平介說完便走出了教室。

他在五點以前離開了校園，不過並不想直接回家。於是，搭乘電車來到新宿，逛了大型電器行，接著打算再去書店看看。但是，當他看到一對從電器行走出來的男女，便停下了腳步。

這一對男女看起來像高中生；男生的頭髮很長，女生雖然化了妝，但是兩人都穿著學校制服；男生搭著女生的肩膀，女生則環抱著男生的腰。兩人即使在公共場所，也毫不在意地親密相擁。

他將這兩人的臉孔想像成直子與相馬春樹，頓時覺得渾身起鷄皮疙瘩。

一個畫面瞬間閃現在他眼前……相馬春樹離開教室之前，對直子說了一句唇語。他現在知道那是什麼意思了。

待會兒見！他是這麼說的，絕對不會錯。那張嘴的動作，就像電影裡的特寫鏡頭，平介可以完整地回想起來。

待會兒！是什麼意思？會有什麼事？

平介再也無法待下去了，急急忙忙地奔向了車站。

我到底在幹什麼？平介不斷地反問自己，但是並沒有停下腳步。等他回過神來，才發現自己又回到直子的學校，就站在門口。

太陽下山了，平常這時候的校園應該籠罩在一片寂靜與黑暗中。今天卻不同，校園裡還有大批學生。不知何處傳來了歌聲，可能是正在練唱的音樂社吧！

平介走進校園，來到操場，看到一處營火。許多學生或站或坐，隨興地圍著營火。角落搭建了一個簡單的舞台，幾名學生組成樂團在台上表演，主唱是名女生，一身黑色亮面服裝，反射營火的光芒。外型打扮得很成熟，不過應該也是學生吧！

現在的營火晚會和以前大不相同了！平介心想，他以為這應該像一場交際舞舞會吧！

在場並沒有校外人士，不過也沒有人介意平介的出現，也許是天色昏暗，大家正在專心欣賞演唱會吧！

平介在人群中尋找直子的蹤影，不過有的男學生個頭比平介還高，站在這群長人陣裡，就看不到四周的動靜了。

此時，台上表演的曲目突然變了，之前都是一些慢板的抒情歌，現在卻開始唱起快節奏的歌。台下的學生們也跟著動了起來。

原本坐著的人全都站起來，跟著節拍又唱又跳又拍手。年輕人一起舞動了起來，此刻的氣氛突然有一種令人窒息的錯覺。平介喘著氣來回搜尋。

走著走著，好像絆到了什麼，可能是別人的腳。他跌倒了，雙手撐著地面，只好用這種姿勢緩緩爬動。衆人的腳配合音樂節奏踩踏地面，揚起的塵土覆著他的臉。可能是爬離舞台有一段距離，學生人數減少了一些，營火就在不遠處。平介站起來將身上的灰塵拍掉，然後抬起頭。

這時候，他看到了直子。

她就站在距離營火數公尺的地方，從這個方向剛好看到她的側面。雖然她沒有跟著節奏打拍子，不過卻目不轉睛地盯著舞台。

而她身旁就是相馬春樹，兩人之間的距離不到一公尺。

一瞬間，平介還以為他們手牽著手，不過那只是錯覺。直子的雙手交疊在身前。在場的學生們不停地搖擺身體，而直子和相馬只是輕輕地晃動，彷彿是細細品嚐這個歡樂時光。

平介感到渾身僵硬，喉嚨裡發不出聲音。

營火燒得更旺了，將直子和相馬的臉孔照得通紅。火光熊熊，兩人的身影也跟著晃動了起來。

33

十二月份的第二個週六，杉田家收到一個包裹，寄件地是大阪的日本橋。直子去上課，今天還要練球，所以傍晚以後才會回家。平介把那個包裹搬到一樓的和室，撕掉膠帶打開一看，裡面還有兩個紙盒，他打開其中一個，確認內容物。

是一台收錄音機，約有手掌般大小，具有一般收錄音機所沒有的聲音感應裝置。也就是說，只要一有聲音，就會自動錄音；當聲音消失時，就會自動停止。適用於開會或演講的場合，無人說話時，就不會空錄浪費帶子了。

但是，平介並不是為了這個目的才訂購這台機器。

另一個紙盒裡有一個火柴盒大小的零件，這個零件叫做電子接撥器，裡面有接線、雙插孔等配件。

平介仔細閱讀使用說明書。首先，他必須找到電話插孔，就在收納櫃旁邊的牆壁上，由於那裡堆了一大疊報紙，得先將報紙移開才行。這個插孔原本就插著電話線，他將電話線拔起來，把那個雙插孔插上，然後再把電話線插在雙插孔的一孔，另一孔再插上接撥器的接線。

接著，他把電池及錄音帶裝進收錄音機，再將錄音用的麥克風裝在電子接撥器上，然後把接撥器與接線連接，就算大功告成了。

平介拿起話筒，試撥166。話筒裡傳來氣象語音播報。

「為您預報十二月十日下午一點的氣象。根據氣象局的預測，東京地區目前並未出現警報……」

他確定收錄音機已經開始運作之後，就將電話掛掉，並把錄音帶倒帶，按下播放鍵。剛才的氣象預報果然又原音重現。他總算搞清楚了，於是再把錄音帶倒帶。

他將收納櫃挪開一點，在細縫間塞進收錄音機與電話接播器，再用舊報紙遮住隙縫。處理舊報紙是他的工作，所以直子不可能去移動。

他把空紙盒與紙箱收好，要是被直子發現了，那就前功盡棄了。

他知道這麼做很卑鄙，但是當他在雜誌上看到這組竊聽裝置時，還是忍不住訂了一台。說得誇張一點，他想利用這個東西拯救自己。

直子在外面做了什麼、和誰交往、說過哪些話，他可是在意得很。與他相處的直子，幾乎與他所了解的直子沒什麼兩樣，但是這也不過是直子的一張面具罷了。這一點是他最近才想通的。

仔細一想，這也是理所當然。當她面對平介時，是以直子的身分出現。一出家門，就必須以杉田藻奈美的身分生活。

平介對於她的另一面，到目前為止並沒有太在意。雖然她是以藻奈美的身分生活，但是本質上仍然是直子，平介一直相信直子是他的妻子，這一點永遠不會改變。

然而現在，信心已經開始動搖了。不，其實應該說是信心全失，平介害怕失去她，並且越來越覺得有這個可能性，所以他感到很惶恐。

他把竊聽器的空盒與紙箱用刀片切碎，再用報紙包好，正準備丟進垃圾桶時，玄關處傳來聲音，好像有人在信箱裡塞東西。平介立刻轉頭查看。

送來的郵件一共有三封；一封是寄給平介的宣傳單、一封是信用卡帳單，還有一封是寄給杉田藻奈美的信。

他看了一下那封信的背面，上面寫著藻奈美的小學名字，以及第五十五屆同學會幹事等幾個字。可能要舉行小學同學會吧！這封信應該是邀請函。

平介進屋，將三封信放在桌上，然後打開電視。

但是，他很在意那封信，那真的只是同學會的邀請函嗎？不，就算是同學會，也許不是大型同學會，可能是幾個交情比較好的同學辦的聚會吧！

他仔細檢視信封上的筆跡，可以肯定是男生的字。

會不會是高中男生假借同學會的名義約女孩子呢？平介開始產生這種想法。會不會是有人憑著小學時代的記憶，或是從畢業紀念冊找出一些長得還不錯的女生，再寄出這些信呢？正值年輕氣盛的高中男生，最容易做出這種事了。

只要一開始想像這些事情，平介就無法思考了。他走進廚房，燒了一壺開水。

我一定有毛病！他自己也這麼認為，但還是無法壓抑情緒。

壺口開始冒出了熱氣。平介拿起那封信，把封膠處對準蒸氣，沒多久封口就濕了。一直到膠水融解，他才用指甲謹慎地將封口摳開。裡面有兩張B5大小的影印紙，一張是地圖，好像是通往某活動中心的路線；另一張果然是同學會的邀請函，不過內容不如平介所想像的，只是第五十五屆全體師生的同學會，還有幾位老師也會出席。

這樣子應該沒什麼問題吧！他把紙放回信封裡，再用蒸氣蒸融漿糊，黏好封口。

這已經不是第一次偷拆直子的信了，平介以前就幹過兩次。平常若是直子比較晚回家，也都是平介把郵件拿進來。

第一次拆直子的信，是一封中學同學寄給她的問候信，內容並沒有什麼問題，只寫著一些問候語，像是『現在不在同一所高中念書，彼此過得還好嗎？』之類的話。

其實，只要看信封上的筆跡就知道是女孩子寄的。但是，他覺得奇怪，華麗的造型，娟秀的筆跡，反而有一種做作的感覺，會不會是男生寫的？會不會是那個相馬春樹？只要冷靜一想，的確不太可能。但是，只要與直子扯上關係，平介就失去理智了。

最後，他還是把信拆了，才得知內容完全不如想像中，一切只不過是他的猜忌罷了。他對自己感到厭惡，但是又能從中得到安全感。

拆第二封信的結果更離譜了，因為那只是百科全書的廣告傳單，出版社為了讓收信人盡快閱讀，故意把信封做成私人信件，就連寄信人署名也印上了社長的親筆簽名，旁邊並寫上出版社社名。但是，平介只看到一個男人的名字，頓時怒火中燒，立刻將信封拆開來。直到看見五顏六色的廣告傳單時，才開始嘲笑自己。

第三次便是同學會的邀請函。

平介充滿了罪惡感。但是如果放任不管，對他來說無疑是一種折磨。當他發現只要看到了信的內容，就能讓自己寬心，這種行為彷彿像吸毒般地上癮了。這種情況，現在已經無法從信件上得到滿足了。

其實，平介最近老是趁直子不在時，偷偷進去她的房間，開過她的抽屜，翻過書架上的筆記本。理由與拆信相同，都是想窺探她的私事。

他並沒找到日記，但是確信她把日記放在房間的某處。平介將她的通訊錄抄在一張紙上，再把月曆上註明的行程日期抄在自己的萬用手册裡，連她下一次的生理期是幾號、衛生棉去哪裡買都一清二楚。

即使如此，他仍然感到不安，目前最困擾的還是電話。

總是在晚上九點半有人打電話找直子，十點左右結束通話。來電的人應該是相馬春樹，他雖然為深夜來電一事道過歉，但似乎不認為這種行為有何不妥。

還有一點令平介相當介意，就是他發現直子偶爾也會打電話給對方。只要查一下每個月的電話帳單就知道了。

因此，他會時時刻刻留意家裡的話機。要是直子打電話出去，『分機使用中』的燈號也會閃爍。但是到目前為止，除了對方來電，平介倒是從未發現那個小燈亮過，這就表示她不曾打電話出去囉！不過，這又無法解釋電話費增加的事實，因為他自己很少用電話。

不然，就是直子趁平介不在家時打電話。平介平時加班晚歸、假日加班、出去理髮時都有可能；再不然，就是趁他在洗澡的時候了。喜歡泡澡的平介，每次洗澡至少都要花掉三、四十分鐘。這麼長的時間，也夠他們閒聊了吧！

等他留意到這件事，就改掉泡澡的習慣，一洗完身體，就直接出來了。

但是，問題還是沒有解決。他困擾的並不是打電話，而是他不知道他們的談話內容，這讓他感到極度地不安。

這就是為什麼當他看到竊聽器廣告時，深覺自己得救的原因。

平介看看時鐘，社團活動差不多要結束了吧！

今天有點冷，所以她應該會去『YUKINKO』吧……

他想起一家札幌拉麵店，那家麵店位於直子的學校附近。他是從直子房間裡的垃圾桶找到了收據，才知道她經常到那家麵店吃麵。除了『YUKINKO』之外，他還在垃圾桶裡發現『味福』煎餅店、『KURURU』咖啡店的收據。應該還有其他餐廳吧！不過很多店家都不會開收據給高中生，所以就不得而知了。

要是去『YUKINKO』的話，應該會點叉燒麵吧……

那是直子最愛吃的口味，他還知道一碗六百五十圓。

34

平介輕鬆地泡在浴盆裡，哼完了一首歌才起身，用毛巾擦乾全身。步出浴室之後，還用浴巾擦擦頭髮與身上的水滴，抹上生髮水，再用吹風機吹乾頭髮，穿上睡衣才走出更衣間。回到和室看看時鐘，他花了將近四十五分鐘洗澡。

一看電話，『分機使用中』的訊號已經消失了。他從藏在收納櫃後面的錄音機裡拿出錄音帶，果然錄過音了。可能是聽到他從浴室裡出來的聲音，才掛斷電話吧！他最近才發現，開關浴室門都會發出很大的聲響，而旁邊就是走廊，聲音會清楚地傳到二樓。

平介拿著錄音帶上樓。這時候，直子的房間裡不可能會傳出説話的聲音。剛講完電話，現在應該正在用功念書吧！

他走進房間，從書架上拿起隨身聽，裝入錄音帶，戴好耳機，倒帶。

聽錄音帶是他每天的一大樂趣，從開始竊聽至今已經持續一個禮拜了。他大概了解直子的通話對象及他們的談話內容。

這麼做讓平介安心了不少。這個禮拜，相馬春樹都沒來電，而直子也沒打電話給他。現在，常打來的是一個名叫笠原由里繪的同學，好像是直子最要好的朋友，直子也常常打電話給她。

不過，要是打電話給同學，根本不需要趁我洗澡的時候打啊！平介一度這麼想過，但馬上又了解這是直子的體貼之處。她總是盡量避免做些讓平介感到不安的事。

直子與笠原由里繪的對話，對於第三者來說，其實很有趣，也很好笑。笠原由里繪在批評老師或男同學時，直子幾乎都是笑著聆聽。她那極盡尖酸刻薄的用詞，實在是一針見血，讓聽者有一種痛快的感覺。

從她們的談話中，也可以得知學校裡的八卦消息。平介知道那個姓菅原的男教官，平時的作風非常嚴苛，私底下又跟幾個喜愛的女學生交情匪淺；學校裡還傳聞一個姓森岡的男同學讓外校女生懷孕了……諸如此類。連這種標榜高升學率的明星高中，也有這種八卦消息，讓平介再次大開眼界。

錄音帶倒帶完成，他按下播放鍵。今天會聽到什麼內容？他興奮地期待著。

（喂，這裡是杉田家。）

直子首先開口，聽起來像是接到來電，所以這通電話應該是對方打來的。

（啊……喂，是我，相馬。）

平介突然感到一陣燥熱，那個男孩子終於打電話來了。

（啊，你好啊！）

（現在方便講電話嗎？）

（現在可以啊！）

（果然是真的！竟然都被妳說中了，真準耶！）
（那是他的老習慣啦！搞不好連他自己都没發現呢！）
（咦？他都是九點半準時洗澡嗎？）
（嗯，你看嘛！職棒轉播不都是九點半結束嗎？本來是播到九點，現在延長了三十分鐘。他每次都看完轉播再去洗澡，久了就變成習慣啦！）
（喔，這樣子啊。真有趣！）
經她一說，好像是真的耶！平介心想，的確每次都是九點半左右，職棒轉播結束之後才會去洗澡。這個習慣一直到球季結束之後還持續著，這一點連他自己都没發現。
兩人的話題轉移到網球社，都是一些無關緊要的內容，因為他們幾乎天天見面，所以也没什麼特別的事需要談。
直子與相馬交談時，不再使用敬語，這一點讓平介坐立難安。從什麼時候起他們變得這麼親近了？只要一想到此，就讓他熱血沸騰。
（呃，對了，那件事妳考慮得怎麼樣？）
相馬壓低了聲音說道。
（你是說聖誕夜嗎？）
（嗯！）
（我考慮過了……）

直子變得吞吞吐吐。平介用手捂住另一隻耳朵仔細聆聽，直覺接下來的對話絕對不能錯過。聖誕夜指的就是聖誕節前一天晚上囉！

（妳還有其他計畫嗎？）

（沒有啊！）

（那就沒關係呀！妳平常都不肯跟我約會，至少聖誕夜那一天答應我吧！）

聽起來像是要約直子與他共渡聖誕夜。平介簡直快腦充血了，真是太任性了，明明還是個小鬼嘛！他氣得心跳加快。

（我們不是天天都會見面嗎？）

沒錯，這樣就夠了。平介在心裡嘀咕著。

（妳是不是討厭我？）

（問題不在這裡。以前不是跟你說過了，我不能不顧家啊！）

直接說討厭他不就好了嗎？平介心想。

（我知道，小奈必須做家事，很辛苦。但是只有那一天而已啊，難道就不能想想辦法？小奈也應該有自己的時間啊！）

平介握緊了拳頭。這個小鬼在胡說什麼？你又懂什麼？

（大家都以為我們在交往呢！他們還會問我去哪裡約會？去哪裡玩？我說我們從來沒有約過會，他們都不相信。我覺得好難過。）

你自己難過吧……

（以前不是跟你說過了！你要是想約會，就去找其他女孩子啊！）

（又來了，妳老是把我想成是那種一碰釘子就去找別人的花心大蘿蔔，我對妳可是很認真的！）

直子沈默了，她的沈默讓平介感到焦慮。因為平介覺得這個男孩子的話動搖了她的心。

（聖誕夜的約會，我已經計畫好去哪裡吃飯，可是要事先預約……）

（你不要為難我嘛……）

（不到最後我不會放棄。所以，妳再好好考慮一下吧！）

（嗯……）

為什麼不乾脆拒絕他？平介氣得咬牙切齒，只要叫他以後別再打電話來不就好了嗎！

（對了，我剛才在電視上看到一隻很奇怪的動物耶！）

也許不想在不愉快的氣氛下結束對話，所以相馬主動轉移話題，直子也跟著附和。

這段對話持續了幾分鐘，在直子說了「我爸爸好像洗好了。」這句話之後便結束了。

離聖誕節還有一個禮拜，平介根本無心工作，就算待在公司裡，也無法集中注意力。幸好目前是年底，公司裡的工作正好都告一段落。不然的話，常常心不在焉的平介或許會被小阪罵得很慘。

此刻，他的腦海裡只有一件事，就是直子的決定。那晚，他們通過電話之後，相馬春樹不曾再來電。所以平介根本不知道他們的決定，說不定他們早就在學校裡說好了！不過，應該不可能，因為社員練球的時候不可以交談，這是他偷聽到的。

再仔細回想，直子這個禮拜的言行舉止好像怪怪的，常常發呆，有時跟她說話她也沒聽見，或許她正在煩惱該如何解決這件事吧！

想必她的內心一定混雜著兩種感覺；一部分是以前的直子，還有一部分是十五歲的少女；成人的心態非常了解現實狀況，也可以冷靜地判斷是非。但是，少女的心態就不同了，一直處於極度不安的狀況，所以才會讓她這麼煩惱吧！

就在聖誕夜的前一天；十二月二十三日，相馬來電了。平介一如往常地在房間裡偷聽他們的對話。

（明天四點，在新宿紀伊國屋書店門口。可以嗎？）

相馬的聲音聽起來很苦惱，充滿了一種無形的壓力。

（等一下，我還是不能去！）

（為什麼？要是妳爸不答應，我去跟他說。）

（就算你拜託他，還是行不通啦！）

（怎麼會？不試試看怎麼知道！）

（反正明天不行啦！）

（妳又不是有事……）

（我真的有事，一定要待在家裡，對不起！）

（騙人！妳別想敷衍我。）

直子頓時啞口無言。此時，平介開始坐立難安。

（我會等妳，四點在紀伊國屋等妳。如果妳不想來也沒關係，不過我會一直在那裡等妳。）

（你不要為難我嘛！）

（是妳在為難我吧！我根本不知道妳在想什麼，所以乾脆不想，決定照自己的意思去做。）

（我還是不能去！）

（隨便妳。但是我會去，四點喔！別忘了！）

不等直子回答，相馬就把電話掛斷了。平介心想，或許直子等一下會打電話給他，索性讓錄音帶繼續轉動，但是後來就沒有聲音了。

平介把隨身聽收好，走出了房間。他猶豫了一下，敲敲直子的房門。請進！直子應道，聲音聽起來似乎心情不太好。
「我要進去了！」他說著便打開了門。
直子坐在書桌前，桌上放著筆記本和參考書，不過並不表示她正在念書。
「今天這麼晚了還在念啊！要不要下樓喝杯茶？」
「啊……不要了。難得這時候你會想喝茶。」
「是嗎？只是突然想喝啦！」
「微波爐上面有一些土產，人家送的，你可以吃呀！」
「好，那我去看看！」平介在走廊上，又回過頭來說道：「明天是聖誕夜耶！」
「嗯！」直子仍然面向著書桌。
「妳有什麼計畫嗎？」
「嗯……沒有。」
「是嗎？那我們明天晚上出去吃點好的！」
「明天一定到處都是人啦！聖誕夜，剛好又是週末。」
「還是叫壽司外送？過個日式聖誕節。」平介說完，正準備離去時，直子叫住了他：「啊，等一下。」
怎麼了？
「我明天說不定會出去。」直子吞吞吐吐地說道。

「去哪裡？」平介感覺臉上一陣痙攣。

「朋友要我陪她買東西，不過現在還不確定……」

「這樣啊！」平介了解直子在想什麼，或許連她自己都無法決定，才會這麼說。萬一真的要出去時才有藉口。

「妳如果要出去，會不會很晚回來？」

「應該不會吧！我馬上……嗯，應該一兩個小時就回來了。」

「這樣啊！」平介點點頭便離開了。

一兩個小時，這讓他稍稍放心。直子可能去赴約，然後和相馬在咖啡店裡聊一聊而已吧！

即使如此，晚上他還是失眠了，他覺得讓直子與相馬春樹見面，其實有很大的風險。在直子內心深處的某些感覺，可能會一觸即發。

平介翻來覆去就是睡不著，眼睜睜地看著天亮了。

第二天早上，果然是一個萬里晴空的好天氣，彷彿老天也在祝福著準備今天約會的情侶們。平介望著陽光普照的小庭院，吃著直子做的炒飯。這一餐算是早午餐，他昨晚整夜沒睡，直到快天亮時才開始進入夢鄉，睡醒時已經是早上十點多了。

「今天我想整理廚櫃。」平介吃飽飯，邊喝茶邊說道：「櫃子裡一定有很多東西不要了。今年還會來收一次不可燃垃圾吧！所以我想先整理起來。」

「可是，廚櫃裡的東西應該都算大型垃圾耶！也不能當成不可燃垃圾啊！」

「有什麼關係？反正先整理好，等到要丟的時候，就比較輕鬆。」

「又不能馬上丟，你把它堆在外面，不是很難看嗎？馬上就要過年了，不需要這麼大費周章嘛！」直子又替平介倒了一杯茶。

「是嗎？」平介喝了一口，其實他也不想今天大掃除，只是找個理由把直子留在家裡罷了。剛好想到了廚櫃，才閃過這個念頭。

「奇怪？放在哪裡？樹，聖誕樹。藻奈美小的時候，我們不是買過一棵聖誕樹嗎？」

「啊，那個呀？應該放在壁櫥裡吧！」

「這裡嗎？」平介說著，便起身拉開壁櫥的門。

「你在幹嘛？不用拿出來啦！」

「為什麼？難得的聖誕節啊，拿出來應應景嘛！」

壁櫥裡塞滿了許多紙箱、收納箱、紙袋等雜七雜八的東西。平介一一拿出來，放在榻榻米上。直子只是站在一旁，冷眼旁觀。

壁櫥裡有一只細長的紙箱，箱蓋的隙縫露出了一些閃亮紙飾。

「找到了！」平介打開箱蓋，裡面放著一棵柏樹模型和許多七彩裝飾品。

「你真的要弄嗎？」
「是啊！不行嗎？」
「也不是啦……」這時，直子偷瞄了一下時鐘，這個舉動還是逃不過平介的眼睛。
現在時刻剛過了中午。
平介花了一個小時，才把聖誕樹組合完成，並把它放在收納櫃上。
「總算有一點聖誕節的氣氛了。」
「嗯！」直子正在廚房裡洗碗，瞥了他一眼。
「喂，要不要出去走走？」
平介的邀約，讓她的心頭震了一下，因而挺直了背。
「出去走走？去哪裡？」
「去逛街啊！妳最近都沒買新衣服吧，我買給妳，就當做聖誕禮物，然後再買一個蛋糕。難得連聖誕樹都搬出來了，咱們就來過個像樣的聖誕節吧！」
直子並沒有答腔。她只是站在那裡，盯著流理台，最後慢慢地轉身，走進了和室。
「昨天不是說過了！我今天會出去。」
「可是妳不是還沒確定嗎？而且妳朋友也沒打電話來！」
「我說過我要打電話給她，差不多是時候了。」
「回絕她嘛！就說不去了。」

「但是人家只找我耶！」

「反正也不過是逛逛街嘛！叫她找別人啊！」

「可是……我還是先打個電話吧！」直子走出和室，好像想上樓打電話。

「在這裡打嘛！」平介說道，但是直子還是上樓了，裝作沒聽見。

他望著話機。『分機使用中』的訊號燈閃爍著，她正在打電話，也許是打給相馬。

幾分鐘之後就結束通話，直子立刻下樓。

「朋友還是希望我一起去，我出去一下，馬上就回來。」

「妳說的朋友是誰？」

「由里繪啊！笠原由里繪。」

「妳們要去哪裡？」

「新宿。我們約好三點見。」

「三點？」

「是啊！所以我得準備了。」直子再度跑上樓。

平介傾著頭。昨天相馬來電時，不是約四點在紀伊國屋見面嗎？難道她剛才打電話給相馬更改時間嗎？

剛才那通電話應該錄下來了吧！平介有一股偷聽的衝動，不過，萬一被直子撞見了，那就糟了。

直子在兩點左右出門，一身紅毛衣外加一件連帽黑外套，平介發現她還畫了淡妝。
等她出門之後，平介便把錄音機拿出來，直接倒帶，按下播放鍵。
（喂，你好，我是笠原。）
（由里繪嗎？是我。）
（啊，藻奈美，怎麼了？這時候打電話來？）
（有件事想拜託妳？）
（怎麼了？發生什麼事？）
（也沒有啦，只是接下來可能會很慘！）
（咦？怎麼說？）
（我等一下要出去，只是想先跟妳串通好，就說是我們約好去逛街。）
（嘿嘿……要我串供啊？）
（抱歉！我想我爸應該不會打電話向妳求證。）
（嗯，知道了。我今天就不接電話囉，我也會跟我媽說好，叫她應付妳爸。我媽在這方面還算滿開明的！）
（不好意思，麻煩妳了。）
（下次請我吃東西就行了。妳要加油喔！）
（咦？什麼意思？）

（別裝傻啦！聖誕夜找人串供，想幹嘛誰不知道，我只是覺得自己很可憐！）

（真的很抱歉！）

（妳不用一直跟我道歉啦，再拖拖拉拉的，約會就要遲到囉！）

（嗯，再見！）

這通電話便掛斷了。直子早就知道平介會懷疑她，即使如此，她還是出去了。是因為很想見相馬春樹嗎？還是因為相馬那句「我一定會等妳來！」呢？不過，有一點可以確定，至少今天相馬春樹比平介重要。

平介盤腿而坐，雙手交抱，盯著牆上的時鐘。

不祥的預感正侵襲著他，隨時都會失去直子的恐懼感，就像一個巨大的陰影籠罩著他。

平介動也不動地坐著好一陣子，屋內並沒有開暖氣，他卻一點也不冷，額上還冒出了汗珠。

然後，他站起來，衝上樓，急急忙忙換上外出服。

平介在三點五十分抵達新宿車站，便迅速走向紀伊國屋。雖然還不到四點，他卻不敢掉以輕心，要是他們倆碰面了，應該會馬上離開吧！

當他走到紀伊國屋前面時，剛好是三點五十五分。他就站在書店的不遠處，不少人以這家書店做為碰面地點，尤其是今天，幾乎都是年輕人。

在一根柱子旁邊站了一個很眼熟的年輕人，高大的體型穿著一件深藍色雙排扣外套，非常搶眼。年輕人手裡拿著一個紙袋，應該是聖誕禮物吧！他看起來沒什麼精神，可能正在擔心等的人不會出現吧！

年輕人稍稍抬起頭，細長的雙眼好像看到了什麼，臉上的表情明顯地變得很開朗。

平介循著他的視線望過去，果然看到了直子。她有些靦腆地走向他，一臉高中女生的羞澀表情。

平介邁出步伐，勇往直前地走向相馬春樹。

年輕人向前走了一步，直子則是邊走邊跑。兩人的距離只剩下五公尺左右，漸漸縮短。

直子正想開口，或許她想說：「等很久了嗎？」沒想到，連這句話都來不及說，就看到了平介。

此刻，彷彿一切都靜止了。直子停下腳步，表情變得非常僵硬。

平介不發一語地走了過去。相馬春樹察覺有異，回頭一看，也看到了他。

頓時，相馬的臉上出現了驚慌失措的表情。

35

這種場面好像在哪一部電影裡出現過。此刻所發生的事也許只是一種錯覺，而平介的另一種人格正客觀地審視這件事。

書店四周人來人往，但是平介的眼裡只看得到直子與相馬，或許他們倆也有相同的感覺，一動也不動，凝視著這個步步逼近的中年男子。

接著，平介站著不動，三人的位置正如一個正三角形。

「爸……」首先開口的是直子。「為什麼……」

這句「為什麼？」充滿了許多疑問。為什麼知道我們約在這裡？為什麼你會出現？

平介並沒有回答她的問題，只是凝視著年輕人。

「你是相馬……吧？」

是的！他動了一下嘴唇，但是沒有發出聲音。

「感謝你在聖誕夜約我女兒。」平介向他低頭致意，接著又抬起頭看著他說道：「但是，藻奈美還是不能跟你交往，我也不會答應。」

相馬瞪大了眼睛，然後看看直子。

平介也望著直子。而直子分別看看這兩人，默默地低下頭，緊咬嘴唇。

「反正就是這麼回事。不好意思，我要帶藻奈美回去了。」

平介走到直子身後，輕推她的腰。她完全沒有反抗，順勢向前跨了一步。

「等一下！」相馬叫住他們。「為什麼？為什麼不可以？」

平介轉頭看著年輕人，他很想解釋，但是不能。不，就算他說明整件事的來龍去脈，對方也是無法理解，一定會以為他在開玩笑，而感到很生氣吧！

「我們生活在不同的世界裡。」平介只好這麼說：「我和我女兒的世界，與你的生活完全不同。就算你們交往也不會有好結果。」

平介搭著直子的背，輕推著她。直子就像棉花糖般又輕又軟。

相馬以哪種表情目送他們離去，平介無法想像。呆滯地佇立？還是怒火中燒？或是根本搞不清楚狀況？

直子就像傀儡般任由平介擺佈，無論站著或坐著，她只是有樣學樣罷了。在電車上，她一句話也沒說，失神的雙眼只是恍惚地看著地面。

快要下車時，平介才留意到她手裡的百貨公司提袋，不用問就知道裡面是什麼東西。平介也明白她為什麼要提早一個小時出門了，她是出去替相馬買禮物。

平介帶著面無表情的直子回到了家，正準備開門的時候，隔壁的吉本和子剛好走了過來。平介微笑致意，直子依然面無表情，連看都不看一眼。吉本和子一臉訝異。

進屋後，直子慢吞吞地脫了鞋，步伐沈重地走進走廊，無非就是想直接上樓，把自己關進房間吧！平介並不想阻止她，打算讓她靜一靜。
想不到，她卻在樓梯口站住了，原本垂頭喪氣的她，突然抬起了頭。
怎麼了？平介連這句話都來不及問，直子就把手上的皮包和紙袋丟在地上，走進了和室，站在正中央，低頭查看收納櫃下方。
平介站在門口望著她，完全不知道她想幹嘛？直子走近收納櫃，一把抓起電話機，接線從隙縫中被拉了出來。她粗魯地推開擋在前面的舊報紙堆，大批廢紙頓時散落一地。
這時候才明白她的企圖。平介心想，這下子完了。但是卻愣在那裡，呆望著她的舉動。現在，就算阻止她也太遲了。
終於，直子找到了她想要的東西，她把手伸進收納櫃與牆壁的隙縫，拿出了收錄音機。
「這是……什麼？」她拿著那台黑色機器，喃喃問道。然後，表情漸漸地變了，接著她大吼：「這是什麼？」
平介啞口無言，只是愣在那裡。直子按下了倒帶鍵，接著再按下播放鍵。從喇叭裡傳出一段對話。
（你好，我是笠原。）
（由里繪嗎？是我。）

（啊，藻奈美，怎麼了？這時候打電話來？）

（有件事想拜託妳？）

（怎麼了？發生什麼事？）

（也沒有啦，只是接下來可能會很慘！）

直子按下停止鍵，她的手不停地顫抖。

「你竟然幹了這種事？」連聲音都在發抖。「從什麼時候開始？」

「兩個禮拜……」平介的聲音哽在喉嚨，咳了一下才繼續說：「大概是兩個禮拜以前吧。」

直子的臉上出現了痛苦的表情。

「難怪我覺得很奇怪。你不可能知道今天的事啊！想不到你竟然……」

「那是因為我很在乎妳啊！」

「但是也不能做這種事啊！」直子把錄音機丟在地上，機蓋開了，錄音帶掉了出來。「我也有隱私權吧！你……做出這麼下流的事，難道不覺得可恥嗎？」

「那我問妳，瞞著我去跟男人約會就可以嗎？難道不卑鄙嗎？」

「我不想讓你擔心才瞞著你呀！」

「哼！別說的這麼好聽。要是照妳這種說法，只要瞞得住就可以在外面亂來嗎？」

「才不是呢！我今天根本就不是跟相馬約會，你應該偷聽到他說過的話吧！他今天會一直在那裡等，我不希望變成這個樣子，所以才去見他，想把禮物送給他就回來了。如果不這麼做，他一定會很難過。」

「他愛等就讓他等嘛，這樣子不是更快了斷！」

「我怎麼可能做這種事，明知他在等我……」

「問問妳自己吧，為什麼事情會演變到這種地步？是因為妳跟那傢伙太親近了吧！故意向他示好，他才會喜歡上妳。一開始別理他不就好了嗎？」

「我又沒對他怎麼樣！他問我就答，他打電話我就接，哪裡不對了？」

「妳沒有權利這麼做！」平介脫口說出這句話。

直子驚訝地瞪大了眼睛，呼吸變得急促，肩膀激動地晃著。

平介直視著她的眼睛說道：「聽好，妳可是我老婆。外表雖然是藻奈美，但是妳始終都是我老婆，這是永遠不變的事實。妳得到一個年輕的身體，想要重新活過一遍，我並不反對。但是妳別忘了，必須得到我的允許才行。」

直子蹲了下來，眼淚不聽使喚地滴落。

「我並沒忘記！」

「不，妳忘了，妳拼命地想忘記。到目前為止，我還自認是妳的丈夫，所以絕對不能做出對不起妳的事。我不搞外遇，也沒有再婚的念頭。妳還記得那個橋本老師嗎？我曾經對她有好感，也想跟她交往看看。但是，到後來我連通電話都不敢打，因為我不想背叛妳，我覺得我還是妳丈夫。」

平介緊握雙手，低頭看著直子，沈默的氣氛充塞在狹窄的和室裡。這時，他聽到一種怪聲，像是風從窗子隙縫吹進來的聲音，後來他才發現，那是自己的呼吸聲。

直子站起來，好像一具損壞的木偶，被人用線拉起來似的。她不發一語地走出了房間，有氣無力地上了樓。

平介跌坐在地上，一種空虛感席捲而來，他看不見前方的路，也找不到退路，心中充滿了絕望。他撿起地上的錄音帶，卻不想裝回去。他把手伸進收納櫃與牆壁之間的隙縫，再把接線拔出來。

此時，不知從何處傳來一種怪聲，像是笛聲。平介豎起耳朵聆聽。

聲音從樓梯上方傳來，那不是笛聲，是幽幽的啜泣聲。

36

過年後，一月份也過了一半。平介很久沒去工廠探班，今天在休息室見到了領班中尾，中尾問他：「阿平，你是不是瘦了？」

「咦？有嗎？」平介摸摸臉頰反問。

「有啊，你們看是不是？」

在場的其他人紛紛點點頭。

「臉色也不太好，是不是哪裡不舒服？最好去看醫生喔。」中尾說道。

「我又沒什麼毛病！」

「這樣子才糟糕，等到你自己發現時就慘了。這可是為你好喔，去看醫生吧！年紀也不小了。」

「嗯，這我知道嘛！」

也許真的瘦了。平介知道原因，但絕對不是生病，只是最近沒什麼食慾。

並不是家裡沒東西吃，只要一回家，晚餐就準備好了。適逢假日，三餐一定準時出現在餐桌上。但是他一點胃口也沒有，只要與直子共處，胸口就有一種壓迫感，什麼都吃不下。

自從聖誕夜以後，直子就很少跟他說話，而且面無表情。除了做家事，她總是關在房間裡，好幾個小時都不出來。

平介心想，她這麼做是不是衝著自己而來？但是最近才發現並非如此。學校導師打電話來關切藻奈美的情況。原來，她在學校裡一樣地無精打采，並且在一過完年，就退出了網球社。

聖誕夜發生的事，對她打擊很大吧！平介知道自己的所做所為深深地傷害了她。但是，當他自問該怎麼辦時，卻又找不到答案。

下班了，平介迅速離開公司。從年初起，他就盡量避免加班，因為他很擔心直子。回到家一開門，第一件事就是找鞋子，只要看到直子的鞋子整齊地放著，他就鬆了一口氣。那表示今天一切正常，她乖乖地回家了。

會不會哪一天她出門以後，就不回來了？平介常常提心吊膽。因為，她只要逃到一個平介找不到的地方，就可以用十六歲少女的身分生活，不但可以談戀愛，還可以結婚。她可以過一個全新的生活。

可是，她到現在都沒離開，可能是遲遲未做決定吧！也許她擔心住宿和生活費的問題！不過，也有可能早就決定了，只差何時付諸行動而已。或許平介明天回家時，門口已經找不到她的鞋子了。

直子並沒有在和室。平介上樓，敲敲她的房門。是！一個微弱的聲音應道。

這時候，平介才鬆了一口氣。
其實，平介更害怕一件事；他擔心直子想不開會自殺。因為，這是讓她脫離痛苦的最簡單方法。不，搞不好她曾經考慮過。
不過，至少她今天的情緒沒有那麼低落。
平介打開了房門說道：「我回來了！」
「回來啦！」直子面向書桌，頭也不回地應道。她好像在看書，最近幾乎天天都在看書。
「妳在看什麼？」平介靠近她問道。
直子的身體稍稍往後傾，然後把書拿起來，書本左上角有書名。
「『清秀佳人』啊！好看嗎？」
「還好啦！有書看就好了。」直子說道。聽她的口氣，好像想逃避現實生活。「該吃飯了，我來準備吧！」她把書本闔上。
「沒關係，不急嘛！」
這時，平介看到垃圾桶旁邊有一張摺疊的白紙，便把它撿起來。直子見狀驚呼一聲。
平介把那張紙打開一看，『一年二班　滑雪之旅簡章』幾個字映入眼簾。看起來像是文書處理機印出來的。

「這是什麼？」平介問道。

「你看了不就知道了！班上同學計劃春假去滑雪，這是組團的宣傳單。」

「原來不是學校辦的活動啊！」

「不是啊！所以我不會去，這樣總可以吧！」直子從他手中搶過那張紙，狠狠地撕碎，再丟進垃圾桶。「得去煮飯了。」她說了這句話，便站起來。

「直子！」平介叫住她。「妳恨我嗎？」

直子低著頭，沈默不語。

「我不恨你。」然後，她發出細蚊般的聲音。「只是很不安，不知道該怎麼辦。」

平介點點頭說道：「是啊，我也是。我現在也不知道該怎麼辦。」

接著，兩人都沈默不語，氣氛變得凝重異常，窗外的寒風呼呼作響。平介有一種錯覺，覺得他們倆此刻正無助地站在荒野中。

他突然想起了直子的種種，並不是現在的直子，而是過去的直子；那個愛笑、饒舌的女人。現在的直子已經不會笑了。

「喂！」她說道：「我們……做愛吧！」

平介回頭一看，她低著頭，盯著自己的腳，在一頭柔亮的長髮間，隱約露出了白晰的頸項。

「妳真的……要嗎？」他再度確認地問道。

「我突然覺得，只有那個方法才能解決我們的問題。光是心靈上的交流，根本不夠。」

「是嗎？」

「你不想嗎？」

「怎麼說呢！突然跟我提這個……老婆，妳想不想？」平介問了這句話，才驚覺自己的用詞。「老婆！」從什麼時候開始用這個稱呼的？

「我……我想，只有自己的身體才知道吧！」

「是嗎？我也一樣吧！」平介搔搔頭說道。

他把現在的直子當成一個普通女人，所以才會對相馬春樹產生強烈的嫉妒心。但不代表他對直子充滿性幻想。與其說不曾想過，倒不如說是潛意識抗拒這種事吧！

「要……試試看嗎？」他終於開口了。

直子沈默不語，走到床邊坐了下來。

「把燈關掉。」她說道。

平介關掉牆上的開關，日光燈熄滅了，整個房間頓時籠罩在黑暗中。不過，窗縫透進了外面的光線，眼睛很快就適應了。

直子在床上開始脱衣服，平介隱約看到她的裸背。然後，她背對著他鑽進了被窩。

「可以了。」她説道。

怎麼辦？平介開始思考。先脱衣服吧！脱得只剩下內褲時，便摸索著走近了床邊，還踢到椅子。直子蒙著臉縮在被窩裡，平介掀起被子的一角，感覺直子的身體很僵硬。

「呃……」她說道：「雖然很老套，但你還是要溫柔一點喔。這可是我的第一次耶！」

「啊啊……對喔！」

平介有點猶豫地脱下內褲。他的陰莖還沒勃起，但是他有預感會有反應。

「啊……」平介說道：「没準備耶，怎麼辦？」

「什麼？」

「套子啊，保險套！」

直子仍然背對著他，說道：「我那個快來了，應該沒關係吧！」

「是嗎？」平介想起這是他們以前做愛前的對話。

他把手伸進棉被，指尖觸到直子的肌膚，感覺她的身體微微顫抖。於是，他把手再伸進去一點，輕輕撫摸她的手臂。

没想到她的肌膚竟然如此光滑細緻。如果不是這麼柔軟，如果没有體溫，他一定會以為這是一具大理石雕像。這麼完美的軀體令他深深感動。

一瞬間，他的下身開始起變化，陰莖勃起了。

他的手心開始冒汗，而直子的身體比先前更僵硬了。

他想撫摸直子的身體，可是手卻不聽使喚，腦中似乎有一種強烈的念頭阻止他。回來！回來！……是誰在叫喚。

時間慢慢地過去了。黑暗中，平介和直子完全靜止不動。

「直子！」平介說道：「我看算了吧！」

她深深吸了一口氣，答道：「好吧！」

平介伸出手，起身凝視某處。他拾起內褲穿上，並留意著腳邊。

窗外的風呼呼地吹著，連街上的空罐子滾動的聲音都聽得一清二楚。

37

平介有一通外線電話。之所以知道外線，是因為響聲與內線不同。下游工廠今天會打電話過來，可能就是這一通吧。他接起了電話，總機的回答卻令他出乎意外。

「有一位札幌的根岸來電，要找杉田先生。」

「啊，我就是！」他答道，根岸是誰？但是立刻又想到，北海道的根岸拉麵店。根岸文也啊！他想。

「喂，你好。請問是杉田先生嗎？」話筒彼端卻傳來一個女人的聲音，而且聽起來有點年紀了。

「是，我就是。您是根岸女士？」

「我是根岸典子。呃，您可能忘了，不過您以前見過我兒子。」

「是、是！」平介換手拿起話筒。「我當然記得，已經有好幾年了吧！」

「怎麼說呢！我兒子當時對您太無理，真抱歉！我也是最近才聽他提起的。」

「沒有啦，他也沒怎樣，您知道那個時候的事啦？」

「是啊，我實在嚇了一大跳……」

「是嗎？」

當時，聽文也的口氣，好像並不想讓他母親知道他們見面的事。難道是事隔久遠，他才說出來的嗎？還是不小心說溜了嘴？

「呃……是這樣子，有件事一定要告訴您。明知您很忙，還是想占用您一點時間。」

「啊，沒關係！不過，您不是在札幌嗎？」

「呃……我在東京，來參加一位朋友的婚禮。」

「啊，這樣啊！」

「只要三十分鐘就夠了，今天或明天都可以，只要您指定地點，我一定過去。」

「您現在在哪裡？」

「我在東京車站附近的飯店。」

根岸典子說出飯店名稱。因為她的朋友後天會在這家飯店舉行婚禮，她本來想明天才到，但是為了聯絡平介，所以提前一天過來。

「那我過去找您吧！明天中午怎麼樣？」

「好，我當然沒問題，不過您方便嗎？不然我也可以去貴公司附近……」

「啊，不過我不知道今天會幾點下班，反正您住的地方很好找嘛！」

「這樣啊，真不好意思。」

兩人約好下午一點在飯店的咖啡廳碰面，就結束通話了。

平介在想，她現在還來找我做什麼？根據當時文也的描述，根岸典子根本不想與梶川幸廣有任何瓜葛，現在卻又主動與他聯絡，到底想說什麼？

雖然，對於車禍的記憶依然存在，但隨著時間的流逝，在平介心中所占的份量已經沒有那麼重要了，不然日子也過不下去。老實說，曾經想追根究柢的他，到後來也覺得無所謂了。關於梶川為什麼會超時工作，在得知是因為賺錢給前妻之後，調查就算告一段落了。雖然還有很多疑點，偶爾也會擔心梶川逸美，但是這些都是過去式了。

而且，現在還有令他更煩惱的事情。

他並沒有告訴直子要與根岸典子見面的事。若向她提起了，一定會喚起以前的回憶，到時候又會讓她想起藻奈美的死，再想到目前的情況。如果演變成這個樣子，兩人之間的氣氛一定會鬧僵，他想避免這種情況。

週六雖然天氣晴朗，陣陣寒風還是冰冷刺骨。平介圍上圍巾就出門了，他說是因公外出。今天是國定假日，所以學校放假，直子坐在暖桌旁打毛衣，這是她的拿手絕活。平介發現她最近在家裡變得不太想念書，也絕口不提考醫學系的事。當然，平介也不過問，他早就知道她會怎麼回答。

走在路上，陣陣寒風比他想像中還冷，耳朵都快凍僵了，上了電車才鬆了一口氣。不過，距離約定地點還有幾分鐘的腳程呢！早知道就約在其他地方。

平介站在飯店咖啡廳的入口，才想到根本就不知道對方的長相。一名服務生走過來問他：「請問，一位嗎？」

「不，我找人。」就在他說這句話的同時，一名身材瘦削的中年婦女回過頭來看他，並戰戰兢兢地站起來。一身淡紫色針織衣裙，罩著一件同色系的薄外套。

「請問，您是杉田先生嗎？」

「是的！」平介點點頭走向她。

「不好意思，讓您百忙中抽空前來。」她說道，並鞠了躬。

「哪裡、哪裡，請坐吧！」

不久，根岸典子點的奶茶送來了。平介則點了咖啡。

「您的兒子還好吧？」

「嗯，還好！」

「我記得那時候他還在念大學三年級，現在應該已經在工作了吧！」

「不，他去年才考進研究所。」

「喔……」平介不由得注視對方說道：「真是太了不起了。」

「哪裡！他說還有許多課程想念，而且想自己打工付學費。」

「您兒子真懂事。」

咖啡送來了，平介什麼也沒放，就直接喝了一口。

根岸典子有個在研究所念書的兒子，所以目前的年紀應該是五十歲左右吧！仔細一看，她的臉上有許多皺紋，不過五官清秀、氣質脱俗，相信她年輕時候應該是個美人胚子。

「事實上，我前幾天在兒子的抽屜裡看到一張照片，那是他小時候的照片，大概是四歲的時候照的，而且整張照片裁成橢圓形。」

啊，平介點點頭。他想起那張照片。

「我一直逼問他照片的來源。剛開始他説在舊相簿裡找到的，我知道他在説謊，家裡並沒有這孩子小時候的照片呀。後來，他才勉強説出杉田先生的事，我聽了之後，嚇一了跳。沒想到發生這種事，我竟然不知道。」

「他説他不會把跟我見面的事告訴您。」

「真的很抱歉！如果當時能見到您，就能早點向您説明了。」

「他已經跟我説了很多啦！包括為什麼會這麼恨他爸爸……」

「是啊，但是他並沒有説出全部的真相。不對，其實……」根岸典子搖搖頭，嘆了一口氣，望著平介説道：「事實完全相反。」

「相反？怎麼説？」

根岸典子低下了頭，沈默了一會兒，又抬起頭。

「杉田先生在那次車禍中失去了愛妻吧！」

「嗯！」平介應道。

「太不幸了。其實，那場意外我也應該負一半責任。不過，我不知道該怎麼做才能補償您。」

「您的意思是說，梶川先生為了寄錢給您，才會超時工作，引發這場車禍嗎？」

「嗯……我剛開始做生意的時候，並不順利，資金周轉困難。雖然平常的生活費勉強湊得出來，卻沒辦法供兒子念大學。就在那時候，那個人打電話給我，他知道文也馬上就要參加大學聯考，所以才問我要不要讓文也繼續念書，然後又問我錢夠不夠用。雖然不想靠他，不過還是忍不住把困難全部告訴了他。」

「所以，梶川先生就替妳想辦法了吧！」

「是的，從那時候開始，他每個月都會寄給我十萬圓。我想，就讓文也念大學吧，哪知道那孩子居然重考，又讓那個人辛苦了一年多。不過，文也也知道不能浪費別人的錢，所以才報考國立大學……」

「原來如此。不過關於車禍，妳根本沒有必要道歉。梶川先生本來就是以贖罪的心情寄錢給妳啊！」

「贖罪……」

「是啊，以彌補拋棄妳們母子倆的過錯。照妳兒子所說的，應該是這樣子吧！」

根岸典子緩緩地閉上眼睛、睜開，然後說道：「不是，正好相反。」

「怎麼說呢？如果妳覺得贖罪這個字眼太強烈了，那就解釋成盡人父的責任啊！我認為父親負擔兒子的學費本來就是天經地義的事嘛！」

根岸典子搖搖頭說道：「不，那個人根本不用負責任。」

「為什麼？」

她舔舔嘴唇，表情顯得有點猶豫。過了一會兒，才嘆了一口氣說道：「文也他……不是那個人的孩子。」

「什麼？」平介驚訝地注視著她。根岸典子則點點頭。

「那……文也是誰的孩子？他總是妳親生的吧！」

「當然，他是我親生的骨肉。」根岸的表情稍稍和緩地答道。

「那麼，文也是妳和前夫生的吧！不過他從沒提過這件事啊！」平介指的「他」就是文也。

「户籍上登記文也確實是梶川幸廣的孩子。」根岸典子說道。

「户籍上登記……事實上並不是這樣子嗎？」對於平介的問話，她點點頭。

「在嫁給他之前，我在薄野陪酒，文也是我和當時的男朋友生的孩子。」

「是嗎……」原來她以前是陪酒女郎，難怪衣著打扮相當入時。平介恍然大悟。

「這麼說，妳和梶川先生結婚時，就已經懷孕了？」

她從皮包裡拿出一條手帕，掩著嘴說道：「我本來以為和前男友已經斷得一乾二淨了，没想到在婚禮之前，他突然出現，想和我重修舊好。雖然我們早就分手了，不過他發現我要嫁給別人，又覺得捨不得了。」這是常有的事，平介聽了點點頭。

「不過，當他知道我沒有那個意願時，便要求我陪他最後一次。如果我當時拒絕就沒事了，但是他保證只要我陪他一天，他就不會再來糾纏我，我怕將來會有麻煩，所以就答應了。」

「然後就懷了文也？」

是的，她輕聲地說道：「那是發生在婚禮的前三個禮拜，雖然他再也沒出現，可是我卻懷孕了。當我知道自己懷孕時，也很煩惱。因為這個孩子有可能是他的，我本來打算瞞著先生去墮胎。」

也就是說，這個孩子也有可能是梶川幸廣的。

「但是當我看到先生興奮的表情，又狠不下心拿掉孩子，最後只好賭賭看了。這孩子也有可能是我先生的。」

根岸典子不知道何時開始稱梶川幸廣為自己的丈夫，平介覺得這也是理所當然。

「妳是從什麼時候發現他不是梶川先生的孩子？」

「我記得在文也念小學二年級的時候，我先生在公司裡接受驗血，回來就很不高興。他問文也的血型。我想，完了！結果真的不同。我是A型，文也是O型。而我先生在驗血前一直以為自己是B型，因為他的兩個兄弟都是B型。」

「結果他不是B型！」

「嗯，檢查結果是AB型。我先生也知道A型和AB型不可能生出O型的小孩。」

「妳也是當時才發現的嗎？」

「是啊，不過，老實說我並不意外。後來仔細一想，其實我在懷孕時，就有預感孩子不是他的，但是卻故意忽視這種感覺。我早就發現，文也長得一點也不像我先生。」

「後來妳有沒有把真相告訴梶川先生？」

「我當然說了，因為根本不能再瞞下去了。」

「所以他一怒之下就離家出走了？」

「他的確是為了這個原因離家的，不過卻不是怪我。他從來就沒罵過我，在聽了我的告白，顯得異常冷靜，即使喝醉酒也沒有對我翻過舊帳，對文也的態度也和以前一樣，只是變得不太喜歡講話，總是望著窗外出神，好像在想什麼。在我說出真相的兩個禮拜以後，他才離家出走，當時，他只帶走一些隨身衣物和文也的相本而已。」

「沒有留下隻字片語？」

「有啊！」根岸典子從皮包裡取出一只白色信封，放在桌上。

「我可以看嗎？」

可以啊！她答道。

平介拿起信封，裡面有一張便條紙，打開一看，上面有一行潦草的字。『對不起！

我沒辦法繼續畫父親的責任了。』

「我看了就忍不住哭了。」她說道。

「在離家出走前的那兩個禮拜，他都沒有罵過我，只是自己在考慮能不能繼續當文也的父親。我現在一想起來就好心痛，對他真的很抱歉。我很後悔瞞了他這麼多年。」

平介點點頭，並想像這些事情如果發生在自己身上，會怎麼處理？要是直子對自己說出這種事，一定會臭罵她一頓，說不定還會出手打她呢！

「等一下，也就是說，梶川先生明明知道文也不是自己的孩子，卻還是替他付學費……」

「是的。」根岸典子用手帕輕按眼角。

「所以，我才會說您的推測與事實正好相反，需要贖罪的應該是我，但是他卻不計前嫌。」

「為什麼？因為他還愛著妳？」

她聽了平介的話，輕輕搖搖頭。

「當時，他已經另結新歡了，而且還說很愛老婆。」

「那……為什麼……」

「他是這麼說的；他說，文也需要父親，在母親困苦的時候，父親可以出面幫忙。

但是，我卻說：『你又不是文也的親生父親，為什麼要這麼做？』他卻反問我，文也覺得怎樣才幸福？」

「怎樣？」

「承認我不是他的親生父親呢？還是把我當作他的父親？我想了很久，才回答他：『幸好你是他父親。』然後他就說：『是啊，我也是這麼想，所以才想繼續做那孩子的父親。當他遇到困難時，我就以父親的身分幫助他。當我知道我和文也沒有血緣關係時，我只是一味地考慮能不能盡到為人父的責任，卻沒有想過讓心愛的人幸福。我這麼喜歡文也，選擇離開了他，我真傻……』他說完了這些話，就在電話裡哭了起來。」

根岸典子挺直了背，正襟危坐地敘述這件事。她的聲音雖然有些顫抖，卻沒有哭出來。從她的表情就可以得知她想把整件事解釋清楚。

平介覺得呼吸變得有點不順，心跳越來越快，胸口有些發疼。

「當我得知出了意外，本想立刻趕過去的，至少也要為他上一柱香。直到看了新聞報導，才知道肇事原因是他的疏忽，我忍不住想大叫，不是他的錯，他是為了我們母子才硬撐著工作啊！但是，在文也面前我卻裝作毫不在乎。我受了他的照顧，卻又假裝什麼都不知道。」

根岸典子嘆了一口氣，喝了一口涼掉的奶茶。「但是，這次從文也那裡聽到關於杉田先生的事，讓我覺得不應該再隱瞞下去了。就在三天前，我把所有的事都告訴了文也。」

「他有沒有覺得打擊很大？」

「多少有一點。」根岸典子笑道：「不過我很慶幸告訴了他。」

「是嗎？」

「我認為您也該知道整件事的始末，所以才來拜訪，也許你會覺得很無聊。」

「不，我很高興知道事情的真相。」

「聽您這麼說，我這一趟總算值回票價了。」她把那只信封收進皮包裡。

「其實，我還有一件事要拜託您。」

「什麼事？」

「聽我兒子說，他的老婆已經過世了。」

「啊……」她指的是梶川征子吧！

「是啊，已經好幾年了。」

「他們好像還有一個女兒。」

「嗯，叫逸美。」

「那……您知不知道怎麼聯絡那孩子？我想見她一面，把她父親的事告訴她，然後再盡力補償她。」根岸典子邊說邊流露出誠摯的眼神。

「應該知道吧！她曾經寄給我賀年卡，等我確認之後再通知妳。」

「對不起，那就麻煩您了！」她拿出名片放在平介面前，上面印著『熊吉拉麵』的字樣。

她收好皮包，忽然想起什麼似的，轉頭望著玻璃窗外的庭園。

「啊，真的下雪了，果然被我料中了。」平介也循著她的視線望過去，雪花就像白色花瓣般，無聲無息地飄落下來。

38

平介離開飯店之後，在通往東京車站的人行道走著。雪緩緩地飄落著。

根岸典子的話在他腦海中縈繞著，彷彿聽到了未曾謀面的梶川幸廣的聲音：「讓自己心愛的人幸福……」

我和你不一樣，梶川先生！如果我的處境和你相同，或許我也能做得這麼瀟灑。但是現在的我……

又是一陣喘不過氣來的感覺，彷彿什麼東西從胸口蹦出來。平介覺得很累，於是蹲了下來，脖子上的圍巾掉在地上。

雪花在水泥地上融化，看樣子應該不會積雪。片片飄落的雪，讓平介聯想到天真的小孩子。

「你沒事吧！」一名年輕男子問道。

平介並看對方，就舉起一隻手說道：「嗯，我沒事！不好意思。」

他站起來，立刻將圍巾重新圍好。問候他的人是一個矮小的上班族男子，身穿一件灰褐色外套。

「你沒事吧！」男子又問了一次。

「嗯，我真的沒事了，謝謝您！」

上班族男子笑了一下，便往反方向離開。平介等他走了之後才繼續往前走。

其實，我早就知道答案了！他想。

不需要誰來告訴他，幾年前他就知道自己該怎麼做了……

到家之後雪也停了，應該説這裡本來就不太下雪，因為路面並不濕。

玄關的門没有鎖，直子的鞋子整齊地排放著。探頭望望和室，没有她的踪影，平介連圍巾都還没脱下，就上樓找人，敲敲她的房門，也没有回應。

此刻，他有一種不好的預感，猛然推開房門一看，直子並没有在裡面，書桌上還放著讀到一半的小説。

難道在廁所裡？要是在廁所裡，門外應該放有拖鞋啊！他記得剛才没看到。

平介下了樓，果然也不在廁所裡。他走進和室，看看廚房，這時候，院子裡好像有動靜。

落地窗没上鎖，平介望了一下院子，發現直子蹲在角落。有一隻淡棕色的花貓站在她面前，不知道是誰養的，脖子上還掛著項圈，項圈上有一個小鈴鐺。

直子把手裡的魚丸剝成小塊，正在餵它。貓咪好像吃得很高興。

平介拍拍玻璃，直子聞聲回頭，她的臉龐顯得格外柔美。啊，對了！這就是她原有的表情。平介心想。

但是，直子的表情並沒有持續多久，一看到平介，馬上就拉下了臉。
平介打開落地窗。此時，正在吃魚丸的貓，擺出警戒的姿勢。
「那是誰家的貓啊？」平介問道。
「我也不知道，這陣子牠常常跑來。」
貓咪聽到平介的聲音，就迅速跳上圍牆逃走了。吃到一半的魚丸遺留在草地上。
直子脱掉涼鞋，經過平介身邊直接進屋，把吃剩的魚丸用衛生紙包好，放在餐桌上。
「關於滑雪旅行……」平介舔舔乾裂的嘴唇説道：「妳去吧！」直子突然停下了動作，一臉疑惑。她皺著眉，看著平介。
「什麼？」
「滑雪旅行啊，行程表不是寄來了嗎？妳可以去啊！」
直子一臉不可思議的表情，愣愣地盯著他的臉。
「為什麼突然提起這件事？」
「我只是想説妳可以去啊，妳不是很想去嗎？」
「你該不會跟我開玩笑吧？」
「當然不是啊，我真的這麼想！」
直子連眨了好幾次眼睛，然後垂下了眼簾，從表情可以看出她正在打量平介的用意。
她重新望著他，搖搖頭說道：「我不去。」
「為什麼？」
她沒有回答，面無表情地走出了和室，平介望著她的背影叫道：「藻奈美！」
直子站住了，肩膀微微顫抖，肯定受到了很大的衝擊。她回頭看著平介，眼睛佈滿了血絲。
「為什麼……」她低聲問道。
平介關上落地窗，面對著直子。
「對不起！這麼長的一段時間，讓妳受苦了，現在我所能講的就只有這句話而已！」對不起！平介低下了頭。
頓時，一切彷彿靜止了，所有的聲音突然消失了。過了一會兒，平介又聽到了各種聲音；車聲、小孩子的哭聲、鄰居的音響。
其中，混雜著一種哽咽聲。他抬起頭看到直子在哭泣，臉上有幾道淚痕。「藻奈美……」他又呼喚了她一次。
她用雙手摀著臉孔跑開了，直奔樓上。接著，平介聽到用力關門的聲音，頓時渾身無力地跌坐在地上。他盤起雙腿、雙手交抱著。
此時，他似乎瞄到院子裡有什麼東西在動，原來是剛才那隻貓，又跑回來繼續享受遺留在草地上的魚丸。

沒什麼大不了的，平介心想，反正也不過是一個季節又結束罷了。

從傍晚開始，直子就一直關在房間裡，到了晚上也沒有出來。平介很擔心，敲了好幾次她的房門。由於每次都聽到啜泣聲，才比較放心。

平介只在門口叫了她一次，他隔著門問道：「要不要吃晚飯？」接著，她以沙啞的聲音回答：「我不吃！」

過了八點，平介才煮了一碗泡麵，獨自進餐。

這時候居然還會肚子餓，連平介自己都覺得很可笑。不過，從現在起，最好開始學煮飯了。

吃完飯之後就去洗澡了。接著，又看看報紙和電視來打發時間。平介覺得自己冷靜得不可思議，他知道此刻已卸下了重擔。

他把兩塊冰塊扔進玻璃杯，再倒入一些威士忌，拿進房間獨酌。他盤著腿坐在棉被上，一口一口地啜飲著威士忌，同時努力把所有思緒排除。他試著說服自己今天並不是什麼重要的日子，不知是不是這個方法奏效了，玻璃杯一空，睡意也湧了上來。他關掉燈，鑽進被窩裡。

結果，平介這天晚上都沒有見到直子。別說是晚餐了，直子連廁所都沒上。

他想起婚前和直子約會的情景。從白天他們見面開始，一直到晚上在她家門口道別為止，她都沒上廁所。一直以來都是如此，平介在約會時，至少會去上一次廁所，電影院的廁所或是餐廳的廁所。

本來以為直子是趁他離座時跑去上廁所的，不過，他還是覺得很奇怪，通常男女兩人同時進入廁所，先出來的通常是男方呀！

等他們感情穩定了之後，他曾經問過她這個問題，她有點不好意思地告訴他。原來答案是這麼簡單啊！

「我憋住了呀！」她說道。

追問她原因，她簡潔地回答：「因為太煞風景了嘛！」

雖然平介覺得這根本不是問題，不過也沒有再追究下去，他覺得直子可能有一套自己的想法。

平介在黑暗中閉上雙眼，這個舉動也表示封閉了過去的一切吧！眼簾裡的黑色顆粒組成一種奇妙的圖案，就在他仔細凝視時，世界突然顛倒了過來。

這是一種奇妙的甦醒方式。待他回過神來，才看見天花板，也不知什麼時候醒的，靈魂飄到了某處，現在又回到了肉體裡……他就是這樣子醒過來的。

平介坐了起來，打了一個寒顫，這時才發現早上真冷。

他急忙脱掉睡衣，換上休閒服，還加了一件毛衣。在穿褲子的時候，嘴裡還不時叨念著好冷好冷。

走出寢室，看見對面的房門半掩著，平介猶豫了半晌，才從門縫窺探，直子並不在裡面。

平介下樓，在倒數第三階發現直子的一隻拖鞋，然後又在走廊上看到另一隻。他往和室一看，直子穿著睡衣，望著院子出神。

「藻奈美！」他叫了一聲。她緩緩地回頭，看見他。「爸……」

「穿這樣子會感冒喔！」平介說道，同時察覺直子的神情有異。她的手指按著太陽穴。

「爸，我怎麼了？」

「什麼？」

「我應該和媽媽坐在巴士上，一起回長野外公家啊！為什麼會在這裡？」

39

平介頓時無法理解她的話。或許該說，聽是聽見了，卻一時無法接受。平介慢慢地靠近她問道：「妳說什麼？」

直子的表情變得很痛苦，她用雙手抱著頭。

「我的頭好痛喔！爸，我到底怎麼了？好像生病了。」

「藻奈美……」平介急忙抓住她的手，並搖晃著她。「振作一點！」

她茫然地望著平介，然後皺起眉頭。

「爸，你好像瘦了。」

難道？平介想著。還是發生了嗎？

他嚥了口水，問道：「藻奈美……」

「什麼？」

「妳現在幾歲，讀幾年級？」

「我？你在說什麼啊！我現在五年級，馬上就要升六年級啦！」她簡潔有力地答道。

平介忽然渾身燥熱，心臟開始激烈跳動，呼吸也變得不順暢。

他終於理解了目前的狀況。藻奈美回來了，藻奈美的靈魂醒了，但是為什麼到現在才……

「藻奈美，乖乖聽爸爸說，妳還認得我吧？」他抓著她的肩膀問道。

「認得啊！」

「太好了。妳才剛睡醒吧！醒來之後就下樓了，是嗎？」

「嗯，總覺得身體輕飄飄的，好像還在睡。」

「好！照我的話做，先坐下來。對，就是這樣，慢慢地……」

平介讓她坐好，她則骨碌碌地轉動著一雙大眼睛。

頓時，好多事情湧進了平介的腦海中，就像大塞車的高速公路。他不明白在這種情況下，直子跑去哪裡了。不過，只要一想到這個問題就會使目前的情況變得更混亂，所以只好將它暫時拋開，先解決眼前的問題。

「藻奈美，聽好！先看看自己的手，再看看自己的腳。」

她照做了，先看看雙手，再看看睡褲下的腳。

「有什麼感覺？會不會覺得很奇怪？」

「有啊！」

「哪裡奇怪呢？」

「長大了，指甲變得好長喔！」

「這就對啦！」平介握住她的雙手，說道：「剛剛妳提到巴士，其實，那輛巴士出了車禍，妳受了重傷，昏睡了好長……好長的一段時間。雖然剛剛才醒過來，不過在妳昏睡的這段時間，身體一直在成長。」

「咦……」她瞪大了雙眼，看著自己的身體，然後望著平介。

「我睡了幾個月？」

平介搖搖頭，說道：「是好幾年，正確說來應該是……五年了吧！」

她顯得很驚訝，抽回了手，碰觸自己的臉龐。

「就像植物人……一樣嗎？」

「不，說來話長……」平介含糊地應道，他不知從何解釋。

接著，她又問了一個問題。「媽呢？」

平介一臉狼狽，他知道必須說些什麼，但是又找不到適當的詞句，只能無意識地動著嘴唇。

「媽怎麼了？出車禍以後怎麼樣了？」她一直追問。

然後，她從平介的沈默與臉上的表情好像有所領悟，她用雙手捂著嘴巴叫道：「太過分了……」接著，就撲倒在榻榻米上，發出了嗚咽的哭聲，背部激烈地顫抖著。

「藻奈美、藻奈美！聽我說，媽媽已經離開了，但是她還活著，媽媽的靈魂還活著啊！」平介邊說邊撫摸她的背。

但是，她並沒有停止哭泣，以為平介只是在安慰她。

「藻奈美，過來一下。」平介抓起她的手臂說道。
但是，她卻像孩子般，搖著頭鬧彆扭。
「藻奈美，妳過來，妳不想看看媽媽嗎？」
她聽到這句話，才停止了哭泣。
「可是，她不是死了嗎？」
「她的身體死了，不過心還活著啊！」平介拉著她的手，帶著她到自己的房間。
「這是妳的房間吧！」平介問道。
她有點遲疑地望了一下房間，沈默地點點頭。
平介走近書桌，從書架上取出兩本參考書。
「妳仔細看，這裡擺的都是高中教科書和參考書，妳現在是高中一年級的學生了。」
她拿起書本，茫然地站著，一臉驚恐。
「很奇怪吧？其實在妳昏睡的那段時間，發生了一件不可思議的事。死去的媽媽，居然跑進妳的身體裡，代替妳長大呢！」
「代替我……」
「是啊！」平介將視線移到書架上，發現了一本小相簿。他拿起相簿，翻開裡面的照片，那都是直子參加社團時照的。他抽出其中一張特寫照。接著，又將桌子的抽屜打開，拿出一面圓鏡，再把這兩種東西交給藻奈美。

「先看看自己的臉，再和這張照片做個比較。」

「我覺得好恐怖喔！」

「沒關係啦！」

她接下了鏡子和照片，雖然有點遲疑，不過還是慢慢地照了照鏡子。

啊！她不自覺地驚叫了一聲。

「怎麼了？」

「呃……」她一邊看著鏡子說：「還長得……滿漂亮的……」

「是嘛！」平介笑道。「再看看照片吧！」

她比較照片和鏡子裡的自己，然後抬起頭。

「真不敢相信……」她喃喃自語，然後就蹲坐在那裡，雙手抱膝，把臉埋在其中。

「媽媽替藻奈美活得好好的喲！」平介把網球拍拿出來說道。

「她很用功，也考上了好學校，還加入網球社呢！妳媽啊，過著青春不留白的生活呢！所以……」他回頭一看，頓時停住了。藻奈美縮著身子，一動也不動。

「喂！藻奈美、藻奈美……」平介搖晃著她的身體。

她閉起眼睛，抬起了頭，然後再慢慢地睜開了眼睛，盯著平介。

「爸……」她的臉上充滿了不可思議的表情。「怎麼了？奇怪……」她看看四周，然後望著他。「發生了什麼事？」
平介從她的表情得知，直子又回來了，頓時感到安心，因為他以為直子不會回來了。
「怎麼了？」她又問了一次。
平介回答了她的問題。「剛剛……藻奈美出現了。」

40

幸好今天是週日，要是藻奈美趁他上班時，突然現身的話，搞不好會一發不可收拾。

平介在和室裡，一邊喝茶一邊將事情的來龍去脈解釋給直子聽。直子在他說到一半時就變得很興奮。

「這麼說藻奈美根本沒死，也就是說，基於某種原因，她的意識一直處在沈睡狀態。」

「大概是吧！」

「啊……」直子雙手合十，說道：「簡直不敢相信，我真的好高興喔！沒想到居然會有這種好事。」

「但是她又不見了。」

「只要出現過一次，一定還會再來的。沒事，不會有事的！」直子堅決地說道。她的表情和昨天以前大不相同。

「不過，很難把整件事解釋清楚。總之，我先把重點告訴她了……」

「當然不可能一下子就要她弄清楚啊！」直子好像在思考，沈默了片刻才抬起頭說道：「我想，最好是由我來說明，因為我最清楚這孩子的事了。」

「可是，這怎麼可能嘛！」平介說道：「藻奈美出現的時候，妳根本不在呀！」
「可以寫信啊！等她出現時，只要看看我的信不就可以了。」
「啊，原來如此。」
「現在就寫吧！然後隨身攜帶，因為不知道她什麼時候會回來。」
「那……如果我不在場，藻奈美突然出現的話怎麼辦？比如在學校……」
就算直子隨身帶著信，可是甦醒的藻奈美並不知情，一定會陷入恐慌。
「果真如此，那也沒辦法啊！」直子說道：「因為顧不了那麼多。你可以不上班，一直守在我身邊嗎？」
「怎麼可能嘛！」平介搔搔額頭說道。
「是吧！如果真的變成那樣子，我們只好向其他人解釋女兒最近情緒不太穩定囉！」
「還真麻煩啊！」平介面有難色。「看來，我們只能祈禱不要發生那種事了。」
「我倒覺得沒什麼好煩的。」
「為什麼？」
「只要我不睡就沒問題啊！我得先睡著了，藻奈美才有可能醒過來呀！這次的情形不就如此嗎？」
「原來如此！或許妳說的對。」

「我得小心別在上課時打瞌睡呀！」

「真是的！」兩人相視而笑。感覺有好幾個月沒有這麼輕鬆了。

直子回復一臉正經，一邊把玩著茶杯，一邊說道：「可是，總覺得怪怪的！」

「會嗎？」

「我和藻奈美共用一個身體，等於說我們交互使用。」

「啊……」平介點點頭。「可以這麼說。」

「其實……」直子盯著平介的眼睛說道：「是我該消失的時候了，一定是的。」

平介避開她的目光說道：「別說這種無聊話。」然後一口氣喝光了杯內的茶。

然後，他們決定在晚上辦一場溫馨的小派對。直子炸了雞塊、煎好漢堡，平介則到附近的糕餅店買了一些高級小蛋糕。這些都是藻奈美最喜歡吃的。

歡迎回家，藻奈美！兩人如此說道，並用葡萄酒乾杯。

藻奈美的意識，有一段時間都沒再出現。平介每次下班，總是先看看她的臉，心想她到底是誰，不過她的回答總是一樣。「可惜，還是我！」

有一陣子，直子的心情低落到谷底，讓人擔心她會自殺，不過現在卻變得很開朗。不知是否因為得知藻奈美復活，還是平介已向她表明要扮演父親的角色。無論那一種原因，只要能看到直子高興的樣子，就算藻奈美不再出現也無所謂。

不過，直子卻一直深信藻奈美會出現，好像一直寫信給她呢！

「如果，藻奈美趁你在的時候出現，你就叫她看看襪子裡面。」

「襪子裡面？」

「我藏了一張便條紙，上面註明了藏信的地點。」

平介明白了。隨身攜帶一疊厚厚的信，的確不是一件簡單的事。

就這樣過了六天，然後又到了週日。

平介突然有一種預感，起了個大早，披上外套便去敲直子的房門。沒有回應。平介悄悄打開門，發現她坐在床上，背對著門。「呃……」平介試圖叫她。她挺直了背，回頭一望。眼神看起來很落漠，是藻奈美，他立刻知道了。

「感覺怎麼樣？」

她看看自己的手心，然後用手貼著額頭，一副頭痛的樣子。「我……好像又睡了好久。」

「嗯……」平介進入房間說道：「這次沒有那麼久，只有一個禮拜啦！」

「這一段時間我都在睡覺嗎？」

「也沒有啊，我不是跟妳說過，媽媽住在妳的身體裡嗎？」

藻奈美一臉疑惑的表情，傾著頭說道：「讓我照照鏡子。」

平介從抽屜裡拿出鏡子，交給她。她顯得有點畏縮。

「果然不是做夢，我真的長大了。」
「妳上一次醒過來時，我告訴妳許多事，妳還記得吧？」
她點點頭，說道：「我還以為做夢呢！」
「這可不是夢。啊，對了！妳媽有留話喔！」
「咦？給我的嗎？」
「她要我告訴妳，如果妳醒來的話，找找襪子裡面。」
「襪子？」她看了看四周。床邊果然掛著一雙白色泡泡襪。她取下襪子，看看裡面，好像發現了什麼，她掏出一張便條紙，說道：「是這個。」
「這是媽媽給妳的留言。」平介說道。
藻奈美打開紙條，看完內容之後再交給平介。上面寫著：『書架的最下面　右邊的筆記本　妳自己看』
平介望著藻奈美，然後將視線移向書架，她也循著他的目光看過去。
藻奈美坐在書架前，按照紙條上的指示拿出一本筆記本。
「找到了⋯⋯」她說道，然後把那本封面有貓咪的筆記本拿給平介。上面有粉紅色簽字筆寫的一行小字『給藻奈美』。那是直子的筆跡。
「妳媽不是叫妳一個人看嗎？」平介說道。
她沈默的點點頭。

「那爸爸先下樓了，如果有什麼事就叫我喔！」

他走出房間，關上了門。

在樓下等待的時刻，令平介坐立難安。直子到底寫了什麼？藻奈美會有什麼感覺？不管最後演變到什麼地步，他都準備以平常心看待。

過了兩個小時，樓上竟然沒有任何反應。平介開始擔心了，他準備起身察看時，突然聽到樓上開門的聲音。

接著，藻奈美從樓上下來，進入和室，眼神看起來飄忽不定。

「還好吧？」平介問道。嗯！她應了一聲就一屁股坐下，凝視著榻榻米。

「發生了好多事喔！」她平靜地說道。

「嗯，畢竟過了五年嘛！妳媽把五年來的事都寫出來了嗎？」

「嗯，不過她說一次寫不完，只寫了大概。我讀起來很吃力。」

「我想也是。」平介說道，不過他認為寫的人更辛苦。

「真是不可思議。我不知不覺就變成了中學生，然後中學畢業又變成高中生。」

「妳媽參加了兩次考試耶！」

「是啊，嚇了我一跳。」

「妳媽認為她是在替妳生活，所以不希望做出後悔的事。」

「是嗎……」她說道，突然間眼睛半閉，頭開始搖晃。「怎麼搞的？我好睏喔！」

「想睡覺？」
「嗯，好睏喔。爸，我睡著了以後，就換媽媽出來了嗎？」
「是啊！」
「那……替我向媽媽問好，跟她說謝謝……」藻奈美閉上眼睛，躺在榻榻米睡著了，並傳出熟睡的鼾聲。
這樣會感冒！平介想著，然後準備將她抱上樓，這時候，她突然張開了眼睛。啊！她驚呼一聲。平介也跟著叫了一聲。
她先是東張西望，然後抬起頭看著平介。
「藻奈美出現了嗎？」
「嗯，不過又睡著了，然後妳就出現了。」
「啊，對不起，我又來了。」
「哎呀，先別說這個……」平介坐好，說道：「那本筆記簿，她好像看完了。」
「她有沒有說什麼？」
「她嚇了一跳，然後又說要謝謝妳。」
「謝謝？」
「嗯！」平介把剛才藻奈美說的話轉述給直子聽。
直子眨著眼睛說道：「得趕快讓她知道所有的事，那孩子不知道的事太多了！」

「別寫些奇怪的事喔！」
她明白他指的是什麼，苦笑了一下。
「放心啦，我不會寫的。」
「這樣就好！」
「喂，爸爸！」直子說道：「藻奈美回來了，我真的很高興耶！」
「是啊，我也是！」他答道：「就像做夢一樣。」
「嗯，我真的好開心喔！」她說著，望著院子。
平介以為貓又來了，也跟著看看院子，但是什麼也沒有，只有隨風搖曳的雜草。

41

他們現在過著一種奇妙的家庭生活，也許這樣說比較貼切。在外人的眼中，杉田家並沒有有任何改變；喪妻的中年人和女兒的感情相當融洽。其實這個家庭有三個成員，外人無法體會。

三月了，從藻奈美復活的那一天起，到現在剛好滿一個月。

「我覺得藻奈美明天早上可能會出來！」晚飯時，直子吃到一半說道，表情略顯緊張。

「妳確定？」平介停下筷子問道。

「有可能啊！」

平介點點頭。直子會這麼說，藻奈美就一定會出現。根據她的說法，她總有一種難以形容的預感。

「怎麼辦？」平介問直子。

「讓她去上學吧！我跟她說過了，如果在平常早上醒來的話，該怎麼應對。我覺得那孩子不會驚慌的。」

直子和藻奈美好像用那本筆記本交換日記。因此，藻奈美才能把過去發生的一切，和現在的狀況掌握得一清二楚。

「上學的路線、教室的位置、同學的長相和名字，應該沒什麼問題吧？」平介確認道。

「我都告訴她了，她說她記熟了。」

「再來，就是上課了。」

「應該也沒什麼問題。」

「嗯，好像沒什麼問題。不過實在很不可思議，藻奈美竟然會做高一的數學題目呢！她也不知道為什麼會這樣子，就把問題解開了，而且她也懂得那些高中數學的符號。」

「真的很不可思議！」直子側著頭應道。

從車禍發生至今，這五年來所發生的事，藻奈美當然不知道。不過，令人驚訝的是，只有透過學習才了解的知識，藻奈美卻和直子具有相同的程度。對於昏迷前還是小學五年級的藻奈美來說，那些高中生的習題都難不倒她，甚至連從未接觸過的英文單字也不例外。

「我也不知道為什麼，就是看得懂，反正我就是看得懂。」她邊說邊解答英文習題。

關於這一點，平介和直子有一套自己的解釋。可能是直子和藻奈美共用的腦，在不同區域產生個別的自我意識，所以才會有獨立的感覺，與意識有所關聯的體驗也分別記憶在腦中。

不過，基本上和體驗無關、靠學習所得的知識等等，都被儲存在腦中的共有區域。所以，直子所吸收的知識，藻奈美也可以應用。

藻奈美從平介那裡得知這種假設，興奮地說道：「那以後念書就交給媽媽，我負責玩就好了。」不知直子的反應如何。

「在學校裡會不會發生交換情形呢？」平介問道。

「不知道耶！最近，藻奈美清醒的時間越來越長了，應該可以撐到第六堂課結束。不過，以防萬一，我叫她盡量利用午休的時間睡覺。而且，在睡著之前所發生的事，都必須確實記錄下來。如果在學校裡突然要交換，我也不知道該怎麼辦。」

「真麻煩！那本筆記簿算是妳和藻奈美的另一個頭腦。」平介說道，直子嚴肅地點點頭。

「真的喔！就像健忘症一樣。」

「什麼？」

「健忘症啊！記憶力急速衰退，很容易忘記剛才發生的事。這種人如果想過正常生活，必須仰賴備忘錄。自己的所作所為、言行舉止都必須完整的記錄下來，然後在進行下一個動作之前，一定要先看過備忘錄。例如，在公共澡堂洗完澡之後，先看看備忘錄，確定洗過澡了才能回家。如果不這麼做，很可能等一下又會去洗一次澡。我和藻奈美的情況就和那些人一樣。只是，我們清醒時不會出問題，所以比他們幸運多了。」

接著，直子又說：「我想這種苦日子不會持續太久了。」

「為什麼？」

「嗯……我只是有這種感覺而已。」

她將食器放在托盤上，走進廚房。平介看著她洗碗，心中五味雜陳。

直子雖然沒有明說，不過平介卻明白，和藻奈美清醒的時間愈來愈長有關，這表示直子清醒的時間愈來愈短。最近，只要藻奈美一醒來，就會持續好幾個小時，這也是父女倆相聚的時間。對平介來說，應該很高興。但是相對的，他也發覺了直子正在漸漸遠離。

他不想失去任何一個。但是，這種想法畢竟太自私了。

藻奈美第一次去上學時，並沒有發生問題。這一天，平介一回到家，就看到直子正在煮晚飯。據她所言，藻奈美在回家之前都沒有睡覺。回來後，大概是累了，躺在床上睡了一下，就換直子醒來了。

「課程好像都跟得上，和同學之間也能自然交談。她真的很開心耶！」直子好像打從心底高興地述說著。

接著，藻奈美從每三、四天去一次學校，變成兩天一次。直到放春假之前，幾乎天天都去。只是，精神上似乎有些負擔，回家後一定會睡著。所以平介下班時，等門的都是直子。平介和藻奈美見面的時間，只限於早上和星期六的傍晚，還有星期天而已。

這和藻奈美不在的那一段時間沒什麼不同嘛！平介如此抱怨。直子稍稍挑眉說道：

「對你來說也許是這樣子，不過我很辛苦耶！只要一醒來就得煮飯，煮好了又得幫藻奈美寫作業。天天如此，一直重複一樣的事。那孩子要是肯幫忙就好了，她本來就該做功課啊！」

當然，藻奈美也有話說。

「我也想看電視啊！可是又沒有時間，我都忍下來了。我一睡醒就得去上學，回家就睡著了，醒來又得去學校，一直重複同樣的事，我覺得很麻煩，還想乾脆住在學校好了。雖然對於媽媽替我寫功課感到很抱歉，但是我覺得媽媽也沒那麼辛苦吧！因為我上課都很專心，把老師教的都確實記在腦中。媽媽只是把我記住的寫在紙上而已啊！」

世界上竟然會發生這麼奇妙的情況。不過平介卻很高興可以聽到她們各自的抱怨，就算母女倆共用一個身體，仍能感受到一家三口的和樂融融。

在放春假之後不久，母女倆出門進行一趟冒險之旅，她們參加了四天三夜的滑雪旅行。出發日期居然和那次意外是同一天，不過誰也沒有提起。

這四天，平介一個人顧家。雖然很擔心，不過卻不怕她們露出馬腳，他完全信任她們的默契。藻奈美不是一個人，直子和她在一起，平介對自己這麼解釋。一想到藻奈美身邊跟著媽媽，一副不能為所欲為的不滿模樣，他忍不住笑了出來。母女每天都會報平安，不過打電話的通常是直子。

「那孩子太好強了，害我每天晚上都腰酸背痛，而且她又愛亂花錢，皮包裡的錢一下子就用光了。我今天一定要在筆記本上罵罵她。」

藻奈美一定也有所抱怨吧！平介在心裡叨念著。

42

不過，平介前往千葉的下游公司洽公，回程卻發生了一件事。當時，平介一時興起，在仲町站下車。他突然想起那裡有一家店的蕎麥麵很好吃。

時序已經進入五月。天氣很晴朗，陽光照在路面上很刺眼。平介去麵店之前，順道去富岡八幡參拜。因為他想起這裡是藻奈美做七五三的寺廟。

步出寺廟，在商店林立的街道上，他看到一個很眼熟的男人迎面而來。對方年約五十多歲，皮膚黝黑，油光滿面，和身上的白色夾克很不搭調。若是直子或藻奈美看了，一定會覺得很噁心。

對方也一直注視著平介，表情透露出他也覺得平介很眼熟。沒多久，平介就想起來了，對方也同時察覺了。

「啊，是你！」平介先向他打招呼。

「啊呀呀……」男人伸出手邊說：「好久不見了！你好嗎？」

「嗯、還好！」平介握著他的手應道。

這男人是車禍罹難者家屬自救會的成員藤崎。他經營一家印刷公司，那場車禍奪走了他的一對雙胞胎女兒。

「你常來嗎？」藤崎問道。他和平介最後一次見面在四年前，現在整個人比當時胖了一圈。

「不，我剛出完差，準備回去。」

「原來如此，要不要去我那裡坐坐？我的店就在附近。」

「咦？是嗎？可是……」平介有點遲疑，不過在藤崎的熱情招呼下，只好跟著一起走了。看來，好吃的蕎麥麵下次再捧場了。

藤崎雖然說地點很近，卻讓平介坐上他的車。那是一輛嶄新的賓士轎車，車內殘留著新車的氣味，車窗旁還掛著小娃娃吊飾。

「公司在茅場町附近，開車只要五分鐘就到了。」

「咦？你以前不是說在江東區嗎？」

「現在還在啊！不過三年前我把主力轉到這裡。」

轎車開進茅場町車站旁的一棟大樓裡。藤崎把車子停在地下停車場，一副自信滿滿的模樣下了車。他的事務所位於一樓；公司寶號是『SAFEPUT』。在明亮清爽的辦公室裡，有排放整齊的電腦和相關機器，還有好幾名員工。

藤崎招呼平介坐在皮沙發上。

「目前我們公司主要是從事電腦程式設計，不過也提供輸出服務。」藤崎翹著二郎腿說道。

「輸出服務？」

「例如將電腦上的畫面列印出來。如果使用普通印表機，不但色澤差，顆粒也很粗大，整體變得模糊不清，無法滿足客户的需求。遇到這種情形，只要把磁片或是MO片交給敝公司，我們就能為客户印出最精美的品質，這就是所謂的輸出服務，就是英文的OUTPUT，但是OUT這個字不吉利，所以就把它改為SAFE。」

「哦……所以貴公司才叫做SAFEPUT啊……」

「杉山先生在哪裡高就？」藤崎單手放在沙發背上問道。平介遲疑了好幾秒，才察覺他所說的杉山就是自己。本來是想糾正他的，又覺得挺麻煩，只好將錯就錯了。

「普通的製造商啦！」他如此答道。

「是嗎？最近的製造業好像不太景氣耶？」藤崎以實業家的語氣說道。接下來，就是平介一邊喝咖啡，一邊聆聽藤崎誇耀自己的豐功偉業。然後，他看看時間，準備起身告別。

「我們互相加油吧！別忘了我們對著山谷吼叫的那一天。」藤崎送平介到門口時，用力握著他的手。這時候他們才提及車禍的事，平介想起在一周年忌日時，這個男人對著山谷大叫「混蛋」的模樣。

他離開那棟大樓，在路口等紅綠燈時，旁邊站了一個男人。男子身材矮小、禿頭，平介剛剛在藤崎事務所看過他。

「你好像被他纏了很久。」男子微笑地上前搭話。
「嗯，還好啦！」平介苦笑道。
「那個社長只要一開口就沒完沒了，都是聽他一直說……你和他在自救會認識的嗎？」
是的！平介答道。男子好像聽到藤崎和他在道別時的談話內容。
「那場車禍，大大地改變了社長的命運！」男子語畢，回頭留意四周。
「是嗎？」
男子點點頭，說道：「那場車禍發生時，他正負債累累，印刷公司快倒閉了。後來他因為死了一對女兒，所以領到一億圓以上的賠償金，而且是一次付清喔。他就是靠這筆錢，才有今天的成就。」
「這樣啊……」
交通號誌變成綠燈，平介走過人行道，男子也跟著一起走。
「那個社長常常會對我們說呢，老伴早死，自己辛辛苦苦把孩子拉拔到那個年紀，那兩個不受教的女兒，最後總算對老爸盡了一點孝道。這種話叫我們聽了，要怎麼回答才好？」
兩人走到了地鐵站入口。男子好像還要繼續往前走，平介跟他告別之後，就走進地鐵站。

並不是眼裡所見的才令人悲傷……平介很想告訴那個男人，不過還是沒說出口，因為他覺得藤崎並不想讓外人了解內心的感受。

平介的眼裡，浮現出賓士轎車裡的娃娃吊飾。那兩個幾乎一模一樣的可愛娃娃。

43

一進門就聞到咖哩香味。真稀奇！直子很少做咖哩料理，出車禍之後，就更不做了。

平介經過和室，偷瞄了一下廚房。直子站在瓦斯爐前，正在攪拌大鍋裡的食物。她穿著一件白色圍裙。

「啊，你回來了！」她說著，並沒有停下手邊的工作。

「好久沒吃咖哩了。」平介聞一聞說道。

「現在先做好，明天早上藻奈美就吃得到，她一定很高興。」說完之後就鼓起臉頰，不停地眨眼睛。那是什麼意思，平介並不了解，直到她嘟起嘴才明白。「啊！」

「妳……是藻奈美？」嗯！她動了動下巴。

「對不起，媽媽沒出現。」

「妳今天還沒睡嗎？」

「嗯，不知道為什麼一點都不想睡……這樣下去也不是辦法，才趕快去便利商店買咖哩材料。」

「原來如此！咖哩可是妳的拿手好菜呢！」

「你不喜歡吃嗎？」

「不，沒那回事。我很喜歡咖哩喔！」

平介上樓，一如往常地換上家居服，心中有一種迷亂的感覺，他知道為什麼，但是越想心情就越沈重，所以他努力排除這種感覺。

他一邊欣賞歌唱節目，一邊享受藻奈美做的料理。蠻好吃的，一點也不輸直子的手藝。藻奈美聽了，露出很開心的表情。

「我很會做飯喔！再加上媽媽的料理筆記，就更加沒問題了。」說完還做了一個勝利手勢。

「仔細一想，好久沒有和爸爸一起吃晚飯了。感覺好奇怪喔！」

「因為，平常這時候妳都在睡覺啊！」

「對喔！」她停下了手邊的動作。

「爸爸果然還是希望媽媽早點出現。」

「不，沒那回事。」平介揮揮手，說道：「也不是這樣子啦，這麼說搞不好換成媽媽要鬧脾氣了！」

「說的也是，那我就裝作沒聽見好了。」藻奈美笑道，繼續享受她的咖哩大餐。

吃完飯之後，藻奈美仍然坐在電視機前面。她一邊看連續劇，一邊說媽媽告訴她這個節目多有趣。平介則利用這段時間洗碗盤。

「啊，謝謝！」她盯著電視說道。

平介洗完之後回到和室，發現藻奈美趴在桌上睡著了。電視上傳來連續劇的片尾曲。

當他正要坐下時，她突然睜開眼睛，一臉睡眼惺忪的樣子，然後慢慢起身，揉揉雙眼，重新睜開。

「現在幾點了？」她問道。

「大概九點了吧！」

「是嗎？我睡了好久。」

「我回家時發現藻奈美還在，嚇了一跳。老實說，我也很擔心妳。」

「你以為我不會出現啦？」

「嗯！」

直子避開他的目光。

「有時候會有一種半睡半醒的感覺，那時候只要一股作氣就能清醒。不過，今天不知道怎麼了，睏得要死，一下子就睡著了，所以才會這麼晚出現。」

「原來如此啊！」平介勉強點點頭。她的解釋，還真難懂呢！

「喂！」直子回頭看著平介說道：「說不定我再也見不到你了。」

「為什麼？」

「我的事我自己最清楚了，我會慢慢地消失的。」

「閉嘴！別再說了。」

「可是，奇怪的是，我並不難過，因為這也是沒辦法啊！仔細想想，現在的情況本來就很奇怪啊！」

「那又怎麼樣？我喜歡現在的生活，藻奈美也覺得很有趣。我們就這樣維持下去吧！」

「謝啦，我覺得維持現狀也不錯。」直子吸了吸鼻子說道。

「今天吃咖哩飯吧！」

「是藻奈美做的喔！」

「是嗎？這是她的拿手好菜耶！不過其他料理應該也不錯吧，因為她從小就常常幫我忙。」

「她自己也是這麼說，全靠媽媽的料理筆記呢！」

「料理筆記？」直子點點頭說道：「啊！不趕快記下來不行。」

「妳別再說這種話啦。我們現在還是可以在一起啊！」平介有點生氣地說道。

「也對，抱歉啦！」直子笑著道歉。

當天晚上，平介很想熬夜，他想和直子相處久一點。但是，快到十二點時，直子就呵欠連連。

「我好想睡喔！」她說著就回房了。明天早上，出來的應該是藻奈美。

大約三個小時……這是直子今天與平介相處的時間。
平介洗好澡，在和室裡喝威士忌。每喝下一口，喉嚨和胃就感到灼熱。他邊喝邊強忍淚水。

44

在七月初的某一天，一位意外的訪客出現在平介的公司。九州地區已經解除梅雨警報，東京市天天都是艷陽高照的好天氣。在最炎熱的時候，那個人穿著深藍色西裝，出現在公司的會客室裡。真可憐！平介第一眼見到他時是這麼想的。

會客室裡擺了幾張四人坐的桌椅。他們就面對面地坐著。

「我母親之前突然來訪，真的很失禮。她對於在你百忙中抽空見她，感到很過意不去。」根岸文也低頭說道。他的頭髮旁分、整齊清爽，與一身深藍色西裝十分相襯。

「哪裡！她告訴我許多寶貴的線索，很多事情也明朗化了。」

文也聽到平介的話，表情顯得有點尷尬。

「多年以前，我對您那麼失禮，什麼都不知道就把您趕走了。趁這個機會再向您道歉。」

「哪裡、哪裡，那種情況下也是難免的。更何況並沒有人把整件事的來龍去脈告訴你啊！所以別再提了，也別再向我道歉了。」

平介又重複了好幾次，文也才點點頭，然後掏出手帕，擦拭額上的汗水。

「我母親交代我轉告您，她已經聯絡上梶川逸美小姐了。」

「啊，是嗎？」是平介把梶川逸美的聯絡方式告訴根岸典子的，至於接來的發展，他就不便再過問了。

「她現在在做什麼？」

「好像準備考美容師。她一個人生活，似乎過得蠻辛苦的，所以由我母親提供她經濟上的資助。」

「是嗎……」

「就當作是償還。」

「原來如此！」

逸美的父親以前也曾經資助過的這個年輕人。平介看著他的臉，不禁連連點頭。

「不過真是很意外哪！」平介重新打量他，然後搖搖頭說道：「文也居然會來我們公司應徵工作。」

「會嗎？我本來就打算找汽車業的工作啊！」

「聽說你想進汽車部門。」

「是的。」文也點點頭。

已經有不少應徵者前來平介的公司面試。理工系的學生一般都有大學的推薦函，如果沒有太大的問題，基本上都可以順利錄取。這對於即將拿到碩士學位的文也來說，更是輕而易舉。

「這麼說，原來只是巧合啊！」平介問道。

「是啊，事實上汽車業的相關工作也沒有很多空缺耶！」文也摸摸領帶說道：「如果沒認識您的話，我也不會選擇這家公司。」

「是這樣子啊！」平介拍拍頭說道：「那麼我的責任很重囉！我可不希望你以後向我抱怨公司不好喔！」語畢還不好意思地笑了一下。

文也打算今晚住在新宿的飯店，明天才回札幌。平介便邀請他今晚到家裡吃飯。

「咦？方便嗎？會不會太麻煩了？」

「要是我覺得麻煩，就不會請你了。你的意思是可以囉？」

「好，那我就不客氣了。」文也挺直腰答道。

文也和他約好快下班的時候打電話過來，然後就先行離去。平介等到快五點時才打電話回家，藻奈美已經回來了，平介告訴她今晚有訪客，她似乎顯得很慌張。

「你突然要帶客人回來，這很麻煩耶！晚飯要怎麼煮啊？」

「吃鰻魚啊！打電話給『YAJIRO兵衛』叫外送嘛！記得點最好的白燒鰻魚及魚肝湯喔！」

「這樣好嗎？」

「嗯，可是妳要把房間掃乾淨喔！」

平介掛上電話，才想到家裡已經有好幾年沒招待訪客了。

下班後，他才接到文也的電話，他們約好在車站前的書店碰面。

平介一到，就看到他，在這種天氣穿深藍色西裝本來就很顯眼，他正在買東京市地圖。

「如果能夠順利錄取的話，明年春天開始就得住在東京了，所以先預習一下。」文也笑道。

「剛開始會有一段時間必須住在公司的單身宿舍。如果有不便之處，隨時告訴我。」

「謝謝！」

「如果你覺得吃不飽，就來我家吧！所以你一定要記好我家的路線喔！」

「嗯，我會的！」

平介發覺不知不覺中，自己講話已經不再使用敬語了。他雖然不清楚未來該怎麼辦，不過還是決定維持現狀。因為他覺得這樣子很自然，而且文也比較自在。

下班時電車裡的擁擠程度，連文也都沒辦法忍受，車內雖然有冷氣，他還是滿頭大汗。下了車，他一副如釋重負的表情。

「東京人的體力絕對比札幌人好。」他一本正經地說道。

到了家，平介一進門便朝著裡面大喊：「喂，我回來了！」

一陣急促的腳步聲傳來，藻奈美光著腳跑出來。身上的黑色T恤還罩著一條圍裙。

「啊，回來啦！」

「回來了！這位是我在電話裡提到的根岸文也先生。文也，這是我的女兒藻奈美。」

我是根岸！他說完便低下了頭。

藻奈美接著說：「我是藻奈美，你好。」

接著，兩人的視線交會了兩三秒。當平介在玄關脱鞋時，兩人已經錯開了視線。

平介走進和室時，嚇了一大跳。桌上擺滿了菜餚；沙拉、炸雞塊、生魚片等等。

「全是妳做的？」平介問道。

「嗯，難得有客人來嘛！」藻奈美說完之後，輕瞄了文也一眼。

「太厲害了！還是高中生吧。佩服佩服！」

「還怕您見笑呢！仔細看就會發現偷工減料了。」藻奈美揮揮手說道。

「好了，快開動吧！我餓死了。藻奈美，去拿啤酒。」平介命令道。

是！她應道便走進廚房。

「請問……」文也問道：「那裡一直都是這樣子嗎？你們不把門打開嗎？」

平介順著他指的方向看過去，一時之間不知該怎麼回答。那裡是佛龕，根本不用開門，因為沒有祭拜的對象，至少目前是如此。

「那個嗎？」平介搔搔頭說道：「裡面雖然放著亡妻的照片，但是該怎麼說呢……後來覺得很麻煩……」

「我想上柱香，方便嗎……」文也看看平介和藻奈美問道。

「也不是不方便啦……」平介支支吾吾。

藻奈美卻拿起啤酒說道：「有什麼不可以，對吧！」

「嗯……可以啊！那，你先上柱香吧！」

「感謝你們！」文也坐正之後說道。

他雙手合十，跪坐在久未開啟的佛龕前，線香的煙像絲線般裊裊上升。平介在一旁跪坐著等待。

文也終於抬起了頭，再度注視直子的照片，然後把坐姿轉向平介。

「不好意思！做出這麼無理的要求。」

「哪裡、哪裡。不過，你倒是拜了好久啊！」

「嗯，因為要道歉的事情實在太多了。」文也微揚嘴角說道。

「來乾杯吧！」藻奈美拿著啤酒站起來。

「祝根岸先生找到新工作。」

「對啊、對啊！」平介把杯子放在文也面前。

「咦……醫學院。好厲害喔！」文也聽了，一臉驚訝的表情。
「才沒有呢，那只是我的理想啦！不曉得考不考得上呢！」
「以醫學院為目標就很了不起了。妳是女孩子耶！啊，這樣講好像有點性別歧視，不過妳真的好厲害喔！」文也顯得有點口齒不清，他喝了不少酒。
「文也先生是北星工大的碩士吧！你也很厲害啊！」
「那根本算不了什麼，想讀的話誰都可以啊！」
「我可不這麼想，文也先生念的是理工學院吧，數學一定很好囉！我有很多數學問題不懂，不知道可不可以請教你。」
「咦？現在嗎？我沒有把握耶，現在腦袋不太清醒喔！」
等我一下喔！藻奈美說完便上樓去了。
「對不起，女兒一直纏著你。」平介說道。他自己坐在一旁喝威士忌。
「沒關係！我很樂意。藻奈美小姐真的很厲害，她居然想考醫學院。」他靠著門板說道。
「那是她母親的遺願。」平介說道。
「去世的夫人……」文也將視線移向佛龕。
「嗯，就算不是醫學系也沒關係，她的夢想就是不希望女兒對人生有遺憾。」
「這樣啊……」文也看著直子的照片。

藻奈美下樓了，她把習題放在文也面前，說道：「就是這個問題。」

「咦？原來是證明題。」文也滿臉通紅地說道：「哈！原來如此。這題真的很難，首先假設x的平方等於t，然後將t帶入x的程式中……」平介雖然兩眼無神，不過還是拿起原子筆做答，藻奈美以信賴的眼神看著他的側臉。

根岸文也在十一點以前回去了，雖然腳步不太穩，不過意識還滿清醒的，這點從他解開藻奈美的三道數學題就可以證明。

「這個人的個性真直爽，一點都不拐彎抹角。」藻奈美目送他離去後，如此說道。平介從她的眼神裡察覺一絲異樣，不過並沒有說出來。

兩人一起洗碗，快十二點才弄完，而且還沒洗澡。不過，好像事先說好了一樣，在和室裡對坐著。

「累了吧！」

「有一點。」

「幸好明天是週末，不過藻奈美還是得去上學。」

「嗯，不過只有半天。」她望著父親說道：「爸，媽今晚大概不會來了。」

「是嗎……」

「嗯，她今晚不來了。」

「是嗎？」平介看著佛龕，照片裡的直子正在對他笑。
「爸，我想拜託你一件事。」
「什麼事？」
「明天放學後，請你載我去一個地方。」
「兜風嗎？好啊，去哪裡？」這是藻奈美第一次對他要求，所以平介感到有點疑惑。
她稍稍猶豫，才說：「山下公園。」
「山下公園……在橫濱嗎？」嗯！她點點頭。
平介感到一陣寒意，頓時令他墜入無底深淵。
「明天嗎……」
「嗯，明天。」
「知道了！」他點點頭。
藻奈美的雙眼佈滿血絲，她捂著嘴巴站起來，離開和室，上樓去了。
平介連打了好幾個噴嚏，他扭扭脖子，再度看著佛龕裡的照片。
山下公園……那是他和直子第一次約會的地方。

45

這是一個繁忙的週末。平介先去加油，然後把車子洗乾淨。這輛舊車洗過後，隱約可見車身上的刮痕。

平介加滿油之後，又去唱片行買了幾片CD。女店員憋著笑替他結帳，因為他買的都是新新人類愛聽的音樂。接著，他又到電器行買了一台手提音響。

下一站是理髮廳。

「弄得自然一點，別剪得像剛從理髮廳出來一樣。」

「你今天怎麼了？要去相親嗎？」老闆一臉疑惑地問著這個熟客。

「不是相親，是約會！」

「咦，真的嗎？」老闆笑道，臉上的表情好像覺得他在說謊。

「沒騙你喔！我要和我女兒約會。」

「咦，那就不得了啦！」老闆突然變得很認真。

「做一個父親，一生沒幾次機會和女兒約會啦！」

理完頭髮，時間剛剛好。平介開車前往藻奈美的學校。

上次來的時候，這所學校正在舉辦文化祭活動。熊熊營火的景象又浮現在眼前，雖然才過了一年，不過回想起來好像很遙遠。

好像已經放學了，大門口陸陸續續走出不少學生。平介把車子停在路旁，留意每個女學生。

藻奈美終於和兩個朋友一起出來了。平介本來想按喇叭的，不過她好像發現了，對朋友說了幾句話之後，就一個人走了過來。

「車子好乾淨喔！」她坐進來之後立刻說道。

「是啊！」

「啊，剪頭髮了！」

「男人的儀表很重要。」

「這樣很好啊！像個年輕的爸爸耶！」

「真的嗎？聽起來挺舒服的。」平介說罷，發動了車子。

一上車便喋喋不休的藻奈美，此時突然沈默了下來，她專心凝視著窗外的景色。平介也不知道該說什麼。天氣這麼晴朗，車裡的氣氛卻很沈重。接著，他們把車子停在休息站，外帶漢堡餐。藻奈美一語不發地吃漢堡、喝可樂。平介手握方向盤，一邊咬著漢堡。

不久，兩人抵達山下公園附近，平介先把車子停在停車場，然後拿出那些裝備。

「拜託，你這樣子看起來很土耶！」藻奈美指著那台手提音響說道。

「咦？會嗎？這是新買的耶！」
「我不是指這個，我是說拿著音響在公園裡走很土……」
「那我收起來好了。」
「不用了，這對你來說很重要吧！」
「還好啦！」
這是一個晴朗的週末，公園裡的遊客多半都是一家大小或情侶雙雙。平介往面海的長椅子走過去，只有一張椅子空著。
「應該在靠近港口那裡。」他說道。
「什麼？」
「我和妳媽第一次約會時坐的長椅就在那邊！」
「那怎麼辦啊？那邊有人坐啊！」藻奈美在椅子上坐下來，平介也坐在她旁邊。一個穿制服的女孩和一個提著音響的中年男子，不知道旁人會怎麼想。
兩人並肩坐著看海，海面平靜無波，偶爾會有船隻經過。
「妳媽有沒有說什麼？」平介凝望前方問道。
「有啊！」她答道。
「什麼時候？」
「昨天早上，她寫在筆記本上。」

「妳媽指定星期六嗎？」

藻奈美點點頭，說道：「媽吩咐我，叫你週末帶我來山下公園。她說……在那裡。」

「在那裡……什麼？」

她用力搖搖頭，看來並不想說。

「是嗎？」平介嘆了一口氣。

「爸！」藻奈美說道：「我回來了，是一件好事嗎？」

平介轉頭看著她，藻奈美一副快要哭出來的樣子。

「當然是好事啊！」他說道：「妳媽也很高興呢！」

藻奈美放心地點點頭。然後突然閉起眼睛，開始搖頭晃腦，靠著椅背，不久就睡著了，好像一個洋娃娃。

平介拿起手提音響，放入CD，按下播放鍵，那是松任谷由實的歌。

音樂流洩出來的同時，藻奈美也睜開了眼睛，平介沒有說話，靜靜地注視著大海，她也是。

「你居然還去買由實的CD。」她說道，聲音聽起來很平靜。

「付帳時我覺得好彆扭喔！」

「但是你還是為我買了。」

「因為我喜歡直子啊！」
他們默默地凝望著大海，海面上的陽光十分刺眼，看久了有點不舒服。
「謝謝你最後一次帶我來這裡。」直子說話了。
平介轉身面對她。「真的……是最後一次嗎？」
她點點頭，沒有避開他的眼神。
「不管什麼事情，都會結束。本來在出車禍當天就該結束了，卻還能拖到今天。」
她小聲地說道：「能拖到今天，都是託你的福。」
「難道沒有其他辦法嗎？」
「沒有！」她笑道：「我沒辦法解釋清楚，但是我很明白，我會在這裡消失。」
「直子……」平介握住她的右手。
「阿平！」她呼喚著：「謝謝！再見，別忘了我。」
直子，他很想再叫她一次，但是卻叫不出來。
直子的眼神和嘴角充滿了笑意，她靜靜地閉上眼睛，頭部緩緩向前傾。平介握著她的手，卻沒有流下眼淚。不能哭，好像有人在他的耳邊輕訴著。
過了一段時間，有人搭著平介的肩膀。他抬頭一看，便看到藻奈美的眼睛。
「她走了嗎？」藻奈美問道。

平介默默地點點頭。

藻奈美的表情顯得很哀傷，她把臉埋在平介胸前，痛哭失聲。

平介溫柔地撫摸著女兒的背，望著大海，遠處有一艘白色的船。

手提音響傳出了由實的歌『昏暗的房間』。

46

「你會哭的，我跟你打賭，你一定會哭。」平介的大舅子富雄自信滿滿地說道。

「我才不哭呢，這種時代誰會為了嫁女兒哭啊！」平介揮揮手反駁他。

「說這種話的人才會呢！像老爹又不是嫁女兒，是招了一個女婿回來，卻在喜宴上哭得淅瀝嘩啦，是吧，老爹！」

「我有嗎？」三郎抓抓臉頰。他已經穿上和服，準備隨時出門。

富雄也已穿戴整齊，只有平介還穿著睡衣，他只洗過臉。

一陣腳步聲從樓下傳上來，是富雄的老婆容子。她一身正統和服裝扮。

「平介，你還沒換衣服啊，動作快一點！藻奈美已經出門了。」

「藻奈美出門啦！那還有時間嘛，聽說新娘妝要化兩小時耶！」

「新娘的父親也不能閒著，總要招呼親朋好友啊，那就夠你忙了。」

「沒那回事啦！」富雄揮揮手說道。

「新娘的父親只要哭就行了。」

「你很煩耶！我說過我不會哭的。」

「絕對會，容子妳覺得呢？」富雄問老婆。

「平介嗎？」容子先是看看平介，然後噗哧笑了出來。「那還用問，他一定會哭的。」

「怎麼連妳也這麼說啊！」平介皺眉抗議。

「好了、好了，別扯了，咱們也該走了。平介，你最晚半個小時以內一定要出門喔！新娘的父親不能遲到的。我們先走吧！」

容子昨天就來了，她負責所有事宜，今天的行程也是由她一手掌控。

寂靜的房間裡只剩下平介一個人。他發愣了一會兒，才慢條斯理地起身，穿上禮服。

自從婚期決定以後，日子一瞬間就到了，根本沒有時間感傷，也許真是這樣子，一旦要失去某種東西，時間總是過得特別快。

藻奈美已經二十五歲了。她目前在大學的附屬醫院裡當助手，並同時研修腦科醫學。本來還擔心她沈迷於研究工作，誤了終身大事，顯然這些擔心都是多餘的。

平介和藻奈美現在很少提起直子的事。藻奈美對於當初那一段不可思議的經驗也有了不同的想法。學生時代的她，曾經這麼說過：「總之，那應該算是一種雙重人格吧！遭遇意外所受到的衝擊，在我心中產生另一種人格。那個人格一直以為自己是母親。醫學上有很多實例，都可以用這個理論來解釋，對於一些連本人都不知道的事情，或突然具備某種才能等等，其實都是很主觀的，所以不能完全採信。像我從小就愛黏著媽媽，所以要模仿她的行為並不難。但是隨著年齡增長，原始的性格就會重現，而另一個人格也會慢慢消失。這比靈學推論的可信度還高。」

平介並沒有反駁她，只是靜靜地傾聽。如果藻奈美以這種想法說服了自己，那何嘗不是一件好事呢！

可是，平介肯定那絕對不是雙重人格，因為他和直子生活了五年，不可能分辨不出真偽。

那時候的直子，一直活在我心中！平介是這麼想的。

褲子的腰圍太緊了，他摸摸肚子，覺得自己又胖了。

平介打好領帶，順手拉開衣櫃的抽屜，拿出懷錶。這只懷錶是梶川幸廣的遺物，他決定帶著它去參加婚禮。

但是……即使上緊了發條，指針還是不動，連聲音也沒有。

平介很懊惱，為什麼偏偏在這時候故障！

他看看牆上的鐘，確認時間，在心中盤算了一下，算啦！先出門再說。他帶著那只懷錶，急忙出門。

婚禮的會場在吉祥寺，離荻窪並不遠。他決定先繞到荻窪的松野鐘錶店修懷錶。

老闆松野浩三一看到平介的打扮，顯得很驚訝。

「原來今天是藻奈美大喜的日子啊！」浩三説道。
「怪了，你怎麼知道？」
「因為她的婚戒在我這裡訂做的啊！」
「啊，原來如此。」平介現在才知道這件事。對於藻奈美的婚事，他從頭到尾都沒有干涉，一切都是藻奈美自己決定的。
平介把那只懷錶拿給浩三，連浩三這種專業師傅看了也不禁皺著眉頭。
「這種情況很麻煩耶，今天是修不好的。」
「不出我所料，要是早一點發現就好了。」
「你想帶著這只錶參加婚禮嗎？」
「嗯，其實藻奈美的未婚夫是懷錶主人的兒子。」
浩三聽了，一臉訝異。
「那個人已經過世了，所以我才想用這只錶代替他。看來只好將就點囉！」
「只好這樣子了。喜宴結束之後你再拿過來吧，我會替你修好的。」
「就這麼辦！」平介取回故障的懷錶。
「原來……」浩三説道：「雙方都有意用遺物代表先人啊！」
「什麼？」平介問道：「這話是什麼意思？」
浩三露出一副説溜了嘴的表情，舔舔嘴唇説道：「這個嘛，是藻奈美叫我保密的，不過我還是告訴你好了，因為這件事實在太感人了。」

「到底是怎麼回事？快說！」

「我剛才不是告訴過你嗎？那只婚戒……」

「是啊！」

「藻奈美的確來我這裡訂做戒指，不過她也寄放了一樣東西。」

「是什麼？」

「戒指呀，和你手上戴的同款戒指啊！」

平介看看自己無名指上的婚戒，才想到這只戒指也是在這裡訂做的。

「直子的戒指嗎？」

「嗯，藻奈美指定要用直子的戒指，重新打造一只婚戒，她覺得那個戒指是母親的遺物。」

「那個戒指……」

平介突然感覺心悸，接著心跳加速，渾身燥熱不已。他想，怎麼會這樣？

「我當然照做了，同時也很感動。只是不明白這件事為什麼不能說？藻奈美雖然沒有告訴我原因，不過她再三叮嚀絕對不能告訴你。她甚至還說，如果我洩露秘密，她會一輩子恨我，其實我並不在意。」

平介忘了自己是怎麼回答的，等到回過神來，已經走出了鐘錶店。

這怎麼可能？怎麼可能？他邊走邊喃喃自語。

那只戒指應該還放在布偶熊裡面啊！而且是直子親自放進去的。

為什麼藻奈美把它拿出來呢？不，為什麼她會知道這件事呢？

藻奈美應該不知道啊，那是平介和直子的秘密呀！

是直子告訴藻奈美的嗎？但是為什麼又要重做呢？為什麼要隱瞞我？

平介搭上計程車，前往婚禮現場。

他摸摸自己的戒指，突然感到一股暖流。

直子……妳沒有離開，妳只是把自己藏起來了。

平介想起藻奈美第一次現身的情形。在那天以前，平介作了一個決定，他打算把直子當成藻奈美，並以父親的身分對待她。他稱呼她「藻奈美」來表明心意。

他不知道直子是怎麼想的，難道是察覺了他的心意，進而作了另一個決定嗎？

她扮成藻奈美甦醒過來，然後把自己慢慢轉變成藻奈美。

但是又不能做得太明顯，所以她打算讓直子慢慢消失。

九年……她整整扮演了九年，而且還打算持續下去，直到老死。

他想起那天在山下公園發生的事。那天，直子並沒有消失，她只是拋棄了自己的身分。在她以藻奈美的角色甦醒之後，嚎啕大哭的反應，是否在表達內心的悲傷呢？

直子，妳還活著嗎？

平介抵達飯店，急急忙忙付了車錢，衝進大廳詢問喜宴會場的位置，上了年紀的工作人員慢條斯理地答覆他。

他搭上電梯，抵達會場，看到了三郎和容子。

「哎呀，你總算來啦！動作真慢耶！」

「藻奈美呢？」平介氣喘吁吁地問道。

「我帶你過去。」

容子領著他來到新娘休息室門口，敲敲門並探頭望了一下，回頭對他說：「你可以進去了！」接著容子又跑開了。

平介深深地吸了一口氣，才開門進去。

一進去，就看到一身白紗禮服的藻奈美，她透過鏡子看著平介，然後慢慢地回過頭來。房裡充滿了花香。

「呃……怎麼說呢……」

他想起三十年前的直子，也很適合穿著這身白紗禮服。

造型師打點完畢後就離開了，房裡只剩平介和藻奈美，他們彼此凝望著。

直子……。這瞬間，他完全了解了。

現在再説什麼也沒有用，再問什麼也毫無意義。她絕對不會承認自己真正的身分，只要她不承認，就永遠都是藻奈美。對平介來説，她只是他的女兒罷了。「爸！」她説道：「謝謝您扶養我長大。」她的聲音變得哽咽。

嗯，平介點點頭，就把這個秘密永遠留在心裡吧！

這時候，外頭有人敲門。平介應了一聲，就看見根岸文也探頭進來。他看看新娘，眼神充滿了喜悦。

「哇，好美喔！美得無法形容。」他對平介説：「是吧，爸爸！」

「三十年以前我就知道了。」平介説道：「對了！文也，你出來一下。」

「好，有什麼事？」

平介把文也帶進另一個房間，他注視著這個即將成為藻奈美丈夫的男人。文也顯得有點緊張。

「我想拜託你一件事。」平介説道。

「是，什麼事？」

「這件事不難。你有沒有聽説，新娘的父親一定會對新郎這麼要求。你願意嗎？」

「咦？什麼？」

「就是……」平介伸出拳頭説道：「讓我揍你！」

「咦？」文也倒退了一步，説道：「現在，在這裡？」

「不行嗎？」

「不，不是的。只是等一下還要照相……」文也搔搔腦袋，用力點點頭說道：「知道了！因為我娶了你的女兒，所以這種事我可以忍受。請您揍我一下吧！」

「不，是兩下。」

「兩下？」

「一拳是因為你搶走我的女兒，另一拳……是為了另一個人。」

「另一個人？」

「別囉唆，眼睛閉起來！」

平介握緊拳頭，卻在出拳之前早已熱淚盈眶。他跌坐在地上，用手摀著臉，哭到聲嘶力竭。

東野圭吾

一九五八年生，大阪人。大阪府立大學電氣工學科畢業，擔任工程師。一九八五年以「放課後」贏得第三十一屆江戶川亂步賞。作品有「同級生」、「変身」、「分身」、「鳥人計画」、「むかし僕が死んだ家」、「パラレルワールド・ラブストーリー」、「天空の蜂」、「毒笑小説」、「名探偵の掟」、「悪意」、「探偵ガリレオ」等等，風格多元化。

電影人物介紹：

杉田平介（小林薰　飾）

平凡的上班族，原是一個小康家庭裡的父親，在妻女遭逢巨變後，努力調適自己，來接受這個擁有女兒身體、妻子靈魂的女人。

杉田藻奈美（廣末涼子　飾）

正值青春期的高中女生，遭遇一場車禍後，靈魂數度與母親直子的靈魂互換。在外人面前，與杉田平介是一對相依爲命的父女；在杉田家中，仍然是杉田平介深愛的妻子。

杉田直子（岸本加世子　飾）

杉田平介之妻；藻奈美之母。遭遇車禍，不幸身亡，靈魂進入女兒的身體之後，讓她再度體驗了青春期，重新決定自己的人生。

本小說之人物、情節皆爲虛構，如有雷同之處，純屬巧合，特此聲明爲荷。

秘　密

2000年4月1日初版第一刷發行

作　　者　東野圭吾
譯　　者　許尹露

發行人　小宮秀之
出版者　台灣東販股份有限公司
台北市南京東路四段25號3F
電話：02-2545-6277～9　郵撥帳號：1405049-4
傳眞：02-2545-6273
新聞局登記字號　局版臺業字第4680號

法律顧問　蕭雄淋律師
香港地區總代理　一代匯集　電話：278-20526
總經銷　農學股份有限公司　電話：02-2917-8022
排　版　宏陽電腦排版有限公司
製版廠　利全美術印刷製版有限公司
印刷廠　文帝印刷股份有限公司
裝訂廠　聿成裝訂股份有限公司
ISBN　957-473-010-7　Printed in Taiwan

TOHAN